㉙ 倪匡珍藏限量紀念版

衛斯理傳奇之

虛像

（含：虛像・洞天）

倪匡 著

虛像

衛斯理傳奇

CONTENTS

洞天

虛像

序言

「虛像」這一個故事，設想極妙，大有其趣，寫一個在虛幻景象之中看到的美人，和實際的接觸，竟然一天一地，截然不同，很有點調侃人性的意味。

「虛像」發表後，曾有人說海市蜃樓的景象，無法用攝影術記錄下來。若真是如此，倒又是一篇幻想小說的好題材了——只有人腦的活動，才能接收海市蜃樓的奇景。

但事實上，是可以拍攝得到的，已有不少這樣的相片發表過，至於是不是可以拍得如此清晰逼真，那也不必去深究了。

倪匡

第一部：愛上了一個虛像

江文濤自航海學校畢業之後，就在一艘大油輪上服務，開始的工作，是見習三副，後來慢慢升上去，當我認識他的時候，已經是二副了，而在一年之後，他升任大副，那年，他不過三十二歲。

在幾年前，我大概每隔半年，一定會遇到他一次，那是他服務的油輪，經過我居住的城市之際，他就會來探訪我，帶給我許多中東的古裏古怪的土產，再天南地北地聊聊，然後再上船。

江文濤可以說是一個天生的航海家，他對大海的熱愛，在我所認識的人之中，沒有一個人可以及得上他。他不但喜歡在海上旅行，也喜歡在陸地上旅行，足跡幾乎遍及中東各國，所以和他閒聊，也特別有趣。

但是最近幾年下來我們見面的機會，卻少得多了，因為他服務的油輪，原來的航線，是通過蘇伊士運河到遠東來的。

自從蘇伊士運河被封閉以後，輪船公司採用更大的油輪，不再使用捷徑，而繞道好望角來遠東，在海上的航程延長，他在海上的時間更多，所以，我們半年一次的會面，幾乎延長到一年半一次。

也正由於這個原因，所以那天下午，大雨滂沱，我正躲在家裏，覺得百般無聊的時候，門鈴響起，僕人將江文濤引進來的時候，我感到特別高興，我在書房門口，向著樓梯下面大叫道：「文濤，快上來！」

雨十分大，江文濤在門口脫下雨衣，雨水順著他的雨衣直淌，僕人將雨衣接了過來，他抬頭向我望來，他的手中，拿著一只一尺見方的木盒子。他顯得很高興——我說他「顯得很高興」，那是因為我一見他抬起頭來之後，就有一種感覺，感到他的那種高興，像是強裝出來的。

他向前走來，上了樓梯，我迎下了幾級，拍著他的肩頭，然後和他一起進了書房，他將那只木盒子放了下來，我拍著那盒子，道：「這一次，你又帶了什麼古怪的東西來送給我？」

江文濤微笑著，將那只木頭盒子的蓋移了開來，那是一條鱷魚的標本，江文濤道：「這是個鱷魚的木乃伊，是從埃及法老王的金字塔中，盜出來的，據埃及人說，可以鎮邪！」

我其實並不怎麼喜歡鱷魚的木乃伊，但既然是人家老遠路帶來的東西，我自然也欣賞一番。然後，我將那鱷魚木乃伊放過一邊，我們又閒談起來，雨仍然很大，他在談話之間，總有點提不起勁來的樣子，開始，我還以為那是自己敏感，等到我肯定了他的確有什麼心事之際，我才問道：「文濤，你可是還有什麼特別的事，要和我談談？」

江文濤望著窗外的雨，道：「是的，我戀愛了！」

我笑了起來，江文濤戀愛了，這不能不說是一件新聞，因為他曾經說過，像他那樣四海為家的人，是絕不適宜有一個家的。

而我也曾取笑他，問他萬一有了愛人，那怎麼辦？

江文濤又自誇地說，世上大概還沒有一個女人，可以令他著迷而墮入愛河的。

但是現在，他卻戀愛了，而且他的戀愛，顯然還使得他十分煩惱！

我笑著，道：「那很好啊，你快四十歲了，難道還不應該戀愛麼？」

講起了他的戀愛，他的眼中，現出一種特殊的光輝來，雖然他的神情，多少還有點憂鬱，但是他的興致卻十分高，他道：「你要不要看看她的照片？」

我自然知道，江文濤口中的「她」，就是他戀愛的對象，我不必看照片，就可以知道，那一定是個十分出色的女孩子了，因為能令得江文濤這樣的男人著迷，那並不是一件容易的事情！

我點了點頭，江文濤鄭而重之地自他的上衣口袋中，取出了一本薄薄的，很小的相片簿來。那相片簿十分精緻，雖然只有一張明信片那樣大小，但卻有著駱駝皮的封面，和鑲銀的四角。

從這本精緻的相片簿看來，也可以看出他對那些相片，是如何珍惜了。

他將相片簿交到了我的手中，一面還在解釋著，道：「我一共有她四張照片。」

我打開了相片簿，那本相片簿，也根本只能放四張相片，第一張相片是黑白，很朦朧，攝影技術可以說是屬於劣等的。

在那張相片上看到的是幾棵沙漠中常見的棕樹，有一個水池，在水池旁，有幾個女人，其中兩個，頭上頂著水罈子。

有一個，蹲在水池邊，正轉過頭來回望著，那女子的頭上，披著一幅輕紗，她的臉孔，也看不真切，只可以看到她的一雙眼睛，十分有神采。

我看看那張照片，口中雖然沒有出聲，可是心中卻在想，江文濤這個人也真是，如果他只有他戀人的四張照片，那麼，至少那四張照片，都應該是精心傑作才是，怎麼弄一張那樣模糊不清的照片，放在首位，那張照片上，一共有三個阿拉伯女人，究竟哪一個才是他的戀人？

我抬起頭來，向江文濤望了一眼。

江文濤像是也知道了我的意思，他伸手指著那個蹲在水池邊，回頭望來的那女子，道：「就是她！」

我皺著眉，道：「照片是你所拍的麼？」

江文濤點著頭，道：「是！」

我搖頭道：「攝影技術太差了！」

江文濤苦笑著，道：「我沒有辦法，但是你看以後的三張，卻奇跡也似地清楚！」

我呆了一呆，因為我不知道他所說的「沒有辦法」，和「奇跡似的清楚」，究竟是什麼意思。

我將照片簿翻過了一頁，看到了第二張照片時，我也不禁「啊」地一聲。

第二張照片，的確清楚得多了！

兩張照片拍攝的時間，一定相隔很近，因為那阿拉伯女郎，仍然保持著回頭望來的那個姿勢，她的一雙水汪汪的大眼睛，使得任何男人看到了，都會不由自主地呆上一呆，然後在心中暗嘆一聲：好美！

她在微笑著，笑得很甜，她的長髮，有幾絲飄拂在她的臉上，那使得她看來更加嫵媚。

我早知道，能夠令得江文濤愛上的女孩子，一定是十分出色的，現在已經獲得證明了。

我笑著，道：「你是怎麼認識她的？」

江文濤卻答非所問，道：「真美，是不是？」

我點頭道：「沒有人可以否認這一點！」

我說著，又翻到了第三頁，那女郎已站了起來，她看來很高，修長而婀娜，比她蹲在池邊的時候，更要動人得多，她仍然在笑著。

我又翻到了第四頁，那阿拉伯女郎已將一個水罈頂在頭上，笑得更甜、更美。

我指著照片，道：「文濤，當一個女孩子，肯對你發出那樣的笑容時，那證明你的追求，是不會落空的，可是你看來卻還很煩惱，為了什麼？可是因為回教徒不肯嫁給外族人？」

江文濤苦笑著，道：「那太遙遠了，你提出來的問題，不知道在哪年哪月，才會發生！」

我一呆道：「什麼意思，你未曾向她求過婚？瞧，她對你笑得那麼甜？」

江文濤的笑容，更苦澀了，他道：「你弄錯了，她不是對我笑！」

我皺了皺眉，「哦」地一聲，道：「這張照片不是你拍的，你有了情敵？」

江文濤卻又搖頭道：「不，照片是我拍的。」

我又向那張照片看了一眼，道：「那我就不明白你在搗什麼鬼了，照片如果是你拍的，那麼她就一定對你在笑，她叫什麼名字？阿拉伯人的名字，可難記得很啊！」

江文濤站了起來，攤著手，道：「她的名字？我根本不認識她。」

我又呆了一呆，我覺得江文濤有點神思恍惚，他的話也有點語無倫次。

當他又向下說去的時候，我簡直認為他的神經，多少有點不正常了，他又道：「我總算見過她，還拍下了她的照片，可是她卻連見也未曾見過我！」

我瞪著眼，望著江文濤，我自問不是一個愚蠢的人，可是說老實話，我也的確無法明白，江文濤那樣說，是什麼意思。

我方才呆了一呆之後，總算想出了一個道理來了，我「哦」地一聲：「你這張照片，偷拍的！但你既然已為她著迷，總應該去和她兜搭一下才是啊！」

江文濤卻又搖著頭，道：「我倒是想，可是我根本不知道她在哪裏。」

聽到這裏，我不禁有點沉不住氣了，我拍了拍桌子，道：「你究竟在說什麼，我看，連你自己也不明白，我自然更不明白了！」

江文濤嘆了一聲，道：「我明白得很！」

「那你就好好地和我說一說，別繞著圈子，來和我打啞謎！」我大聲說著。

江文濤連連點頭：「你知道，我喜歡旅行，那天，船停在一個港口，我有三天的休息，我準備了食水、糧食，租了一架吉普車。開始向沙漠進發，因為人家都說，在那片沙漠中，經常可以發現許多被淹沒了的古城，我要去探險。」

我插口道：「結果，你卻發現了一段戀情，見到了那阿拉伯女郎！」

江文濤道：「可以那樣說，但是事情卻又不如你所說的那樣簡單。」

我瞪著江文濤，天下有幾種人是很討厭的，而其中之一，就是講話吞吞吐吐，不明不白的人，而只怕沒有什麼人再比江文濤此際，更說話含糊的了！

我雙手抱著膝，索性不出聲，聽他再有些什麼莫名其妙的話說出來，他嘆了一聲，又望了我一眼，才道：「事情是那樣，我在驅車進入沙漠十多哩之後，忽然看到前面有一塊綠洲，有很多人，也有棕樹，有水池——」

我實在忍不住了，打斷了他的話頭，道：「每一個綠洲上都有這些，你不必一一形容給我聽的。」

江文濤也看出我的不耐煩了，他有點無可奈何地攤開手來，道：「可是，其他的綠洲中沒有她啊！」

我多少有點明白了，我道：「她，就是你心目中的那個戀人，是不是？」

江文濤點著頭，道：「是，你得耐心聽我講下去，我看到有綠洲，就驅車前往，怎知那綠洲看來離我不到半哩，但是在我疾馳了十分鐘之後，仍然在我的半哩之前，你明白麼？」

我「啊」地一聲，我之所以發出「啊」地一聲，是因為我明白了！

我忙道：「你看到的那個綠洲，是海市蜃樓！」

江文濤連連點著頭，道：「對了！」

我不禁大惑興趣，因為海市蜃樓的現象，用光學的原理來解釋，是一件十分簡單的事，但是那總是一件相當奇妙的事情，而且，那並不是每一個在沙漠中旅行的人都可以遇得到的事。

我連連催促著他，道：「說下去！」

江文濤道：「我在沙漠中旅行，也不是第一次了，但是遇到海市蜃樓卻是第一次。」

江文濤續說：「當我發現了這一點之後，我立時停下了車，用望遠鏡觀察前面的情形，我幾乎可以看清楚在前面的每一個人！」

我道：「那倒真是很有趣的事情，你可以看到他們，但是他們卻不知道是在什麼地方！」

「是啊！」江文濤回答：「當時我的心情，是極其興奮的，我用望遠鏡看了一會兒，便用攝影機，利用遠攝鏡頭，拍了幾張照片。」

聽到這裏，我不禁吸了一口氣，因為我對江文濤的那位戀人，知道得更清楚了！

江文濤又嘆了一聲，攤手道：「事情就是那樣！」

我望著他，道：「什麼事情就是那樣，你說你愛上了那阿拉伯女郎，那麼，愛情又是怎麼發生的？」

江文濤愁眉苦臉，道：「當時我在攝影的時候，已經覺得那女郎十分美麗，可是只不過在我心中留下了一個深刻的印象而已，但是等到照片洗出來之後，我看著照片，越來越發覺自己愛上了她！」

我望著江文濤，看他的神情，似乎沒有人可以否認他是在戀愛之中！

可是，他愛的對象是什麼？是一個他根本不知道是什麼人的一個阿拉伯女郎，不然，他見過那阿拉伯女郎，但是那是在海市蜃樓之中見到的，這樣的戀愛，實在太虛無飄渺了！

我站了起來，將他當作小老弟一樣，輕輕拍著他的肩頭，道：「算了吧，你什麼人不好愛，這種事情，太沒有邊際了！」

江文濤抬起頭來，道：「衛大哥，一定要實際上真有那處地方，才會在海市蜃樓的現象中，看到那處地方，對不對？」

「當然是，海市蜃樓的現象，根本就是一種光線的折射現象。」

「那麼，」江文濤又繼續說：「一定真要有這個人，我才能看到她，並且攝下了她的照片。」

「你可以那樣說。」

江文濤的神情，比較活躍了些，他道：「那就是了，既然有這個人，那我就可以找到她！」

我呆了一呆，江文濤的話，我是無法反駁的。因為他說得對，一定要真有那樣的一個阿拉伯女郎，所以他才能夠在海市蜃樓的現象中看到她。也就是說，江文濤看到的，雖然只是光線折射形成的一個虛像，但如果沒有一個實體的話，虛像又從何而來？

但是，我卻又無法同意江文濤的話。

因為，那虛像在江文濤眼前半哩遠近處出現，而實體，可能不知在多麼遠，可能遠到一千哩之外，江文濤有什麼法子可以找得到她？

我緩緩地搖著頭，但是江文濤卻變得更興奮，他又道：「既然有這個女郎在，那麼我的愛情，就不是虛無飄渺的，只不過我現在不知道她在什麼地方而已！」

我雖然不願向他潑冷水，但是卻也不得不提醒他，我道：「文濤，你要明白一點，可能終你的一生，你也找不到她！」

江文濤苦笑了一下，雖然他也一樣承認我說的話是事實，他道：「所以我要請你幫忙。」

我笑著道：「這種古裏古怪的事情，我能幫你什麼忙？誰知道你的愛人在什麼地方！」

我在取笑他，但是江文濤卻十分認真，他道：「你到過的地方多，我想請你好好地認一認，照片中的地方，是什麼所在！」

這次，輪到我嘆息了，我道：「照片我已詳細看過了，文濤，其實你也根本不必再問我，你自己也知道，每一個阿拉伯小村子，都是那樣的！」

江文濤默然不作聲，我又道：「而在幾十平方公里的阿拉伯土地上，有著十幾萬那樣的小村子，你是無法一一找遍它們的！」

江文濤又不出聲，他呆了片刻，才從身上，取出了一份地圖來，攤了開來，指著一處打著紅色交叉的地方。道：「這就是我看到海市蜃樓的地方！」

他指著那個地方，是在阿曼以西，羅巴尼爾哈里大沙漠的邊緣處。

他道：「這個沙漠，又叫珊黛沙漠，珊黛是一個很好的女孩子的名字，所以我叫我的美人珊黛。」

我實在無意譏笑他，但是我卻忍不住道：「好，你的珊黛，你曾在那裏見過她，但是那有什麼用，你所見到的，只不過是個虛像！」

江文濤道：「我想知道，是不是可以根據我見到虛像的地點，計算出當時，那個實體離虛像間的距離來？至少，它的方向？」

我搖頭道：「文濤，如果你能夠計算出這一點來，那麼。你不但可以得到你的珊黛，而且，還可以得到諾貝爾獎金！」

第二部：不顧一切的尋找

江文濤現出十分痛苦的神情來，我也指著那地圖，道：

「你看，珊黛沙漠橫一千公里，直七百公里，這個小村子，可能在七十萬平方公里的範圍之內，也有可能，這根本在珊黛沙漠之外，可能它在阿曼灣的對岸，在伊朗，也有可能，它在更遠，越過阿拉伯海，在巴基斯坦，更有可能，它在沙烏地阿拉伯，在也門，文濤，我看這件事，就這樣算了！」

江文濤靜靜地聽我說著，等到我說完，他才道：「衛大哥，我不能就這樣算了，我已經辭了職，我決定以我一生的時間去找珊黛！」

我大吃了一驚，江文濤在油輪上的服務，已經獲得了極高的職位。如果他再繼續他的服務，職位可以升得更高，但是他卻辭了職，為了去找尋他那個虛無飄渺，不知在何處的愛人！

我不能否認，我是一個世俗的人，他的決定，在詩，或是小說裏，無可否認，是一種極高的境界，但是卻使我吃驚了！

我忙道：「你不是在開玩笑吧！」

「一點也不，明天我會離開這裏，航行到中東去，那是我最後一次的航行，從此之後，我將流連在沙漠中，直到找到珊黛為止！」

我提高了聲音，道：「你絕找不到什麼珊黛，你所能找到的，只是珊黛沙漠上的沙粒！」

江文濤的聲音，倒十分平靜：「即使明知如此，我也只好那麼做，因為我已愛上了珊黛，我更發現，如果我不能找到珊黛的話，那麼一切都沒有意義了！」

我望了他半晌，他的話已說得那麼堅決，那麼，我實在沒有別的話可說了！所以，我只好道：「那麼，祝你幸運，你明天就要走，我今晚請你吃飯！」

江文濤搖著頭，道：「我不要你請我吃飯，我只要你的幫助！」

我道：「你要知道，這件事，實在不是我不願幫你，而是我想幫你，也無從幫忙啊！」

江文濤道：「你認識的人多，各種各樣的人都有，有學問的人更多，或者有對海市蜃樓現象有深刻研究的人，可以提供幫助！」

我無可奈何地道：「好的，我去代你問他們。」

江文濤又道：「我到了阿曼之後，會隨時設法和你聯絡！唉，阿拉伯人太落後了，村中的人根本沒有看報紙的習慣，不然，我將珊黛的照片刊登在報紙上，或者，她可以看得到！」

我心中陡地一動，立時道：「文濤，你可曾想到，你的珊黛，她可能早已有了丈夫，有了孩子，根本你找到了她，也是枉然！」

我以為我那兩句話，一定可以使得江文濤重新考慮他的決定了。

但是江文濤卻立時道：「不，不會的，你也看到過照片，除了一個少女之外，什麼樣的女人，還能發出那樣純真的笑容？」

有人說，一個在愛河中的人，是最不講理的，江文濤的情形，正是如此了！

江文濤收起了地圖，又將那幾張相片，鄭而重之地放進了上衣袋中，道：「再見！」

我的心頭，有一股黯然之感，因為江文濤要去做的事，實在太渺茫了，我只好重複著我已說過的那句話，道：「祝你幸運！」

江文濤走了，雨仍然十分大，我站在門口，看他漸漸自雨中離去。

然後，我回到了書房中，又呆坐了一會兒，找出了許多有關海市蜃樓現象的書來看，可是沒有一本書是提及到海市蜃樓的虛像的。

晚上，妻子回家來，我將江文濤的事，和她詳細地說了一遍。

女人有時也是最不講理的，所以白素在聽了我的敘述之後，道：「啊，他太偉大了，我們應該盡一切方法去幫助他才行。」

我道：「是啊，我們也像他一樣，到沙漠中去流浪，那麼，發現珊黛的機會，能多了三倍了！」

白素不高興了，她道：「你不應該譏笑他，我們可以另外設法幫助他！」

我笑著，道：「如果你有什麼好辦法的話，我很願意洗耳恭聽。」

白素想了一想，道：「譬如說，我們可以通過在阿拉伯的朋友，將珊黛的照片，複印成幾十萬份，託他們散發到每一個阿拉伯的村落去。」

我呆了一呆，本來，我是準備在她一開口之後，便立時大笑的，因為我實在想不出有什麼辦法可以找到那個被江文濤稱作「珊黛」的阿拉伯女子，我預料白素的所謂辦法，一定是很好笑的。

可是，現在白素將她的辦法說了出來，我立時感到，這並不是不可行的。

雖然，在廣大的阿拉伯地區，我所認識的阿拉伯朋友，並沒有這個力量，將照片散發到每一個小村落去，但是我認識的阿拉伯朋友之中，至少有幾個是很有權力的，假定這個辦法，可以有十分之一的阿拉伯村莊，受到影響，那麼至少，江文濤可以有十分之一的機會了！

是以，我在呆了一呆之後，直跳了起來，道：「你說得對，我去找他！」

白素道：「你知道他在什麼地方？」

我道：「我可以打聽得出來的。」

白素忙道：「那你就快去吧，如果可以找到那位少女，那是一個多麼動人的愛情故事！」

我笑了一下，道：「的確動人得很！」

白素替我拿來了雨衣，我披起雨衣，冒著雨，就衝了出去，半小時之後，我在輪船公司中，知道江文濤宿在高級海員俱樂部中。而當我找到他的房間中時，侍者告訴我，他在地窖的酒吧中。

我立時又趕到地窖的酒吧，我還未曾踏進酒吧，只不過來到了門口，便聽得酒吧之中，傳出一陣驚人的喧鬧聲和打鬥聲，像是裏面爆發了第三次世界大戰一樣。我看到好幾個人，匆匆奔了出來，有一個人，幾乎迎面和我相撞。

我一把拉住了他，道：「裏面發生了什麼事！」

那人喘著氣，道：「打架。」

我推開了那人，走了進去，酒吧中的光線不甚明亮，但是卻也足夠使我可以看到酒吧中的凌亂情形，我又推開了兩個人，看到了江文濤，他正揮出一拳，將一個彪形大漢打得向後仰跌了出去。

我大聲叫道：「文濤。」

我那一叫，害了江文濤，因為他抬起頭來，看是誰在叫他，以致他無法避過來自他身後的一擊，那是一隻酒瓶，重重地擊中在他的後腦上，瓶子破裂，血紅的酒，流了下來，流得江文濤滿臉都是紅色，他的身子搖晃著，向下倒去。

不等他倒地，我已經推開了向我撲過來的三個人，在酒吧中打架的，全是醉漢，而我卻一滴酒也沒有喝過，自然是我占了優勢。

我在江文濤還未曾跌倒在地的時候，趕到了他的身邊，扶住了他的雙臂，拖著他便走，在將他拖到洗手間之前，我又揮拳擊退了另外四個漢子。

到了洗手間，我將江文濤的頭，浸在洗臉盆中，由冷水淋著他的頭，足足有半分鐘之久，直到聽到了警車的嗚嗚聲，已迅速地自遠而近傳了過來，我才又將他從洗手間中，拖了出來。

這時江文濤好像已清醒一點了，我由後梯扶著他向樓上走去，他將手掩在後腦上，不斷地發出呻吟聲來，我扶著他，直來到他的房間中，才鬆開了手，江文濤「砰」地一聲，跌倒在地。

他開始掙扎著想站起來，我特意不去扶他，他掙扎了很久，才搖搖晃晃地站定了身子，睜大著眼望著我，我懷疑他是不是認得出我來，因為他的眼神，看來是如此之散亂茫然。

過了好久，他終於認出我來了，他道：「原來……是你，你怎麼來了？」

我道：「我是來找你的！」

他坐倒在沙發上，道：「有什麼事？」

我沉聲道：「文濤，像你這樣的人，其實是很不適宜打架的。」

江文濤直跳了起來，但立時又倒在沙發之中，他瞪著眼，道：「有兩個人取笑我，說我是大傻瓜，上了人家的當，我怎麼能不打！」

我皺著眉，道：「他們為什麼會向你取笑？」

文濤低下了頭，道：「我在酒吧中，一面喝酒，一面看著珊黛的照片，旁邊有一個人和我搭訕。我就將我如何攝得珊黛照片的事，告訴了他！」

我道：「他就取笑你了！」

「不，」江文濤道：「那人用心地聽著，等我講完之後。他就拍著我的肩頭，說我如果肯給他一千美金，他就可以替我找到珊黛。」

我聽到這裏。不禁吸了一口氣，因為我已可以知道接下來發生了一些什麼事了。

果然，江文濤講下去，不出我的所料，他顯然酒還未曾醒，講的還是醉話。

江文濤道：「一千美金算得了什麼，只要可以找到珊黛，我立時數給了那人，並且連珊黛的照片一起給了他，那人走了，旁邊有兩個多事的傢伙，卻說我上了當，我們……就打起來了！」

我嘆了一聲，道：「文濤，到現在，你還不以為你是上了當麼？」江文濤睜大了眼睛望著我，看他的樣子，像是又想要和我打架一樣，而我也早已準備好了。這個大混蛋，要是他動手的話，那麼我一定毫不客氣，兜下巴好好地給他一拳，以作懲戒！

但總算還好，江文濤望了我半晌，並未曾動手，他的酒可能已醒了好多，因為他講出來的話，也已經清醒得多了。

江文濤苦笑著，道：「也許我是上了人家的當了，但是只要有一點機會，我都不肯放過！」

聽得江文濤講出那樣的話來，剎那之間，我的心頭不禁沉重到了極點。

我有點可憐江文濤，但是那卻也不純粹是可憐，多少還有點敬佩的成份在內。的確，江文濤又不是傻子，酒喝得再多，也不會輕易相信一個陌生人的話，就那樣將一千美金給了人家，他之所以那麼做，全然是因為他在付出了一千美金之後，買到了一個希望，雖然那個希望是如此渺茫和不著邊際。

而他之所以和那兩個人打了起來，也是因為他才花了一千美金買了一個希望，那兩個人卻說他上了當，他心中明知那是上當的事，還要去做，被人揭穿之後，希望自然幻滅，所以才感到了極度的痛心。

我嘆了一聲，按住了他的肩頭，道：「文濤，你真的那麼愛這個阿拉伯少女？」

江文濤發出苦澀的笑容來，道：「是的，我自己知道，那太不正常了，簡直是自討苦吃，可是我卻無法抑制我自己的感情。」

在江文濤對我講起這件事之後，我的心中，一直有一種相當滑稽的感覺，隨時隨地，都可以大笑一頓。但是到了這時候，我心中那滑稽的感覺，已經完全消失了，我的神情，也變得十分嚴肅起來。我的聲音，聽來更莊嚴得像是在宣誓一樣。

我道：「既然這樣，文濤，那麼，我一定盡我的力量，幫你找到她！」

江文濤顯然也聽出了我話中那種肯定的、誠摯的，願意幫忙他的決心，是以他握住了我的手，連聲道：「謝謝你，太謝謝你了！」

我道：「第一個要採取的行動，是將她的照片，複印出許多份來。」

江文濤道：「那簡單，我將底片給你。」

他立時起身，拉出了一只箱子，將一只信封交了給我，我又道：「我要先你一步動身，先去安排，然後，在你的輪船到達後，我來與你會合。」

江文濤點頭道：「好的，油輪會停在阿曼的疏爾港，我在那裏和你會面。」

我道：「好的。」

本來，我還想說「希望我和你在疏爾港會面的時候，事情已經有了頭緒」的，但是我卻沒有講出來，因為那不是開玩笑的事，江文濤是十分認真的，這時我如果那樣說了，他的心中，會充滿了希望，而到時如果一點結果也沒有的話，他的失望自然更甚了！

我們握著手，我勸江文濤多休息。帶著那幾張底片，回到了家中。

那一晚，我弄到很晚才睡。我將四張底片中兩張拍得清晰的，在我自己的黑房中放大，當照片放大之後，白素看了，也不禁讚嘆道：「這阿拉伯少女真美，難怪江文濤會著迷。」

我笑著，道：「我已答應江文濤去找她，我們可能要分離半年，甚至一年！」

白素微笑著，道：「如果能夠替文濤找到這個少女，也是值得的。而且，你隨時可以和我聯絡，我也隨時可以來和你相會的。」

我忙道：「當然，我們曾一起到過很多地方，但是還未曾在阿拉伯旅行過。」

我一面說，一面打著呵欠，白素笑道：「你也該睡了，明天還有很多事要做。」

接下來的幾天，我真是忙得不可開交，我要辦理旅行手續，又預先和我認識的阿拉伯朋友，一一取得了聯絡，三天後，我才啟程。

而當我到達了亞丁港之後，我更忙碌了，我去拜訪每一個我所認識的朋友，散發到他們管轄的地區去，尋找這個阿拉伯少女。

大多數朋友都答應了我的要求，而沒有再問什麼。

自然，不免也有很多人要問長問短的，於是，我將我預先編造好的故事說出來，當然，我不會說那少女只不過是出現在海市蜃樓之中，我編了另外一個故事。

有幾個朋友更開玩笑地道：「她是什麼人，不會是以色列的間諜吧！」

我自然又得好好地解釋一番。那一輪忙下來，我才趕到了疏爾港。而江文濤已經比我先一天到了，疏爾港是一個小地方，只有一家設備比較豪華的酒店，所以我才一進去，江文濤就看到了我。

我也看到了江文濤，可是，他還未曾出聲招呼我之前，我卻認不出他來了。

我和他分手，還不到一個月，可是在這一個月之中，他卻變得如此之甚！

他至少瘦了二十磅之多，他本來，可以說是一個很英俊的男子，但這時，卻給人以瘦骨嶙峋的感覺。他的雙眼，大而無神，連他的膚色，也似乎變得黝黑了許多。所以，當他站立起來，叫了我一聲的時候，我也足足呆了兩三秒鐘，才失聲叫道：「文濤！」

江文濤向我走來，他向我走來時，搖搖晃晃，像是一個幽靈一樣，我實在不忍心他多走一步，是以我趕緊向前，迎了上去，握住了他的手臂，道：「文濤，你沒有什麼地方不舒服？」

「我？」江文濤苦笑了一下，撫摸著他自己的臉頰：「我瘦了很多，是不是？」

「你不但瘦，而且精神恍惚，為了什麼？」

江文濤的臉上，現出更苦澀的笑容來，他嘆了一聲，道：「你知道我為了什麼的，這些日子來，我簡直沒有好好地睡過，我一閉起眼睛，就看到了她！」

聽得江文濤那樣說，我只好苦笑了起來。我早就知道他著迷的了，但是我卻也絕料不到他著迷到了這一地步！照這一個月中的情形來看，如果再有三個月，仍然找不到那個阿拉伯少女的話，江文濤可能瘦得只剩下一把骨頭，再也活不下去了！他這時的情形，使我知道「形鎖骨立」這句話的意義。

當下，我沒有再說什麼，和他握著手，他道：「我已租下了一間雙人房，我們可以住在一起。」

我點頭表示同意，道：「好，我也正有很多話，要對你說。」

我們一起來到了房間中，我只是以手撐頭，坐著不動。我將我到了阿拉伯之後，所做的種種努力，和江文濤說了一遍，可能是聽到我已為他做了許多事，所以江文濤的精神，好了很多。

我又道：「我還請教過專家，他們的意見是，一般的海市蜃樓，看到的都是倒影！」

江文濤搖了搖頭，道：「不，我看到的卻不是倒影，那些人，就像在我眼前一樣，看來簡直不像是虛影，就像是實實在在在那裏！」

我繼續道：「如果是倒影的話，海市蜃樓的虛像，離實體不會太遠，因為那大多數都只不過經過一次折射而形成了。兩次，或是兩次以上的折射，虛像和實體之間的距離，可以拉到無限遠，甚至越過海洋！」

江文濤怔怔地望著我，然後才失魂落魄地道：「那麼，她在哪裏？」

我實在不忍心責備他，但是要找尋那樣的一個少女，希望可以說等於零，所以我委婉地道：「文濤，如果你喜歡阿拉伯少女，我可以替你介紹一個更美麗的，我認識一個小部落的酋長，他的三個女兒，都是天方夜譚中的美人，如果你——」

我的話還沒有講完，江文濤便霍地站了起來，厲聲道：「住口！」

他在叱了一聲之後，胸脯急速地起伏著，由於他十分瘦，是以那種動作，看來要給人以一種可怖的感覺。

好一會兒，他才道：「如果我們不是好朋友，我可能就要出手打人了！」

在那樣的情形下，雖然我心中絕不以他為然，但是也不能再進一步刺激他，我只好笑了笑，道：「既然如此，那麼我們就該開始研究行程了，我已準備了珊黛沙漠的詳細地圖，你拿你的那份出來對照一下。」

江文濤也取出了他的地圖來，兩份地圖一起攤在地上，我用紅筆，在我的地圖上圈了一個小圈，道：「這就是你當時所在的地點？」

江文濤點頭道：「是的。」

我道：「你看到的虛像，照你的估計，距離你大約有多遠？」

江文濤道：「大約是半哩。」

我又以紅筆在地圖上畫了一個小圓圈。

地圖上已有了兩個小圓圈，一個是代表江文濤當時所在的地點，另一個是他估計虛像出現的所在。

然後，我指著地圖，道：「當時，如果你再前進二十里，就有一個綠洲，這是地圖上注明的，那個綠洲，叫著雅里綠洲，我們就從雅里綠洲開始，如何？」

江文濤道：「好的，從那裏開始。」

我發覺江文濤的反應，十分遲滯，幾乎是我講什麼，他只懂得將我所說的話，重複一遍而已，我的心中，又不禁暗嘆了一聲。

因為我實在不敢想像，如果我們始終找不到那個阿拉伯少女時，江文濤會變得怎樣！

我略呆了一呆，道：「你比我先到，你可曾準備了什麼？」

我又道：「我們要在沙漠中長期旅行，沒有充足的準備是不行的，我看我們在這裏，至少還得耽擱三四天，等準備充份了再出發。」

江文濤仍然不說什麼，只是點了點頭。

我的心情也變得十分沉重起來，江文濤這樣下去，實在不是辦法，於是我在接下來的日子，派了很多事情叫他去做，讓他去採購我們在沙漠旅行中所需的一切。

而我自己，則去尋找一輛最適合我們長期沙漠旅行所用的車子。

我花了一天的時間，找到了一輛很好的車子，那輛車子，是屬於疏爾港附近一個小部落的酋長所有的，那種小酋長，所轄的土地，可能還不到一百平方公里，但是他們往往是世界上最富有的人。

我借到的那輛車子，就是這位酋長，自德國訂製回來的，有著一切舒適的設備，我是由一個阿拉伯朋友的介紹，見到了那位酋長的。

當我見到那位酋長時，我心中感到快慰的是，我在到疏爾港之前的工作，並沒有白費，因為我看到，在那酋長的寢宮之中，有著那阿拉伯少女的照片，那是我託人散發出去的。

但是令我擔心的卻是那酋長的幾句話，那酋長指著那阿拉伯少女的照片，道：「我真不相信在阿拉伯，有那樣美麗的少女，我一定得設法找她來做我的妻子！」

所以，當我駕著酋長的那輛豪華的汽車回疏爾港時，我的心情十分沉重。

白素提供，由我來實行的辦法，對於找人，可能有一定的幫助。但是我們卻都未曾顧慮到，阿拉伯世界中，最有權勢、金錢的那些酋長，也全是好色如命，舉世皆知的。江文濤看到了那少女的照片，會那樣著迷，那些酋長還不是一樣，如果那少女是在那些酋長的轄治之下的地區，那麼，這就是大悲劇了！

我心中實在很後悔我採取了那樣的辦法！

但是，當我見到了江文濤之後，我卻並沒有將我心中擔心的事說出來，因為江文濤現在已經這樣子了，如果再增加一點擔心，那麼他是不是還能支持到和我一起去尋找珊黛，也是大有疑問的事了。

第三部：沙漠中最兇惡的強盜

我們在第二天的一早，就驅車出發，那是一個萬里無雲的好天氣。一小時之後，車子已駛進了沙漠，向前望去，沙漠中的沙，高低起伏，像是大海上的波浪一樣。但是海上的波浪是生的、活的，沙漠上的波浪，卻是靜的、死的，帶給人以一種絕望的恐怖。

我在出發之前，和江文濤講好兩人輪流駕車的，第一段路程，由他駕駛，因為他要先到他上次看到珊黛虛像的地點去。

在中午時分，我們到了那地點，江文濤下了車，他的雙足，陷在沙中，他向前指著，道：「就在前面，我上次看到她，她就在前面——」

我順著他所指望去，前面自然什麼也沒有，只有一片一望無際的沙漠。

江文濤怔怔地站著，他自然在希望同樣的海市蜃樓，再出現在他的眼前。但是向前望去，除了淺黃色的沙，和碧藍的天之外，還是什麼也沒有。

過了好久，江文濤才嘆了一聲，回到車中來，他喃喃地道：「她竟不肯再出現一次！」

我略為有些氣惱，我道：「文濤，你究竟是來追尋虛像，還是來找一個實在的人！」

江文濤苦笑著，道：「在我未曾找到真實的人之前，讓我再多看一次虛像，也是好的。」

我沒有再和他多說什麼，和一個著了魔的人，講任何話都是沒有用的，因為他有自己一套入了魔的想法，與眾不同，我自然也不必多費唇舌了，我只是道：「大約一小時後，我們就可以抵達雅里綠洲了！」

江文濤沒有說什麼，駕車又向前駛去，在我們的車子駛過時，沙上留下了長長的車轍，但是看來像是完全靜止的沙粒，其實卻是在緩緩流動的，是以留在沙漠上的車轍，在不到一分鐘的時間內，就逐漸消失，我們的車子，像是被整個大沙漠完全吞噬了。

一小時後，我們已看到有零落的棕樹，和像是孤島似地，露出在沙漠上的泥土，又駛出了半里，我們已看到雅里綠洲了。

綠洲的本身，已是沙漠中的奇跡，雅里綠洲有一個相當大的湖，湖水清澈碧綠，湖邊全是樹，在那個大湖的旁邊，還有兩個小湖。

湖邊不單有帳幕，而且還有簡陋的建築物，阿拉伯人牽著駱駝，在帳幕和建築物中，穿來穿去，像是一個小小的市集。

當我們的車子，停在湖邊時，所有的人，都以恭敬的眼光望著我們，因為他們都認得出，那是酋長的車子，我下了車，向一個阿拉伯人招了招手。

那阿拉伯人猶豫了一下，才向我走了過來，我道：「我們要找一個人——」

我還沒有說出要找什麼人來，江文濤已經道：「不必在這裏多費時間了，她不在這裏。」

我回過頭去，道：「為什麼你那樣說？」

江文濤道：「你看照片上的環境，和這裏相同麼？」

照片上的情形，的確完全不同，但是我還是不放棄我的希望，我取出了那照片來，道：「照片上的少女，你們之中，有什麼人見過她？」

那人搖著頭，道：「酋長已派人來找過她，可是我們全沒見過這位姑娘。」

我一聽得那人這樣說，心便不禁向下一沉。

可是江文濤卻還不知道其中另有內因，他向我苦笑了一下：「看來你的辦法倒還有用，阿拉伯部落的人，也正在尋找珊黛！」

我倒寧願那些部落的酋長，不要找到珊黛，因為他們決計不會為江文濤尋找珊黛的，他們找人的目的，只有一個，那是為了他們自己！

我偏過頭去，不敢直視著江文濤，唯恐給江文濤在我的臉上，看出我憂戚的神情來。我道：「雅里綠洲沒有我們要找的人了，我們第二站向何處去？」

江文濤道：「隨便你，我完全沒有主意。」

我和他換了一個座位，由我駕著車，我緩緩地穿過雅里綠洲。

在綠洲中，有不少阿拉伯婦女，大多數用布遮著臉，頭上頂著水罈或是籃子，在走來走去，根本無法看出她們的臉面。

我在看到了那些阿拉伯女人之際，心中便起了一個疑問，直到我將車子，駛出了綠洲，一面繼續向前駛去，一面道：「文濤，你可注意到了一點，你攝得的照片上，所有的阿拉伯女人，都沒有蒙著臉！」

江文濤點頭道：「是的。」

我道：「這不是很奇怪麼？在什麼情形下，阿拉伯女人是不以布蒙臉的？」

江文濤蹙著眉，道：「在她們極熟的熟人面前——」

他講到這裏，略頓了一頓，突然道：「我明白了，珊黛生活的地方，一定是一個極小的綠洲，根本沒有多少人，所以那裏的婦女，日常不必蒙面！」

我也忙道：「正是，我也想到了這一點！」

江文濤剛才在講那兩句話的時候，臉上現出了十分興奮的神情來，但是隨即又變得沮喪，因為我們想到的那一點，對於尋找珊黛，並沒有什麼幫助！

從駛離雅里綠洲起，我對每一站的行程，都有詳細的記錄，但是，一連過了四十多天，我的記錄，幾乎都是千遍一律的：沙漠，沒有發現，我們還得再找。

汽車的燃料早已在四天前用盡，我們曾以無線電話和酋長聯絡，請他派小型飛機空投燃料給我們，但是不知是找不到我們的所在地，還是酋長已撤回了對我們的幫助，我們並沒有得到燃料的補給。

在等了兩天之後，恰好有一隊駱駝隊經過，於是，我和江文濤，只好任由那輛華麗的汽車，棄置在沙漠中，參加了駱駝隊。

駱駝行進的速度，自然是無法和汽車相比擬的，兩天來，除了與天接壤的沙漠之外，我們未曾看到任何東西，乾燥的風，使我們的皮膚開始乾裂，我們也只好像阿拉伯人一樣，用布將我們的身體，全包起來。

白天，火球一樣的烈日烤曬著我們，到了晚上，在月光下，一片淡白色的沙漠，又散發出死一般的沉寂，駱駝隊中的阿拉伯人，顯然是習慣於這種生活的，但是對我和江文濤來說，等於到了另一個星球。

我們跟隨著這個駱駝隊走了八天，這個駱駝隊到達目的地了。

於是，我們只好再跟隨另一個駱駝隊，我已提不起興致來再做任何的紀錄，我只感到，我們兩個人，簡直已像是兩個機械人一樣了！

不知是在我們放棄了汽車之後的第幾天，我連日子也無法記得清了，在單調的沙漠旅程中，我能保持精神的平衡，不變得瘋狂，已是不容易的事了，誰還能記得究竟過了多少天！

我只記得，我們已換了五次駱駝隊，在那五次轉換的過程中，我們曾經過五個大綠洲，和許多小綠洲，但是珊黛呢，卻比天上的雲，還難以捉摸。

那一天晚上，我們一起宿在一個小小的土城中。

那土城是早已被廢棄了的，廢棄的原因很簡單，因為那裏原來的水池乾涸了，只剩下池底的一些稠厚的泥漿，池畔的棕樹，也早已枯萎了，我們在日落時分，走進這個土城的時候，只看到一圈圈的土牆，那是原來房屋的牆，和一大群一大群土撥鼠。

駱駝隊的阿拉伯人，像是因為找到了這樣的一個住宿地方，顯得很高興，因為那比傍著駱駝，聞著駱駝身上刺鼻的騷味，睡在沙地上，總好得多了。

我和江文濤，在一圈圍牆中坐了下來，我們吸著辛辣的阿拉伯煙草，各自沉默著不出聲。

過了好一會兒，江文濤才舐著嘴唇，道：「這種傻事，你不該再做下去了。」

我苦笑了一下，道：「如果那是傻事，我們都不該再做下去。」

江文濤搖著頭，道：「我不同，因為我不論吃多少苦，找到了珊黛，我就有了補償，可是你算什麼呢！你能得到些什麼呢？」

我緩緩地道：「我只希望，有我和你在一起，你總有一天會認識到，你在進行的，是一件傻事，我看，我們一起離開沙漠吧！」

江文濤低著頭，不出聲，看他的樣子，像是正在考慮我的提議。

在那一剎間，我的心中，不禁升起了一線希望來，因為如果他接受了我的提議，那麼，我們就可以恢復正常的生活了！

雖然，我是隨時可以離開沙漠，回到我舒適的家中去的，但是，我總不忍心丟下江文濤一人在沙漠中，作永無希望的流蕩。

可是在兩分鐘之後，江文濤抬起頭來，道：「不，我不走，我還要找我！」

在我心中，暗嘆了一聲，考慮的結果，他還是拒絕了我的提議，但是我還是做出毫不在乎的神情來，道：「好的，那我也暫時不想走，我陪著你！」

江文濤緩緩地道：「你遲早要走的。」

「當然，我不能一輩子陪著你，」我說：「但至少現在，我不想走！」

我們都躺了下來。

在沙漠中，一切都容易被保存得很好，我們在牆中找到的那張草席亦然，它們雖然破爛，但還可以給我們墊著睡覺。

駱駝隊的阿拉伯人在哄笑，我和江文濤望著深黑色的天空，天空中的繁星，明亮而清晰，我不知道是不是在別處看來，星空全是一樣的，但總覺得，沙漠的上空，星星似乎格外地多。

我和江文濤漸漸睡著了，因為我們根本沒有什麼可以想的，我們需要的，只是有足夠的體力，來應付明天駱駝背上的顛騰。

我是被一陣極度的喧嘩吵醒的，當我醒了，睜開眼，坐起身來時，我看到江文濤也已坐了起來，到處是流竄的火把，和一陣陣的呼叫聲，在我和江文濤兩人，根本不明白究竟發生了什麼事之際，四個白衣的阿拉伯人，已經跳進了土牆來。

他們四個人，手中全都握著明晃晃的阿拉伯彎刀，在月色下看來，那種阿拉伯彎刀，更是鋒利無比，令人一望，便心頭生寒。

那四個人一跳了進來，其中一個，便對著我們大聲呼喝著，我聽得出，他們呼喝的，是阿拉伯的土語，在命令我們站起來。

江文濤還不知那人在呼叫著什麼，我忙道：「文濤，快站起來，最好不要抵抗，我們遇到沙漠中最凶惡的強盜了！」

江文濤的臉色變得十分蒼白，我們兩人，都站了起來，那四個阿拉伯人，來到了我們的身前，兩個架一個，將我們拖了出去。

當我們被拖到土城中的一塊空地上時，我們看到，穿著白長衣的強盜，足有二三十人之多，駱駝隊中的人，已全被制服了。

我們還見到三具屍體，這顯然有三個人企圖反抗，是以死在利刀之下，或者是凶惡的強盜，為了避免他人反抗，就不由分說殺了三個人。

我們也約有二十個人，被驅在一起，眼前那些強盜，拉著滿馱著貨物、水袋的駱駝，向土城外走去，在我們之中，一個阿拉伯人，撲了出去，叫道：「給我們留下一點水！」

另外一個人，想去拉住那個人，可是那個人已衝了出去，就在那時，兩柄彎刀，一齊向那衝出去的人，劈了下來，那人連第二下呼叫之聲，都未曾來得及發出來，就倒臥在血泊之中了！

我看到這樣的情形，實在忍不住了，大喝一聲，也向外疾衝了出去，我首先一腳踢起地上的浮沙，踢向其中一個強盜的臉面，等到那強盜掩著臉後退之際，我已劈手奪下了他手中的彎刀來。

緊接著，我疾轉身，和另外一個強盜，在電光火石間，「錚錚錚」地對了三刀。

沙漠中那些窮凶惡極的強盜，大都擅長精嫻的刀法，但是我自信，只要是一對一的話，我就絕不會輸給他們之間的任何一個人！

三刀一過，我身子一轉，一刀斜斜劈下，鋒利的刀尖，在那強盜的右脅下疾掠而過，那強盜向後，連退了三步，倒在地上，他身上的白衣，在剎那之間，已有一半，成了鮮紅色。

這一點，只是一剎那間的事，在那一剎間，可以說靜到了極點。

可是，那種靜寂，只是過了幾秒鐘的事，緊接著，所有的強盜，便一起的喊了起來，他們拋下了正在做的事，一起向我圍了過來。

我聽得江文濤的叫聲，我忙也大聲道：「別怕，我能對付他們！」

那些向我圍來的強盜，對於他們重傷的同伴，連看也不看一下，只是向我圍來，呼叫著，也聽不出他們是在叫些什麼。

突然之間，他們的呼叫聲，停了下來，自他們之中，走出了一個身形十分高大的人來。那個人手中的彎刀，比起尋常的彎刀來，更大、更長、看來也更鋒利。

那人一走出來，手中的彎刀，「呼」地一聲，劃了一個圓圈。

他的動作如此之快疾，他已然收了刀，但在我的眼前，似乎還有精光閃閃的一圈刀光在！

那人的這一下動作，是什麼意思，我倒是明白的，那是一個阿拉伯武士，對對方的武藝，表示敬佩，但是希望和對方動手，較量一下。

直到這時候，我才知道，我剛才對付那兩個強盜，已引起了他們的注意，他們高聲嘩叫，並不是想衝過來一起對付我，而是對我的刀法，表示欽佩。

那身形高大的阿拉伯強盜，看來是這一群強盜的首領，我也立時知道，如果我可以勝得過那比我至少高出一個頭的傢伙，那麼，我就可以贏得更大的尊敬。

自然，用那麼鋒利的彎刀，去和這些鐵塔也似的一個傢伙對鬥，要贏得尊敬，所付出的代價，可能就是我的生命！但是在那樣的情形下，我也實在沒有退縮和多加考慮的餘地了！

我立時也一振手臂，也將手中的彎刀，揮了一個圓圈，表示我接受他的挑戰！

那大個子神情十分嚴肅，周圍的強盜，迸發出了一陣歡呼聲來。

在歡呼聲中，那大個子一步跳向前，一刀向我當頭砍了下來，我疾揚刀，向上架了一架。

當兩柄彎刀，「錚」地一聲相碰之際，我只覺得膀子一陣發麻，不由自主，向後退出了一步，而我才一退，對方的彎刀，便疾沉了下來，「颼」地一聲響，刀光在離我面門不到半寸處掠過。

那一股寒光，使我的面門發涼，而且我的全身，也是一陣發涼！

我的處境雖然危險，但是我卻還有足夠的鎮定，我立時反刀削他的手腕，他手一縮，又一刀向我砍了下來。在經過了剛才的雙刀相交之後，我已知道對方的膂力驚人，和他硬碰只是會吃虧的。

所以，他一刀砍下，我就在地上一個打滾，避了開去，我料到他一定會大踏步趕過來的。果然，他大踏步趕了過來，我立時舉刀削向他的雙腿，身子跟著又向邊滾了開去。

在我出刀，滾開之際，我根本無法知道自己這一刀是不是已削中了對方。

直到我已經滾了開去，我才聽得那大漢發出了一下怒吼聲來，我立時一躍而起，看到那大個子的左腿上，鮮血涔涔，他已被我一刀削中了！

我立時以左手的手指，捏住了刀尖。

這一下動作，是表示我已得了上風，不願再和他動手下去了，那完全是「點到即止」的意思。可是我卻忘了和我動手的，根本不是傳統的阿拉伯武士，他們是強盜，見血性起的強盜。

我只聽得那大個子，突然發出了一下呼叫聲，接著，早已圍在我四面的強盜，像是潮水一樣，向我疾湧了過來。

我根本連再發刀的機會也沒有，雙臂便已被身後衝過來的人，緊緊握住。

由於襲擊來得實在太突兀了，我以為在我已做了不願再動手的表示之後，是不會再有什麼事的了，可是事情的變化，卻完全出乎我的意料之外！所以，我所能做的反抗，只是雙腳直踢而出，踢中了迎面撲過來的兩個強盜的面門。

但也就在這時，我的頭上，已然受了重重的一擊，此一擊，使我看到整個沙漠，像是整個翻轉過來了一樣，在一陣猛烈的，想要嘔吐感覺之後，我就眼前一黑，被擊昏了過去。

我不知道昏了多久，在又有了知覺之際，後腦上的疼痛，像是火炙一樣，我睜開眼來，這才發覺，我的頭上，套著一隻皮袋。

這樣，我的眼前自然一片漆黑，什麼也看不到，但我倒也可以知道，我是被綁在一隻駱駝的背上，而且，那隻駱駝，正在飛奔。

從吹到身上的風，極其清涼這一點上，我可以知道，還在夜晚。

我當然也已記起了在我昏過去之前發生了一些什麼事，是以，我已落在強盜的手中，成為強盜的俘虜這一點，是毫無疑問的了。

我忍住了後腦的疼痛，不發出呻吟聲，我儘量使我自己鎮定下來。

我發覺我的手、腳被縛著。這班強盜，他們準備將我帶到什麼地方去，準備如何處置我呢？我是陪著江文濤來找一個他曾在海市蜃樓中見過的阿拉伯少女的，但結果卻變成這樣！

我又想起了江文濤，江文濤是不是也和我一樣，落到了強盜的手中，還是他已經被強盜殺死了？

在那樣的情形之下，我簡直一點辦法也沒有，我只好等他們將我帶到了目的地再說。

駱駝一直在向前奔著，我的胃部壓在駱駝的背上，那種顛簸的滋味，實在不好受到了極點。在我醒過來之後大約半小時，駱駝才停了下來，接著，便聽到了一陣歡呼聲，大多數是女人發出來的聲音。

有更多的女人聲音在問：你們回來了，這次，捉到了什麼？

聽得這樣的詢問聲，我更苦笑了起來！

他們還不是普通的沙漠強盜，而是整整一族強盜！

阿拉伯人只不過是一個總稱，在阿拉伯人之中，有著許許多多不同的民族。有的民族，民族性平和；有的民族，則十分慓悍，但是卻再也沒有比沙漠中出沒無常的整族強盜更兇悍的了！

自然沙漠中的強盜族，人數並不很多。他們相互之間，也時常併吞格鬥，沙漠中的生活環境又差，是以人數也越來越少了！

但也正因為如此，生存下來的盜族中的人，也都是生命力最強、最兇悍、最善使用彎刀、最殺人不眨眼的窮凶極惡的凶徒！

他們並不是一夥人，而是整整的一族人！

在第二次世界大戰時期，撒哈拉大沙漠的戰鬥中，盟軍方面，曾棋先一著，先以高價收買了大沙漠中三族那樣的盜族，給在沙漠行軍的德軍以巨創。

可是那三族強盜，在事成之後，又相互併吞，聽說到最後，只有其中的一族，還剩了兩百來人，至今仍然在撒哈拉大沙漠中，專以搶劫為業！

我未曾想到，珊黛沙漠中也有這樣整整一族的強盜，但是照現在的情形來看，連女人、小孩，都以為男人出去搶劫，是天經地義的事，那麼，我自然是落在一整族的強盜手中了！

在那時，我的心情，實在苦澀之極，我偷偷地掙扎著，想掙脫手腳上的綁縛，但是我卻隨即發現，我完全無法做到這一點。

我仍然被放在駱駝背上。但是由於已到了目的地的緣故，駱駝已不是在沙漠上飛馳，而是在慢慢地向前走著，是以我也不像剛才那樣痛苦了。

事情既然已發展到了目前這一地步，我除了聽天由命之外，實在也沒有別的辦法可想了。

我聽得喧嚷的人聲，突然靜了下來，那可能是我已到了另一個地方，接著，我又聽到了淙淙的水聲。

在沙漠中居然聽到了水聲，那實在是不可思議的事，我幾乎要以為那是我的幻覺了。

我聽得在淙淙的水聲中，有一個男人，粗聲粗氣地在講著話。

那個男人在講些什麼，我全然無法聽得懂。

要知道，他們既然是整整的一族，便自然有他們自己世代相傳的語言，而他們既然以強盜為業，自然行動神秘，絕少有和外界接觸的機會，他們的語言，自然也不會流傳到外面去，所以我聽不懂他的話。

在那人講完之後，我的背上，被人重重地拍了兩下，接著，便是那曾和我對刀的人的聲音，他也說著我聽不懂的話。

但是他在說話之際，卻不斷拍著我的背背，好像是他正在向什麼人介紹我。

再接著，又是那男人講著話，我的身上有人一推，我從駱駝背上，跌了下來，駱駝背到地上，也有五、六呎高，而我又完全無從掙扎躲避，在我跌下去的時候，我心想，在如今那樣的處境下，如果跌斷了骨頭的話，我可以說是雙倍的糟糕了！

可是，當我跌在地上之後，出乎我的意料之外，我竟跌在在十分柔軟的毛毯上！

我當然沒有受什麼損傷！

我伏在地氈上，並不掙扎，我聽得有好幾個人在交談著，接著，便靜了下來。在靜下來之後不久，我頭上的皮套，被扯了開去。

皮套一被扯開，我就覺得光線奪目，我閉上了眼睛一回，才睜開眼來。

當我睜開眼來之後，我緩緩地吸了一口氣。

我是在一個建築物之中，那建築物，可能是就著一個天然的山洞建成的，因為我看到巉峨的岩石。

我又看到猩紅的地氈，看到一幅極大的紅幔，那幅紅幔在輕輕抖動著，我立時可以想到，在那幅紅幔之後有許多人在注視著我。

在我的身前，是兩個身形極高大的阿拉伯武士，而在四周的岩石縫中，則都插著巨大的火把。

我的手足仍然被綁縛著，而從那兩個阿拉伯武士緊繃著的臉上，我也全然無法看出我以後的命運，會是怎麼樣。

就在這時候，在另一幅黃幔之後，轉出了一個阿拉伯人來，那人來到了我的身前，向我笑了一笑，道：「對不起，委屈你了！」

他一開口，竟是流利之極的英語，那實在使我為之驚訝不已！

他又向我笑了笑，道：「奇怪麼？我是大學的法學博士！」

我瞪著他，無話可說，那阿拉伯人向兩個阿拉伯武士一揮手，那兩個阿拉伯武士「颼」地掣出他們腰際的彎刀，刀光一閃，向我疾砍了下來！

在那一剎間，我整個人都幾乎麻痹了！

我是伏在地上的，而那兩柄鋒利的彎刀，卻是向我的背部，疾砍了下來的，我還會有命麼？我真正想到了死亡前一剎那的驚恐！

然而，那只不過是極短時間內的事，大約不會超過一秒鐘。我聽到那兩柄彎刀掠起的「颼颼」的風聲，在我背後掠過。

接著，便是兩下「拍拍」的聲響，我被反縛著的手、腳立時鬆了一鬆，而那兩個阿拉伯武士，也立時抽刀，向後退出了兩步。

我反縛的手、腳已可以自由活動了！

我這才明白，那兩個阿拉伯人揮刀向我的背後砍來，並不是要取我的性命，而是要將我手、腳上綁縛的繩索削斷，這兩個人將彎刀使得如此迅疾、嫻熟，這當真有點匪夷所思了！

在我面前的那個阿拉伯人，這時又滿面笑容地道：「請起來。」

我手在地上按著，站了起來。

由於我被綁縛得太久了，而且，綁得又緊，是以當我勉力站了起來之後，我的手、腳，都一陣發麻，幾乎站立不穩。

但是我自然不願意再在他們面前倒下去，是以我一再搓揉著手腕，一面仍然勉力站著。

那阿拉伯人望著我，向我伸出手來，道：「等我自我介紹，我叫彭都。」

我伸出手來，和他握了一下，也報了自己的姓名。

彭都望著我，忽然現出不可相信的神情來，道：「他們說你和思都拉比刀，你勝過了他？」

我不知道他口中的「思都拉」是什麼人，但是可想而知，一定是那個在土城中曾和我比刀的人了，我道：「那不算什麼！」

彭都笑著，道：「那不算什麼？思都拉是我們族中，第二個刀法精通的勇士！」

我對思都拉的刀法，在他們族中占第幾，實在一點興趣也沒有，我忙道：「我可以知道，我的同伴，他現在怎麼樣了？」

彭都揚著眉，道：「你的同伴？」

我道：「是的，在遭你們搶劫的駱駝隊中，不止我一個中國人，還有一位江先生！」

彭都忽然笑了起來，道：「那麼，那位江先生一定是懦夫了！」

第四部：與第一號刀手拚生死

我怔了一怔，道：「什麼意思？」

彭都笑道：「當思都拉他們打昏了你，將你綁了起來帶走之際，並不見有什麼人來替你出頭，他們甚至未曾發現另一個中國人，可知你那位朋友，當時一定嚇得躲起來了。」

我聽得他那樣說，才鬆了一口氣，因為我至少知道江文濤沒有事了，他還和那隊駱駝隊中的阿拉伯人，在那個土城中。

他們自然會設法離開那個土城，江文濤也會繼續跟著他們，他的安全是沒有問題的。

我自然也決不怪在我被擒的時候，江文濤並不挺身而出，因為他根本連握阿拉伯彎刀的握法也不知道，就算他挺身而出，又有什麼用？

我只是笑了笑，道：「原來你們只帶了我一個人來，是為了什麼？」

當我講那句話時。我又忍不住向那幅紅幔，瞧了幾眼。我始終感到，在那幅幔後有人在向我注視著，雖然我未曾看到注視我的人，但是我那被人注視的感覺，倒是可以說是感覺得出來的。

彭都笑著，道：「別著急！」

他轉過身，雙手拍著，發出「啪啪」的聲音來，隨著他的拍掌聲，只見四個阿拉伯壯漢，兩個抬著一張矮矮的几，一個抱著一張紅氈，另一個，捧著一大盤精美的食物，走了進來。

我在阿拉伯沙漠中旅行以來，根本沒有看到過那樣精美的食物，是以我不等盤子放下，便已然食指大動。等到那兩個阿拉伯人放下了矮几，另一個放好了紅氈。彭都道：「請坐！」

我盤腿在紅氈上坐下來，那盤精美的食物，就放在我的面前。

彭都道：「別客氣。我們沒有什麼好的可以招待你，但是酒倒是好的！」

我端起一大杯酒來，喝了一口，又切下了蜜汁燒烤的羊腿，立時大嚼了起來，管他我會有什麼結果，先吃一頓精美的食物，即使在臨死之前，也是莫大的享受。

我大口吞咽著，足足吃了半小時，才拍了拍肚子，站了起來。

在我大吃大喝的時候，彭都一直在微笑地望著我，等我吃完了，他才道：「我剛才曾和你說道，思都拉是我們族中，第二號高手，而你打敗了他！」

「是的。」我回答，「如果他不服我的話，我們可以再來比試一次！」

「不，」彭都說，「他輸得很服氣，可是你知道麼，我們族中，第一號刀手，卻想和你比試一下，第一號刀手，也是我們的首領。」

我略呆了一呆，道：「好，我當然奉陪，什麼時候，可是現在就進行？」

「當然不，你得先好好休息一下，那樣，比試才是公平的，我們崇拜勇士，而勇士是應在公平的比鬥下才會產生的！」彭都一本正經地說著。

我作了一個彎腰，道：「好，我在哪裏休息？」

「請跟我來！」彭都說著，轉過身去。

我跟在他的後面，走向一幅紅幔，掀開了紅幔，是一條狹窄的通道，那顯然是天然的山洞，又走出了十來步，他又掀開了另一幅紅幔。

在那幅紅幔之後，是一個小山洞，那個小山洞，被佈置成一間很舒適的房間，有一張寬大的床，彭都道：「請在這裏休息！」

他一面說，一面又轉身拍了兩下手。

隨著他的掌聲，只見兩個半蒙著臉的阿拉伯女人，走了進來，彭都笑道：「她們可以伺候你休息！」

我忙搖手，道：「不必了，既然要和你們族中第一號高手比刀，那麼，我就想在比刀之前，獲得真正的休息！」

彭都「哈哈」大笑了起來，揮手令那兩個阿拉伯女人，退了出去，他自己也走了。

我在床上躺了下來，我的確十分之疲倦了，我躺下之後，心中在想，我勝了思都拉，可以說並沒有費什麼大的勁。

第一號刀手的刀法，自然在思都拉之上，只是不知比思都拉高出多少，不知道我是不是一樣可以勝過他，如果勝過了他，我當然會有好的待遇，但如果勝不過他，只怕就要血染黃沙了！

我想了並沒有多久，就沉沉睡著了。

那一覺，我可以說，睡得酣暢淋漓，等我醒來的時候，「房間」中仍然點著火把，從我的疲勞得到如此充份地恢復這一點來看，我可能已睡了十小時以上。

我從床上跳了起來，才走動了兩步，便有一個阿拉伯女人捧著水進來，接著，另一個阿拉伯女人，捧來了一大壺駱駝奶。

我洗了臉，喝了一大杯奶，然後，彭都也來了，我問他道：「現在什麼時候了？」

彭都笑道：「已經是第二天的下午了，你不認為要洗一個澡麼？」

我發出了一下歡嘯聲，道：「太好了！」

彭都道：「跟我來，我帶你到水池邊去。」

我跟著他走了出去，經過了那狹窄的通道，又從那寬宏的大堂走了出去，我經過的時候，每一個人，都用奇異的眼光望著我。

彭都帶著我，走出了那個大山洞，我才看到，這一族人聚居的地方，是沙漠中的兩座大斷崖，前面的一座，成了天然的屏障，將斷崖後的一座綠洲遮住，而第二座的斷崖中的山洞，就成了他們居住之所。

彭都帶著我，轉過了第二座斷崖，後面是一個小小的綠洲，有一個小水池，水池邊，是幾株棕樹，有幾個女人正在洗衣服。

我一看到那個水池，和那幾株棕樹，便不禁陡地呆了一呆！

這景象，我太熟悉了！

這就是江文濤在幻景中看到的地方！

我不由自主停步，彭都轉過頭來說道：「你怎麼了？」

那時我的面色一定很怪異，是以彭都才會那樣問的。

我張大了口，在剎那間，我實在不知該說什麼才好，我只是伸手指著那個水池，這時，水池邊一個人也沒有，但我仍能肯定，這個水池，就是江文濤攝得虛像的那個，絕不會錯的！

彭都望了望我，又循著我的視線，向前看了一看。這時，我的心中，感到了驚異之極，但是在彭都看來，實在是絲毫也沒有出奇之處的！

我仍然發著呆，彭都又問我，道：「怎麼啦，你看到了什麼奇怪的東西？」

他連連問了我好幾遍，我才漸漸地定過神來，忙道：「沒有什麼……只不過眼前的情形，使我……使我想到了一個夢境！」

彭都笑著，道：「只怕不是夢境，那是你在沙漠旅行中，曾在海市蜃樓的視線中，看到過這裏的情形，我說得對麼？」

彭都那樣一說，我的口張得更大，神情也更加驚訝了，我有點口吃道：「你……你怎麼……知道的，的確，是那樣！」

彭都攤了攤手，道：「一點也不值得奇怪，這裏有兩個斷崖，特別容易反射光線，所以在沙漠中旅行的人，不少人曾看到過這裏的情形，當然，只是海市蜃樓，真正的所在，他們是找不到的。」

我緩緩地吸了一口氣，點了點頭，這時候，我心中極度的驚慌已然過去了，我開始迅速地想著。江文濤看到的海市蜃樓，就是這個地方，那已是毫無疑問的事了！

我已在無意中發現了遍尋不獲的地方，那麼，我找的那個阿拉伯少女，一定也是在這裏的了！

那阿拉伯少女有著那麼溫和美麗的笑容，但是她卻是盜族中的一員，這倒的確有點出人意表。

現在的問題就是，我應運用什麼辦法，才能找到那位少女！

我道：「的確是的，我在海市蜃樓中見過這個水池，和那些樹。」

彭都笑著，道：「看來，你對這一次海市蜃樓的印象很深刻！」

我只是笑了笑，沒有回答他這個問題，我自然不會將一切經過向彭都說的，因為在如今的情形之下，彭都可以說是我的敵人，我將和他們族中第一號刀手，在彎刀上見生死！

是以，我一面向水池走去，一面順口問道：「你們這一族，聚居在這裏，總共有多少人？我在池中洗澡，不會弄污了水源麼？」

「不會的，真神很照顧我們，這裏有一條地下河流，可以引出很多水來，使我們全族七百多人，都能夠在沙漠中生存下去！」

他們全族有七百多人！就算是男女各一半，那也就是說，我要在三百多人中去尋找她，那個阿拉伯少女。如果我能夠在這裏住上十天八天的話，那自然不是什麼難事，但在今天晚上，我的命運就可被決定，我可以說是自身難保，要找那阿拉伯少女，自然困難得多了！

我在水池邊停了下來，彭都也一直跟著我來到了池邊，我道：「請原諒，我不慣在人前裸體！」

彭都笑了一下，道：「好的，我想你認識路，當你洗完澡之後，你再到那個大山洞來找我！」

我點頭答應，彭都又看了我一眼，走了開去。

我轉過身來，才發現水池邊已有一疊毛巾和替換的衣服，我脫下了衣服，跳進了水池中。沙漠是如此乾燥、酷熱，所以，當我可以浸在清涼、舒適的水池中時，我感到極度舒服。

我在水池中浸了好久才起來，換過了衣服，精神大振，當我穿好了衣服之後，我發現四周圍，一個人也沒有，那實在是我的一個大好機會！

我何必立即到大山洞中去找彭都？我可以先到處去走走，說不定我能見到那阿拉伯少女，就算彭都不顧意我隨處去走，他也是無可奈何的。

所以，我向前疾走了出去，轉過了斷崖，我就看到了很多石屋、和另一個大水池，比那水池要大得多，許多婦人在水池旁做著事。

那些婦女，雖然穿著傳統的阿拉伯衣服，但是卻都沒有蒙著臉。

當我走近那個大水池的時候，那幾十個婦女，全都轉過頭來，用奇怪的眼光打量著我，她們的神態，也和一般阿拉伯女人，見了男人便低下頭，急急逃開去大不相同，我也打量著她們。

使我驚奇的是，她們大多數都很美麗動人，但是，我要找的那個阿拉伯少女，卻並不在其中。

可惜我的身邊，已沒有了那阿拉伯少女照片，不然，拿出照片來，向她們問一問的話，一定可以事半功倍了。我試圖和她們講話，但是她們給我的答覆，只是有禮貌的微笑。

我在大水池邊，逗留了沒有多久，當我還想再到別的地方去看看時，看到彭都已帶著幾個人，急匆匆地趕了過來，一見到了我，便責怪道：「你怎麼到處亂走，我不是叫你立即來找我的麼？」

我臉色一沉，道：「這是什麼意思？我在這裏的身分是囚犯麼？如果是的話，那麼，你應該早向我說明！」

我一生氣，彭都反倒和緩起來，他忙道：「不是這個意思，那是比刀的儀式快開始了！」

我「嗯」地一聲，跟著他向前走了過去，不一會兒，又來到那山洞之中。

我到了那個山洞中，才明白剛才為什麼我只看到婦女，而看不到男人的原因，原來所有的男人，都已齊集在山洞之中了。

他們貼著洞壁，坐成了兩排，圍成圈子。他們的神情都異常肅穆。山洞中的人雖多，但是卻一點聲音也沒有，靜得只聽到火把燃燒的聲音。

彭都將我帶到了山洞的正中站定，然後退了開去，有兩個人，捧著一只大盒子，到我面前，蹲了下來。

我打開了盒蓋，盒中列著八柄阿拉伯彎刀，那八柄彎刀的形狀，並不相同，有的彎得很甚，有的只是刀尖上略有一個彎角，有的長、有的較短。

在雪亮的八柄刀之下，是鮮紅色的絲絨墊，極其考究，我從來也未曾見過殺人的兇器用那麼好的盒子放置的。彭都在我的身邊，解釋著道：「你可以選擇一柄你認為合適的刀！」

我拿起了一柄刀身較直的刀來，使用太彎的彎刀，需要特殊的技巧，我究竟不是阿拉伯人，不可能在使用彎刀的技巧上勝過阿拉伯人，是以我揀了一柄刀身較直的刀，那種刀的形狀，比較接近中國的單刀。

我將刀握在手中，那兩個捧著盒子的阿拉伯人，立時退了下去。

我用手按在刀鋒上輕輕刮了一下，刀的鋒利，是絕不容懷疑的，它的鋒利程度，我相信可以不需要任何憑藉，而在半空之中，將一幅絲巾，削成兩半。

我握定了刀之後，彭都也退了開去，這時候，整個山洞之中更靜了。

火把上的火光，映在刀身上，發出奪目的光彩來，我將刀握得低了些。

我也在屏氣靜息地等著，等待我的對手出來，我的對手是這一族中第一號刀手，那自然是一個非同小可的人物，我必須為我自己的命運而戰！

我等了大約一分鐘，只聽得彭都突然發出了一下大喝聲，在如此的靜寂中，彭都的那一下大喝聲，令得人人心頭都為之一震，我立時微微彎下了身子，我怕我的對手會突然衝出來向我發刀。

但是事實並不是那樣，彭都一聲大喝之後，自那幅巨大的黃幔之後，走出了兩個身形極高大的阿拉伯人來。

那兩個身高在六呎五吋以上的阿抗伯人，當然不是我的對手，因為一個人，身形高大到這種程度，看來雖然威武，但是也決不會是動作十分靈活的那種人，而身形如果不靈活，那麼，在刀法上就不可能有十分高的造詣的了。

果然，他們出來之後，連望也不向我望上一眼，伸手撩起了黃幔來。

這時候，我才看到了我的對手！

他是一個身形很矮小的人，比我要矮上五大吋，他的手中，也握著一柄彎得出奇，像是半月形的一種彎刀，他的身上，穿著一件十分寬大的白布袍，那件白布袍，像是一個布袋一樣，將他的全身，盡皆罩住。

而他的頭上，紮著白布，白布向下垂，遮住了他整個頭臉，他雖然走了出來，但是，我只能看到他的一雙手、和他的一對眼睛！

他向前走出了三四步，我注意到，他的步履，十分輕盈，那正是一個第一流的刀手必須具備的條件。而他的雙手，看來也十分柔軟，像是鋼琴家的手一樣，這樣柔軟靈活的雙手，自然可以將一柄鋒利的刀，舞得出神入化，使他高踞第一號刀手的寶座！

他走出了三四步之後，離我也只有四五呎遠近了，我緩緩地吸了一口氣，彭都也在這時候，向我們兩人的中間走來。

他在我們兩人的中間站定，然後，伸手捏住了我和第一號刀手的刀尖，將我們兩人手中的刀引過來，使我們的刀尖，相交在一起。

然後，他道：「等我退後去，手一揚起來，你們就可以動手了，誰先偷襲的，真神會懲罰他！」

我心頭怦怦跳著，彭都向後退開去，他退開了三四步，我一直在留意著他，但是在這時，我卻發現我的對手，雙眼盯在我的身上。

我的心中，不禁陡地一怔，我如果只顧望著彭都的話，那麼，我可能會在第一招中吃虧了！

所以，我也立時轉過頭來，望定了我的對手，彭都在退出了五六步之後，突然大叫了一聲，從地下火把映出的影子中，我看到他已然揚起了手來。

也就在那一剎間，我和第一號刀手，兩柄刀尖相抵著的刀，倏地分開，我們不約而同，一起向後，退出了一步，並不搶先進攻！

我們兩人，倏地分開之後，我的心又向下一沉，因為我知道，我的對手，果然非同凡響，他不是一個一有機會就進攻的人，而是要尋找最好的機會，才發出致命的一擊，真正有技巧的人，便是那樣的。

我的身子微彎著，對方的身子也微彎著，我們各自望定了對方，身子慢慢地轉動著，各自轉了一個半圈，等於換了一個方向。

所有的人一點聲音也不出，在各自轉了一個半圈之後，我看到對方還沒有出刀的意思，我將手中的刀，向前略伸了伸，作試探性的一刺。

顯然，我的刀向前一伸之後，立時縮了回來，但是對方也在那時出了刀。

只聽得「錚」地一聲響，我縮刀雖快，對方的刀尖，已經撩到了我的刀尖，他手腕一轉，我的刀被蕩得向外，晃了一晃。

就在我的刀向外一晃之際，對方的刀，已經直掠到了我的胸前，我立時向後退出了一步。

可是，我卻已落了下風，對方的刀勢，綿綿不絕而來，我左閃右避，趁空回刀，可是始終占不了上風，不到五分鐘，我已是汗流浹背！

而對方的刀，一刀緊似一刀，忽上忽下，忽左忽右，那一柄異樣的彎刀，簡直就像是在我的身邊，上下左右地繞著我轉一樣。

我用盡我體內的每一分力量，榨盡了我腦中的每一分機智，躲避著對方的攻勢，每當對方的彎刀，以毫釐之差，在我的身邊掠過之際，我就聽得山洞之中，爆發出擊雷也似的響聲來。

我出的汗越來越多，我的視線也漸漸模糊了，我只覺得我在一步一步接近死亡！

終於，我有了機會，我看準了對方的彎刀，向我面門直砍過來之際，我揚起手中的刀，用力格了上去。

對方的刀勢如此飄忽，這還是我第二次能夠將對方的彎刀格開。

當我在格開對方鋼刀的那一剎間，我認為我可以扭轉劣勢了！

可是我卻完全料錯了！

就在我的刀，將對方的彎刀格開之際，幾乎那「錚」地一聲響，還悠悠未絕之際，對方的彎刀，已然側劃而下，攻向我的左腿。

我連忙向側跨出了一步，我已經避得十分快了，但是我還是遲了一步，我的左腿上一陣變涼，接著而來的，是刺骨的疼痛！

我向後一步跳開去，在我跳開去之際，有大滴的鮮血，灑落在地上！

我的對手也向後退去，他手中的刀，仍然指著我，但是卻不再發動攻勢。

我比輸了！

山洞中的喝采聲，此起彼落，都是在向第一號刀手呼喝的，而我，輸了！

在那剎間，只覺得一陣異樣的奇恥大辱，襲上我的心頭，那一種恥辱之感，使我熱血沸騰，我低頭看了一看，我左腿上的傷痕，大約有三寸長，正在汩汩地淌著血，而彭都也在這時候，向我走來。

他來到了我的身前，山洞中的喝采聲也靜了下來，他緩慢而清晰地對我道：「你已經輸了，你應該拋下手中的刀，向我們的第一號刀手俯伏！」

我的臉色一定十分難看，因為我的聲音是那樣的怪異，連我自己聽來，也不像是我自己發出來的，我只發出了一字，道：「不！」

我猛一揮刀，「嗤」地一聲，割下一幅衣襟來，迅速地紮了我左腿上的傷口，然後，我又抬起頭來，大聲道：「我只是受了傷，並沒有輸！」

我這句話，是用阿拉伯話叫出來的。

剎那之間，山洞中所有的阿拉伯人，全都站了起來。但是，除了他們的衣服摩擦聲之外，一點聲音也沒有。

彭都深深地吸了一口氣，他的面色，也變得十分嚴肅，他道：「你知道這是什麼意思麼？」

我的聲音很鎮定，道：「當然知道。」

彭都道：「你是在提議一場判生死的決鬥，你可曾考慮過了？」

我冷冷地道：「你能不能少說兩句廢話，快一點向後退開去？」

彭都果然一聲也不出，向後退了開去。

而在這時侯，所有的阿拉伯人，都不由自主跨出了一步。

我無暇去打量他們臉上的神情，他們或許以為我是一個勇士，或許以為我是一個傻瓜，但是我卻無法去理會他們的反應。

我要理我自己，我要憑我手中的刀，去創造勝利，我不要失敗！

我手中的刀，漸漸揚起，我發現我的對手，雙眼之中，閃耀著異樣的光芒，我盯著他，他也盯著我，突然之間，我舉刀刺出！

他後退，我再刺出，他再後退，我第三度刺出，他手中的鋼刀揮著圈，我的刀又被他蕩了開去，但是我立時收刀，我們這一次再格鬥，和上一次不同，上一次，我一上來就占了劣勢，但是這一次，卻是在均勢下決鬥的，我連連進攻，他也連連進攻。

那是令人連氣也喘不過來的十分鐘，在那十分鐘中，我幾乎連思想也停頓了！

但是，我左腿卻痛了起來，血一直在向外滲，我的步法，有點不穩了！

突然，我的肩頭又中了一刀！

對方的彎刀是那樣鋒利，我的肩頭上，只不過是被對方的刀尖，輕輕劃過了一下，但是，卻立時拉開了一道口子，一陣徹骨的奇痛！

我的身上，不由自主，縮了一縮。

也就在那一縮間，對方的刀，在我頭頂上掠過，我的頭髮，隨著刀風，散落了下來。

但是，我也趁著那千載難逢的時機，趁著我和我的對手已經極其接近的一剎間，左肘一橫，用力撞在對方的腰際，緊接著，一腳踢出！

那一腳，正踢在對方的小腹上，他向後倒去，我一刀削出，他頭向後一仰，我的刀，將他頭上蒙臉的白布，削去了一大半。

他發出了一下驚呼聲——我還是第一次聽到她出聲，她自從在黃幔走出來之後，一點聲音也沒有發出過，但這時一下驚叫聲，卻是女人的叫聲。

我的動作是一連串的，當我橫刀掠過他的面門之際，手腕一翻，刀已向著她的面門，砍了下去！

但是，就在那一剎間，我的刀僵在半空之中，刀光映著我對手的臉，我無法再砍下去！

我的對手是她，是珊黛，她的真名字，當然不會是珊黛，那只是江文濤那樣叫她，她就是那個阿拉伯少女，我要找的那個！

她的雙眼之中，凝聚著冷酷的、鐵也似的光芒，但是我還是可以認得出，她就是我千方百計要尋找的人，而我終於找到了她，在那樣的情形下！

我當時，只是突然收住了刀，大叫了一聲，自然，沒有任何人可以明白我那下大叫的意思。我是不知有多少話要說，可是在那剎間，我卻只能大叫一聲，來代替我要說的所有的話。

而我那一下大叫聲，叫到了一半，對方的彎刀，已刺進了我的肚子。

我陡地後退，她也跌倒在地，我只覺得一陣異樣的昏眩，我還站著，但是我已幾乎昏了過去，我看到她站了起來，看到所有的阿拉伯人，呼叫著，向前湧了過來，我還站著，但是我漸漸彎下了腰，我耳際的聲音，越來越是模糊，終於，我倒下去，昏倒了。

不知過了多久，才又有了知覺，我的口渴得像是有一團火在我的口中燒一樣。

我睜開眼來，在我的眼前，一片模糊，我又閉上了眼，我聽到彭都的聲音，他在叫著，道：「真神在上，剛才我看到他睜開了眼！」

另外還有幾個人在說著話，另有一個帶著蘇格蘭口音的聲音，道：「別吵，他需要安靜！」

我又慢慢睜開眼來，我看到一個有著小鬍子的白種人，正在俯視著我。

我只感到一片迷惘。

那蓄鬍子的白種人忙道：「我是醫生，被他們綁票來替你治傷的，看在上帝的份上，你要快些復原！」

我有氣無力地道：「我……怎麼了？」

「很好，你的情形很好，你的傷很重，但是在一個月之內，可以復原了！」

「一個月！」我嘆了一聲。

那醫生道：「你已經躺了一個月，不會在乎多一個月！」

這一次，我沒有說出話來，我已躺了一個月，我實在無法想下去，一個多月，我一直躺著？我真的沒有法子想下去。

我閉上了眼睛，在那時侯，我只想到了一點，我為什麼還不死。

我當然還沒有死，要不然，我就不能想了，但是我為什麼沒有死，我自己還是我自己麼，我想看看我自己，我又睜開眼來。

我吃力地道：「我……想看看我自己！」

那醫生呆了一呆，道：「你是什麼意思，為什麼你要看看自己。」

我又掙扎著，道：「讓我看看我自己……我才可以確定我自己的……存在！」

那醫生本來是俯著身子在看我的，這時，他直起了身子來，道：「拿一面鏡子給他！」

彭都立時又轉身吩咐另一個阿拉伯人，那阿拉伯人走了出去，不一會兒，便拿著一面鏡子，走了進來。我想抬起手來，接住那面鏡子，可是我的手只移動了一吋不到，便又軟垂了下去。

那醫生接過了鏡子來，將鏡子放在我的眼前，我失聲道：「我……我在哪裏？」

鏡子已對準了我，我當然已看到了我自己，但是我所看到的是一個瘦得像骷髏也似，頭髮也像打成了結，鬍子長得足有半寸的怪物！

那實在不是我，但是那又實在是我！

我在叫了一聲之後，閉上了眼睛，我明白，當我受了重傷，在那樣沒有醫藥照料的情形下，昏迷了一個月，我實在不能希望自己有更好的樣子了。

當我閉上眼睛的時候，我聽得彭都說道：「醫生，算你運氣好，你看，他醒來了，如果他死了，你得陪著他死，現在，盡力醫好他吧！」

醫生苦笑著，我嘆了幾口氣，又微弱地叫道：「醫生，你從哪裏來？」

我感到醫生的手，輕輕放在我的肩上，他道：「你放心，我是營救你的一份子。」

我愕然，不知道是什麼意思。

醫生又道：「你被擄來之後，你的一個朋友，立即通知了當地政府，通知了你的朋友、你的家人，他們都趕到珊黛沙漠來了，但是無法找到你。」

那醫生頓了頓，又繼續道：「我帶了一具無線電發報機深入沙漠，被他們帶到這裏來的，現在，我想替你注射一針，將好消息去報告你的家人！」

「我的家人……」我吃了一驚，「你是說，我的妻子，也來了麼？」

「是的，還有很多人，包括四個部族的酋長，他們都集中在雅里綠洲。」

我有氣無力地道：「帶我離開這裏，帶我……到雅里綠洲去！」

醫生苦笑著，道：「不能，一則，你的健康情形，絕不適宜有任何的移動，二則，這裏的首領下了命令，不准你離去！」

這裏的首領！

我已經完全可以記起來了，這裏的首領，就是這一個強盜部族的第一號刀手，也就是我和江文濤所要尋找的那個美麗的少女！

在剎那間，我有一陣昏眩的感覺，而醫生則替我注射著，我又昏迷了過去。

第五部：盜族首領的婚禮

當我再次醒來之後，我發現多了一名醫生，一共有兩名醫生，在我的身邊。

原來的醫生，指著新來的醫生道：「他才從雅里綠洲來，你的朋友、家人，知道你已在漸漸復原，都表示十分高興。」

我呻吟著，道：「他們為什麼不來看我？」

那新來的醫生道：「他們無法來看你，沒有人知道他們聚居的地點是在什麼地方！」

我憤怒地叫了起來，道：「為什麼不用飛機偵查，為什麼不派軍隊出來？」

那醫生無可奈何地搖著頭，道：「這裏的首領，已提出了警告，如果有任何人，未經許可，而企圖發現他們的所在，他們就展開大屠殺，殺盡珊黛沙漠中，所有聚居在綠洲附近的人！」

我張大了口，像是一條離開水的魚兒一樣喘著氣，我們要尋找的那個少女，她……竟可能下出那樣的命令來？這實在是沒有可能的事！

那醫生咳了一聲，壓低了聲音，繼續道：「你知道麼？這一族的首領，是一個女人！」

我呻吟著，道：「我知道。」

那醫生將聲音壓得更低，道：「那女人是一個嗜血狂，她可以毫不猶疑地下大屠殺令，而她統率下的人，全是第一流的刀手！」

我的口唇顫抖著，實在想不出該說什麼話，過了好一會兒，我才顫聲道：「那麼，我為什麼……能夠不死，她為什麼准你們來救我？」

那兩個醫生互望著，道：「誰知道，誰知道一個那樣可怕的女人，心中在打著什麼主意？」

我的聲音越來越微弱，我道：「你們可曾見過這位首領？」

他們兩人一起搖著頭，我呆了半晌，也沒有再說什麼，我實在沒有什麼好說的了。

從那天起，我的情形，漸漸好轉。自從我知道我的家人、朋友，都聚集在雅里綠洲之後，我真恨不得能立時到達雅里綠洲去和他們相會。

但是我的傷勢卻恢復得很慢，總算好的是，我越來越覺得生命已經拉回來了。

那兩位醫生，盡他們的能力醫治著我，又兩星期之後，我已看到了自己肚上，那一條可怕的刀痕。

陪著那兩個醫生，每天和我在一起的是彭都，當我可以扶著杖，站起來行走幾步之際，他笑著問我，道：「那一次比刀，其實你是可以勝的，為什麼忽然之間，你停住了刀不下手了？」

我苦笑著，搖了搖頭。

彭都追問道：「是不是你想不到，我們的首領，是一個美麗的少女？」

我仍然搖著頭，彭都卻一再追問，我只得道：「我以前是見過她的，我到珊黛沙漠來，正是為了找她，可是卻想不到在這樣的情形下見到了她！」

彭都表示十分驚訝，望定了我，也不知道該如何問我才好。

而我也無意在這時，就照實將一切全講給他聽，我只是趁他發呆之際，反問他道：「你可知道，為什麼我竟能不被你們的首領殺死？」

彭都又略呆了一呆，才道：「你可以下手而不下手，所有的人都看到的，首領傷了你之後，如果再下手殺你，那就會喪失首領的資格！」

我苦笑了一下，道：「原來是那樣，那麼，我現在的傷好了，為什麼不許我離開？」

彭都就笑了一下，道：「這個問題，我無法回答你，我相信首領一定會直接和你見面的。到時，你不妨用這個問題問她。」

我心中的怒意，實在有點按捺不下，我大聲道：「她什麼時候見我？」我的身體，還是十分虛弱，是以一大聲講話，就忍不住有一陣昏眩之感。我坐了下來，彭都仍然未曾回答我這個問題。

在接下來的日子中，我獲得的照應，越來越好，從雅里綠洲，又來了一位醫生，替我做徹底的治療，第一個看顧我的醫生，也被放出去了。

那位新來的醫生，向我敘述著雅里綠洲上的情形，我才知道，在我被俘的半個月，白素就趕到雅里綠洲來了。我知道，那位醫生將我健康漸漸恢復的消息，帶回雅里綠洲之後，各人都會放心的。

這時候，我的心情已好了許多，是以傷勢也恢復得快得多了。

又過了大半個月，我已可以不用拐杖而行走了，但是我始終被監視著，行動的範圍，不出幾個山洞，根本不能走到外面去。

而到了一個月後，我已經完全和常人一樣時，我所能見到的，還是只有彭都，我見不到他們的首領，雖然我一再催促，也不得要領。

我開始想到，我要離開這裏了。

我自信，我一個人，是可以設法離開這裏的，但是那兩個照顧我的醫生，卻還在此處，如果逃走，他們會有什麼命運，是可想而知的事！

而且，我未曾見過那首領，叫我就此離去，我總也有點不甘心。

又過了幾天，我自信已壯健得像一頭牛一樣了，彭都忽然走進了山洞來。

我一看到了彭都，就覺得今天的事情，有點不尋常了，因為在彭都的身後，跟著兩個女人。

那兩個都是妙齡女郎，她們並沒有蒙著臉，雖然穿著傳統的阿拉伯服裝，但是也可以看到她們婀娜的身形。這個山洞中，平時是絕沒有女人進來的，所以我立時揚了揚眉，問道：「有什麼事？」

彭都直來到了我的身前。他的神情，看來嚴肅而又神秘，他道：「衛先生，首領召見你。」

我深深地吸了一口氣，我又可以見到那個少女了，當我和江文濤出發找尋她的時候，在我們的心目中，她是一純潔、天真、溫柔的阿拉伯少女。

但是現在，我卻已知道了她的真正身分，她是整整一族以搶劫為生的阿拉伯人的首領！

據那位醫生說，她在沙漠中橫行不法，以殘忍出名，是以當我一知道我又要見她的時候，心中不知道是什麼滋味！

彭都也不等我出聲，道：「請你跟這兩位女郎去，她們是首領的近侍。」

我沒有什麼別的可以說，只是點了點頭，道：「好，請兩位帶路。」

那兩個女郎望著我，笑了一下，也沒有說什麼，就轉過身去，我跟在她們後面，在走出山洞之後，我只覺得眼睛一陣刺痛。

我已足足有近三個月未曾接觸陽光了，是以在我一出山洞之後，陽光直接曬在我的臉上，我幾乎連眼睛也睜不開來。

那兩個女郎走得十分快，我發現我在經過所有人的時候，人人都以一種十分奇怪的眼光打量著我。

我經過了那個水池，水池邊有幾個女人在，她們看到了我，停下了工作打量著我，經過了那水池之後，我被帶到一個小山洞之中。

在那小山洞中，有管子接進來的水，出乎我意料之外的是，還有全套梳洗的工具，那兩個女郎向我笑了一下，指著那些工具。

雖然，她們沒有說話，但是我也明白了她們的意思，是叫我梳洗一番，再去見她們的首領。

我就著一面鏡子，照了照自己，形容枯槁四個字，正好是我這時的寫照。

我花費了大約半小時，將頭髮梳好，又剃淨了雜亂的鬍子，看來就好看了許多，但是我的臉色，卻仍然十分蒼白和瘦削。但是無論如何，和從前的我，總已相當接近了，我轉過身來，那兩個阿拉伯女郎，將一件白色的阿拉伯袍子，披在我的身上。

她們又帶著我，走向一個十分狹窄的山道，穿過了那山道，我感到陣陣清涼。在沙漠中，是很難有那樣清涼的感覺的，自然，那是因為我此際置身的山洞，是深在山腹中的緣故。

通過了那狹窄的山道之後，便是一個二十呎見方左右的大山洞，那山洞的四周圍，全是黃色的幔，在正中，是一塊整齊的大石，石上鋪著氈。

山洞的四角，有著大火盆，火盆中的火頭，高低不定，是以火光雖然明亮了山洞，但是，也帶來了許多飄忽不定的陰影，看來很是神秘。

那兩個女郎，將我帶進了這個山洞之後，就退了出去，於是，山洞中只有我一個人了。

我站著，大約只等了半分鐘，就看到大石之後的黃幔掀動，那女郎走了出來。

她為了接見我，顯然曾盛裝過，她的頭上，帶著一團像是皇冠一樣的裝飾物，上面鑲著一團灼灼生光的紅寶石，她穿著一件白色的衣服，當她從幔後走出來之後，她略停了一停，然後才繼續向前走來，來到了那塊大石之前，不再走向前。

當她站定之後，她向我笑了笑，然後道：「你的傷痊癒了，我很高興！」

她講的是英語，雖然聽來很生硬，但是發音倒很純正，尤其是她的聲音如此可愛，使人一點也不覺得有什麼不自然之處。

我沒有出聲，她又笑了一下，道：「我從來也未曾離開過沙漠，是彭都教我說英語的，我說得還好麼？」

我點頭道：「說得很好。」

她一手扶著那塊大石，仍然直視著我，道：「我倒想你教我說中國話。」

我緩緩地道：「中國話不是三兩天學得懂的，我的傷已好了，現在，我想離開這裏！」

她仍然望著我，過了一會兒，才道：「是的，我知道你有很多朋友，在雅里綠洲等你回去，你的妻子也在那裏，她很可愛。」

我不禁詫異起來，道：「你見過她？」

「自然。」她又笑了起來，這一次，在她的笑容之中，有著自傲。「在沙漠中，我是神出鬼沒的，沒有人認得我。」

她繼續說：「我到過雅里綠洲幾次，甚至和你的妻子談過幾次話，看來，她也很著急，希望你能夠去和她見面。」

我點頭道：「這也正是我急於離去的原因。」

她略為低下頭一會兒，才道：「我看，你只怕不能回去，你……也要成為……我們之間的一員。」

她在講那句話的時候，不但吞吞吐吐，而且神情，也似乎很特異。

但是我一聽得她說我不能回去，就直跳了起來，也根本不及去研究她講話吞吐，神情特異，究竟是什麼意思，我大聲叫道：「你說什麼，不准我回去，你以為你是什麼人，可以隨便扣留一個人？」

她的神情，這時倒很平靜，她道：「我是可羅娜公主，我的上代，世代統治著珊黛沙漠，到如今，我仍是沙漠的無形的主人！」

我冷笑著，道：「我一定要離開，不理會你准與不准，我要離開！」

在她美麗的臉上，突然現出一種十分冷峻的神色來，她道：「在我的統治下，有兩百多名第一流的刀手。」

我道：「你是在恐嚇我？」

她搖著頭，道：「不，只是提醒你！」

我冷笑著，道：「照你和你們全族所犯下的罪行來看，你們全族該在監獄中度過餘生，好了，我不和你多說，我要走了！」

她的神情更冷峻，道：「你不能走！」

我大聲道：「你準備怎樣？」

可羅娜公主接下來所講的話，實在是我做夢也想不到的！她先笑了一下，她的笑容也神秘莫測，叫人也想不到她是為了什麼而笑的。

然後她道：「婚禮在明晚舉行，一切都已經按照傳統準備好了。」

我呆了一呆，覺得很不耐煩，我只是順口問道：「什麼人的婚禮？」

可羅娜公主道：「我！」

她在講了一個「我」字之後，又笑了一笑，然後才道：「和你！」

她那一句話只有三個字，而那三個字，又是分成兩截來說的，是以我在一聽之下，還不能將她的語意，在腦中連成一個完整的意念。

可是，那只是極短時間內的事，當我將她所說的那三個字，連接起來時，就變成了「我和你」，而她剛才所提及的，卻是一件婚事！

我和她！

我在那剎間，只覺得手心在冒著汗，心在怦怦跳著，我立即意識到事態的嚴重，這決不是開玩笑的事情了，她是很認真的！

我只呆了極短的時間，就失聲叫了起來，道：「你在開玩笑，我和你，結婚？你在開玩笑？」

可羅娜公主笑著，我不得不承認，那便是在如今那樣的情形之下，她仍然笑得很溫柔、很美麗。

我又大聲道：「別笑，這是不可能的事！」

可羅娜仍然笑著，道：「但是我必須有一個丈夫，我的丈夫必須比我有更高的刀法造詣，只有你是，我再說一遍，我們的婚禮，明晚舉行！」

我握緊了拳頭，道：「我不會舉行什麼婚禮！」

可羅娜望著我，道：「你想怎樣？」

我立時道：「離開這裏！」

可羅娜的面色，倏地一沉，溫柔的笑容，在她的臉上消失了，她看來仍然非常美麗，但是卻美麗得令人心寒，尤其是她的一雙眼睛，簡直冷酷得像是石頭雕成的一樣，一點感情也沒有。

那醫生曾經說可羅娜是一個嗜血的狂人，這時，就算我對於這一個加在可羅娜身上的形容詞，仍然有所懷疑的話，那種懷疑，也已減少到最少程度了！

她用石頭一樣的眼睛，望了我好一會兒，才道：「你可以離去。」

我忙道：「好，那就再見了！」

可羅娜發出了一下冷笑，道：「你當然不是就那樣離去，你要被帶到沙漠的中心，由我來砍去你的兩隻手，如果你還能夠在沙漠中支持著，走上三日三夜，那麼你自然可以獲救！」

在那剎間，我只覺得我自己的身子，在劇烈地發著抖，一句話也說不出來。

世界上決沒有一個人可以在雙手被人砍斷之後，再支持著在沙漠中行走三日三夜！

一個人，如果在沙漠的中心，被砍斷了雙手，那麼，唯一的結果，就是在沙漠之中，流乾他體內的每一滴血，然後死去！

在我的身子劇烈發著抖的時候，可羅娜又冷冷地道：「你自己考慮吧！」

我先深深地吸了一口氣，我心內在急速地轉著念，別說我早已有了妻子，就算沒有，我也決不能在那樣的情形下，答應和她結婚。

別說是我，就算是在看了她的照片之後，對她如此著迷的江文濤，只怕在知道了他心目中愛戀的人，原來是這樣一個人的時候，他也不會答應的！

我想了不到十秒鐘，便壓抑著心頭的怒火，盡量使我的聲音平靜，我道：「通常，結婚是被認作人生的大事，我要考慮一下。」

可羅娜仍然冷冷地道：「和我結婚而仍然需要考慮的話，對我是一種侮辱，侮辱領袖，是要受挖雙目的懲罰的，你願意接受懲罰麼！」

我實在忍無可忍了。

我厲聲罵道：「你是什麼東西，他媽的，你是強盜頭子，你是一個臨上絞刑架的嗜血的犯人，我應該一刀砍死你！」

可羅娜的雙眼之中，流出一種異樣冷酷的神色來，她並沒有回罵我，甚至可以說，她沒有發怒，但是她那種冷酷的眼色，卻也令得我無法再罵得下去。

我喘著氣，可羅娜又望了我半晌，才冷冷地道：「你可以回去了，婚禮在明晚舉行！」

她說著，拍了兩下手，立時有兩個女人走了進來，在那一剎間，我只想到一點，如果我可以制服可羅娜的話，那麼我就可以結束這一齣鬧劇，離開這裏了！

所以，當那兩個女人向我走來之際，我突然一個箭步，向前跳了出去，可羅娜本就離我很近，我一向前跳出，便已到了她的面前，我也立時伸出手來。

我是想先抓住了她的手腕，將她的手臂反扭了過來，那麼，我立時可以推著她離開這裏的了。

可是，也就在那一剎間，可羅娜的身子，突然向後縮了一縮。

接著，在我的眼前，便閃過了一道奪目的光芒，我伸出去的手立即僵住了！

那一道刀光，一閃即過，可羅娜手中的彎刀，已然架在我的手腕之上，刀鋒貼在我的皮膚，以這柄彎刀的鋒利程度而言，她剛才揮出那一刀時，只要略為加多一點力道，那麼我的手，一定已被她從腕骨切斷了！

而她竟將力道算得那麼準，剛好在刀鋒貼到我的手腕時收了刀，她真不愧是第一號刀手了！

這時，我不知道是收回手來好，還是不收回手來好，我只是僵立著，而可羅娜也並不收回刀去，她仍然只是那樣瞪著我。

那場面實在令人難堪之極的，我的背脊，在直冒冷汗，可羅娜冷笑著，道：「你別妄想可以在我的身上，佔到什麼便宜！」

我緩緩吸著氣，可羅娜突然揚起頭來，對那兩個阿拉伯女人道：「你們過來！」

那兩個女人，在突然之間，面色大變，我不知道何以她們在那一剎間，會現出如此害怕的神情來，那兩個女人不過略慢了一慢，可羅娜的聲音，已經變得尖銳得多，喝道：「快過來！」

那兩個女人，一步一步，向前走來，當她們來到近前的時候，她們的臉色，白得像石膏一樣！

可羅娜冷冷地道：「你們剛才看到了什麼？」

那兩個女人，像是早已知道可羅娜會有此一問一樣，忙不迭道：「沒有什麼，什麼也沒有看到！」

可羅娜笑了起來，道：「你們又不是瞎子，怎會什麼也沒有看到？」

那兩個女人發起抖來，可羅娜道：「只有瞎子，才什麼也看不到的，也只有瞎子，人家才會相信她什麼也看不到，是不是？」

那兩個阿拉伯女人口唇發著顫，道：「是！」

直到那兩個阿拉伯女人口中說出「是」字來之際，我仍然想不到會有什麼事發生。可羅娜手中鋒利的彎刀，仍然擱在我的手腕上，而在我的心目中，只想到一陣陣的厭惡，厭惡到了難以形容。就在那兩個女人，講出了一下「是」字之後，可羅娜立時道：「好！」

隨著那一個好字，可羅娜突然揮動手臂，她出刀實在太快了，以致在剎那間，我只看到了刀光一閃，我聽到那兩個女人的一下慘叫聲。

我連忙向那兩個女人看去，而當我看到那兩個女人面上的情形時，我整個人都僵住了！

那兩個女人臉上，自左眼角起，到右眼角上，都被刀尖劃過，血在疾湧而出——自她們發抖的面肉上淌下來，她們毫無疑問，已成了瞎子！

在那一剎間，我根本無法去思想何以可羅娜的刀法，竟精嫻到可以在一刀之間，在兩個人的臉上，造成那樣的傷痕，我只是感到無比地憤怒！

我相信我的臉，一定已變成了紫紅色，因為我感到血在向臉上湧，我發出了一聲大喝，而可羅娜手中的刀，也立時對準了我！

她對我發出一種異樣冷酷的笑容，接著，便大聲叫了幾聲。在一有腳步聲傳過來時，她便收起了刀，四個身形高大的男人奔進來，可羅娜揮著手，吩咐著他們，那兩個女人被其中的兩個帶了出去，另外兩個來到了我的身邊，一左一右站定。

可羅娜仍然瞪著我，道：「記得，我們的婚禮，在明晚舉行！」

她一說完，就轉過身去，我想踏向前去，但是那兩個壯漢，一邊一個，已經挾住了我的手臂，那兩個人的氣力十分大，我簡直是被他們挾出去的。

我並沒有回到那個大山洞中，而是被那兩個男人，帶到了另一間如同石牢也似的地方，我被他們推了進去，然後，一扇結實的木門關上。那個小山洞中，光線十分陰暗，我在那小小的空間中來回走著，我的心中，亂到了極點。

我可以肯定，可羅娜對我，絕不會有絲毫愛情的，一點也不錯，她是一個嗜殺狂，在美麗的軀殼之內，是一顆瘋狂的心，但是她卻一定要和我結婚，那是為了什麼，只是因為在刀法比試中，我曾佔過她的上風？

我勉強使自己鎮定。

我要逃出去！

正在我心亂如麻時，那扇木門上，打開了一個尺許見方的小窗子來，我看到了彭都。

彭都望著我，好一會兒不出聲，才搖了搖頭，嘆了一聲，道：「公主是全阿拉伯最美麗的女人，她美得像天上的仙女一樣，幾乎只有在神話中，才有那樣的美女，而你卻不願娶她為妻？」

我也望了彭都好一會兒，才道：「你說得對，她美麗得像仙女一樣，但是你難道不知道，她也狠毒得像魔鬼一樣？」

彭都搖著頭，道：「絕不能那樣說，如果不是我們每一個人都那樣堅強的話，那麼我們整族，早已在沙漠中絕種了，怎麼繁榮到今天？」

我吸了一口氣，我幾乎忘記彭都也是這強盜族中的一員了，我在和他討論人性的善惡，那豈不是一件可笑之極的事情？

我立時停口不言，並且轉過身去，彭都又道：「並不是公主叫我來，我是知道了你和公主會面的經過之後，自己來看你的，別做傻瓜，衛，千萬別做傻瓜！」

我仍然沒有回答，只是發出了一連串的冷笑聲，彭都嘆了一聲，道：「婚禮是在明晚……」

他講到這裏，我陡地轉過身來，衝到門口，我重重兩拳，擊在門口，雖然我的拳頭，和結實的木門撞在一起，感到一陣徹骨的疼痛，但是我的心中，卻也痛快了許多，我大聲道：「滾！」

就在這時，彭都突然出乎我意料之外，壓低了聲音，道：「就算你想逃走，難道這樣子就可以逃得出去了麼？你這個傻瓜！」

我陡地一呆，彭都說得一點也不錯！

我使我自己，陷入了一個十分困難的處境之中了，在現在的情形之下，我幾乎是沒有逃走的可能的！

我只呆了極短的時間，便道：「那麼，我應該怎樣，你能教我？」

「首先，你要消除公主的怒意！」

我苦笑了一下，道：「那恐怕不容易做得到！」

彭都道：「可以的，如果你肯跟我前去，跪在她的面前，吻遍她的足趾！」

第六部：中了毒計

我呆了一呆，如果可羅娜公主是一個我所愛的人，那麼做，非但絕算不了什麼，而且還是極其富於浪漫氣息的事情。

可是，我如今心中對這個嗜殺狂的憎恨，已到了這一程度，要我去跪在她的面前，吻她的腳趾，那簡直是不可想像的事！

我深深吸了一口氣，道：「有別的辦法麼？」

彭都忙道：「你怎麼啦，她的雙足如此可愛，你為什麼不肯做？」

我發著呆，沒有出聲，彭都又道：「只有這一個方法。」

彭都向我解釋：「這是我們的傳統，表示一個男人對一個女人的絕對服從，如果違反，真神就會懲罰他，也只有那樣，公主才會對你放心，你才有機會逃出去！」

我仍然不出聲。

彭都忽然也苦笑了一下，道：「或許我是白費唇舌了，你是想娶公主的！」

我怒道：「你放什麼屁？」

彭都的神情很激動，道：「那你還猶豫什麼，只要公主相信了你，我可以為你準備三匹駱駝，帶著清水和食物，只要在三天之內，碰到任何人，你都可以得救，你也不見得會害怕真神的懲罰！」

我又呆了片刻，彭郡那樣急於幫助我，如果我不接受的話，可以說永遠沒有機會了！

但是，彭都為什麼那樣熱心幫助我呢？

我看著他，道：「你，為什麼對於我的事，表現得那麼熱心？」

彭都壓低了聲音，道：「我是為了我自己。」

「為你自己？」我有點不明白。

「是的，我是公主的表哥，如果公主在她的二十一歲生日之前，沒有丈夫，那麼，我就是她的丈夫！」彭都急速地說著。

我道：「那麼，直截了當，你可以殺掉我！」

彭都搖著頭，道：「我是受過高等教育的，你別忘了這一點。」

我點了點頭，下了最大的決心：道：「好，你帶我去。我去向她表示忠誠！」

彭都後退了幾步，大聲說著。我這才知道，門外還有人守著。不一會兒，門打開，彭都向我使了一個眼色，我才看到，守衛的人有八個之多，那個曾和我動手的第二號刀手也在。

我跟著彭都向前走去，以後那一段時間內發生的事，我實在不願意多敘述，可以說在我的一生之中，從來也未曾受過那樣奇恥大辱！

我所願講一講的，只是一點，那便是可羅娜的確是一個出色的美女，當我在她的身前跪下，她揚起腳來，當我吻她的腳趾之際，我看到了可稱為世界上最均勻美麗的大腿，但是我卻一點也不動心。

彭都又將我帶出來，在我退出來時，我聽到可羅娜發出動人之極的嬌笑聲。

彭都已經和我商量好了，他替我準備逃亡的工具，給我繪製逃亡的路線，他建議我在婚禮舉行前兩小時，整族開始狂歡時才逃走。

那時候，應該是太陽剛下山。

而我如果依照他指示的路線，驅策駱駝快速行進的話，第二天天亮，我就可以到達一個小綠洲。從那裏，再回到雅里綠洲去，是很容易的事了。

為了怕我不放心，彭都甚至連夜帶著我，去看他為我準備妥了的三匹駱駝、清水和食物。

看來一切都沒有問題，我在彭都的幫助下，是一定可以逃出去的了。

雖然如此，可是要等待逃亡時刻來臨的那十幾小時，卻也並不好過的，而且，我還是要做當新郎的種種準備，有幾個人在我的身上塗著油，再將一件袍子加在我的身上。

時間慢慢過去，終於到了第二天的黃昏，太陽才一下山，所有的空地上，便燃起了熊熊的火堆，整族的人，都開始狂歡。

我就在一個山洞中，心情十分焦急，直到彭都出現，彭都支開了服侍我的幾個人，低聲道：「是時候了，你知道駱駝在哪裏的！」

我點點頭：「知道。」

他道：「你騎著駱駝，照我告訴你的方向走！」

我早已站了起來，和他一起向外走去，天色已迅速黑下來，火堆的光芒閃耀著，我脫下了我身上所穿的，綴有彩帶的袍子，貼著山壁，來到了那三匹駱駝之前，我解開了韁繩，將兩匹駱駝的韁繩，扣在手中，上了一匹駱駝，策著駱駝，向前慢慢走去。

當我轉過了一個峭壁之後，我拍打著，駱駝奔走起來，不到十分鐘，我已經在黑暗的茫茫沙漠之中，我幾乎要大聲呼叫起來，我自由了！

根據天上的星星，我認定了方向，照彭都吩咐我的方向奔著，一直到了午夜，沙漠中靜得一點聲音也沒有，我才略停了一停。

我在想，當可羅娜發現我逃走時，不知會怎樣？

可羅娜當然會大發雷霆之怒，如果她查出彭都是幫助我逃走的主犯，那麼她一定會將彭都生生砍死！

我不禁嘆了一口氣，海市蜃樓，究竟是海市蜃樓，一個在海市蜃樓中看來，如此美麗動人的少女，誰能想得到她會是一個嗜殺狂，一個如此窮凶極惡的人！

雖然我知道，如果我繼續趕路的話，我就可以早一點回到文明世界去，但是，我實在需要休息了，不但我需要休息，連駱駝也需要休息。

我令三頭駱駝都蹲了下來，然後我躺在兩頭駱駝的中間，我喝了彭都為我準備的清水，又咬了幾口乾糧，全是彭都替我準備的。

當我在喝水的時候，我感到水中好像有點異味，但這時是在沙漠中，並不是在美亞美海灘的豪華酒店，似乎也不能太苛求了。

我躺了下去之後，四周圍簡直靜到了極點，雖然我的情緒激盪得完全睡不著，但是我卻強迫自己，一定要好好地睡一覺。

如果我得不到充份的睡眠的話，那麼我就一定沒有足夠的體力，支持我在沙漠中需要繼續的行程。

就在我的強迫快要收效，我將要朦朧睡去之際，我突然聽到了一陣呼喝聲，那一陣呼喝聲，還是從十分遠的地方傳來的。

但是由於沙漠中的空氣，格外乾燥和穩定的緣故，那聲音聽來很清楚，我已可以肯定，至少有幾十個人，漸漸接近我！

他們離我，大約不會超過半哩！

我陡地吃了一驚，連忙翻身站了起來，在我身邊的駱駝，也顯然有了驚覺，牠們卻不安地挪動著牠們龐大的身子。我站了起來之後，只覺得一陣頭昏，本來，我是準備立時站起來的。

可是當我的雙手按住沙，準備站起來時，我只覺得一陣手軟！手軟，加上頭眩，我覺得無法站起來！

我那時候，心中的吃驚，實在是難以形容的，那種喧騰的人聲，在漸漸接近，而我卻軟弱得不能站起來，為什麼我會那麼軟弱？那是不可能的事，我的傷已痊癒了，我已恢復了健康！

於是我再使力，可是結果，我仍然沒有站起來，我只是變得跪倒在地上！

跪倒在沙漠上也是好的，從喧騰的人聲來看，已顯得更近了！

我甚至已可以看到點點的火光。

毫無疑問，那是可羅娜派來追我的人，而我是絕不能被他們追上的！但偏偏就在這要命的關頭，我竟連站也站不起來！

在那樣的情形下，我自然無法再去進一步想，何以忽然之間，我會變得如此軟弱，我既然不能站起來，也無法快點爬上駱駝背去，好設法逃走！

人聲更近了，火把更明耀了！而我，卻沒有法子逃走！

我只好倒在沙漠上，盡我最大的力道，踢向那三頭駱駝，將那三頭駱駝，踢得站起了身，向前奔了出去！

在那三頭駱駝上，有著食物、食水，沒有了牠們，我是無法在沙漠中繼續前進的。

但是，三頭駱駝在沙漠中，卻是很大的目標，我既然沒有法子離開，只有將駱駝趕走，自己在沙漠上躺了下來，希望不致被人發現。

在我躺了下來之後，我聽得喧騰的人聲，在分散開去。那時，我的頭更重了，我勉力抬起頭，向前看丟，只見左、右兩面，各有十來株火把，在疾馳出去，我甚至可以看到，火把映在阿拉伯彎刀上的鋒芒。

而只有一株火把，還是筆直地向著我而來的。

那表示，一齊追來的人，已分成了兩路，向不同的方向，馳了出去，他們當然不會發現我了！

可是，卻還有一個人，向著我走了過來！

這個人為什麼與眾不同，不跟著眾人向前去呢？

他為什麼要向我走來？我已趕開了駱駝，他是不是會發現我？

我的心中，又是焦急，又是驚恐，而那個人，卻離我越來越近了！

那個人像是知道我一定會在這裏一樣，他騎著駱駝，向我疾馳而來，就在我的身邊，跳下駱駝，隨即，一柄亮晶晶的利刀，已然指著我！

我在絕望之中睜大了眼，向那人看去！

那人手中的火把，照亮了他的臉，我失聲叫了起來：「彭都！」

那人不是別人，正是彭都！

在極度的緊張之後，我一看到了彭都，便換來了極度的鬆弛，我變得軟癱在沙漠上，我喘著氣道：「彭都，真該感謝你，是你支開了來追我的人？快扶我上駱駝，我不能在這裏久留！」

彭都將火把放低些，在我的臉上晃了晃，他道：「你怎麼啦？」

我道：「我忽然變得一點氣力也沒有了，彭都，可羅娜沒有發現是你帶我逃走的？」

彭都笑著，道：「沒有，來，我扶你上駱駝！」

他俯下身，將刀插在沙中，將我扶了起來，托我上了他騎來的駱駝。

我伏在駱駝背上，道：「我該向哪一條路去？」

彭都道：「我帶你回去！」

我陡地一呆，一時之間，我絕對以為自己是聽錯了，所以我道：「什麼？」

彭都講的仍然是那句話，道：「我們回去！」

我全身冰涼，聲音發顫，道：「你……你不是在和我開玩笑吧？」

彭都已拔起了插在沙中的彎刀，道：「不是！」

我驚恐得全身都在冒汗，我道：「你……你……是你帶我逃走的啊！」

彭都不出聲。

我又急急地提醒他，道：「彭都，你自己說過，我逃走了，你就可以娶可羅娜了！」

彭都盯著我，道：「是的，但是我忘記告訴了你一點，那就是我必須能夠將逃走的人活捉回去，可羅娜才會自然而然地嫁給我！」

彭都的話，每一個字，都像是利劍一樣，在刺著我，我幾乎窒息了，那種窒息感，自然是因為極度憤怒而來的，我被彭都出賣了！

彭都這個曾受過高等教育的強盜，他比沒有知識的強盜更可惡。他不但凶殘，而且狡滑，他設下了圈套，讓我自動鑽進去！

他替我策畫逃走的路線，而我真的根據他指定的路線走，所以他可以輕而易舉地追上我！

我還飲了他替我準備的食水，那食水中自然有著古怪，不然我斷然不致於現在連站立起來的力道也沒有，我完全上了他的當！

彭都仍然望著我，我大聲叫了起來，道：「你以為我不會向可羅娜說明真相？」

彭都奸笑，道：「第一，可羅娜怒髮如狂，根本不會相信你的話，第二，你根本沒有說話的機會，你明白麼，沒有機會！」

我全身發涼，道：「什麼意……思？」

彭都沉聲道：「在快要到達的時候，我會割斷你的喉管，令你根本不能說話！」

他以鋒利的刀，在我的喉際晃了一晃，道：「別怕，當然不是現在，現在就割斷你的喉管，流血過多，不等回去，你就死了，而我必須活捉你，讓可羅娜來殺你，我才成功了！」

我的血在向上湧，我想罵他一頓，可是所有的詛咒，都塞在喉嚨口，我竟找不出一句恰當的話，可以表示我的憤怒，可以表示彭都的無恥！

我只是瞪著眼，而彭都已牽著駱駝，向前走去。

我伏在駱駝上，我相信是中了藥物的麻醉，所以一點力道也沒有。

我將被彭都牽回去，而在快到的時候，彭都會在我的喉上戮一刀，當我被牽到可羅娜的面前時，我會死在她的刀下！

我的心直往下沉，我要死了，我要死了，沒有什麼可以挽救我的死亡了！

在那剎間，我的心中，亂到了極點。

我的一生之中，有著很多次危險的時刻，但是從來沒有一次像現在那樣，死亡的感覺是如此真實和逼人的。

彭都牽著駱駝在向前走，走出了不多久，他大概嫌牽著駱駝走太慢，是以他命駱駝蹲下來，他也上了駱駝背，拍打著駱駝，向前奔去。

駱駝奔得很快，駱駝奔得越是快，我離死亡就越是接近，我非得掙扎不可，我一定要掙扎，不然，我就決計無法繼續生存了！

我自己也對於自己求生意志如此之強烈，而感到有點驚訝，但當我想到我一定要活下去的時候，我只覺得我體內的血液，突然在加速，我的心跳十分劇烈，我的手指，漸漸有了力量。

我會在沙漠之中，忽然變得全身軟弱無力，當然是因為彭都曾在水中加了藥物的緣故，好在我並沒有喝太多的水，因為我還不知道我要在沙漠中旅行多久，我需要節省食水。

那是我此際氣力漸漸恢復的一個原因，而另一個原因，毫無疑問，那是由於我的心中，興起了一股強烈的求生意志！

我伏在駱駝的背上，雙手漸漸抓住了駱駝鞍子，我感到體力在漸漸恢復。

駱駝在面前疾奔著，我已經可以看到，前面的一座山崖的影子，駱駝已快奔回去了，我無法知道我的氣力恢復到何等程度，但是我實在不能再等了！

我的雙手突然一翻，抓住了彭都的衣襟，也就在那一剎間，我的身子陡地一挺，臥下駱駝鞍子去，彭都被我帶著，跌了下來。

我們兩人，一起在沙漠上打了一個滾，彭都發出了一下怒吼聲，他立時掙開了我，跳了起來，他一跳起來之後，就向著我的面門，給了我狠狠的一腳！

那一腳，直踢得我滿天星斗，但是我還是立時伸手，抱住了他來不及縮回去的那一隻腳，用力一拉，彭都又發出了一聲怒吼，仰天跌倒在地。

我的另一隻手，抓起了一把沙，向他的臉上灑去，他拔出了彎刀，亂砍亂舞，我已幾乎給他砍中了，我不能放開他，一放開他，我一定被他砍死，但是我又不能不放開他，因為我不放開他的話，也會被他砍中！

那只是極短時間內的變化，我是抓住他的一隻腳的，我在那時，陡地揚起了他的那隻腳，而也在那時，他因為視線迷糊，揮刀正在盲目地砍著，他的右足被我揚了起來，一刀揮過，鋒利的刀鋒過處，他自己將他自己的右足，砍了下來。

彭都在那一剎間，所發出的那一下淒厲的叫聲，是我一輩子也忘不了的。

鮮血湧出，迅速隱沒在沙粒中，他在沙上打著滾，我在沙上爬著。

那頭駱駝，在我和彭都跌了下來之後，就停了下來，我爬到了駱駝的前面，拉著韁繩，駱駝蹲了下來，我又爬上了駱駝鞍子。

駱駝挺著身，站了起來，我拍打著，變換著方向，駱駝又向前奔了出去。

我的心中實在太驚駭了，渾身都是汗，我仍然沒有足夠的氣力來直起身子，我伏在駱駝的背上，任由駱駝向前奔著，我不知道我會被帶到什麼地方去，只要遠離那一族阿拉伯強盜，我就夠了，足足在一小時之後，我才漸漸清醒了過來，我的體力也恢復了不少。

我挺直了身子，坐了起來，四面全是灰白色的沙漠，一望無際，駱駝已走得很遠，我仍然不敢停，那時，我已經感到了極度的口渴了。

而等到太陽升起之後，我口渴之感，越來越甚，我張大口，喘著氣，自我口中噴出來的，簡直就是一陣陣灼熱的濃煙。

我舐著唇，唇上是沙粒和一種異樣的鹹味，我下了駱駝，我知道，我這一次的口渴，是可以度過的。駱駝可以救我，我可以喝駱駝的血，來度過這一次口渴。

但是周圍全是茫然無際的大沙漠，我什麼時候，可以發現綠洲？駱駝只能救我一次，在救了我一次之後，牠就會死去，我必須步行，而第二次的口渴，立時就會來到，我可能離死亡更近一步。

我令駱駝站著，我蹲在駱駝的腹下，避免陽光的直射，我迅速地在想著，無論怎樣，如果我不想辦法，我是決計敵不過這一整天烈日的烤曬的。

彭都未能將我擒回去，我已經逃走了，可是，在那一望無際的大沙漠中，死亡的陰影，仍然牢牢地將我罩著，難以擺脫！

我只是呆了十分鐘，還決不定我應該怎樣，而在那十分鐘之中，我的口渴，增加了不知多少倍，一滴水也沒有，只要有一滴水的話，我就滿足了，可是，一滴水也沒有，根本沒有！

我不能老是在沙漠中等待下去，我只好又跨上駱駝，在駱駝背上伏著。趕著駱駝向前走，時間是一秒鐘一秒鐘過去的。時間本來就是一秒鐘一秒鐘過去的，但是在平時，誰也不在乎一秒鐘。而此際，我卻每一秒鐘都在痛苦中度過！

以秒為單位來計算，時間自然過得格外慢，太陽像是固定在頭頂，一動也不動，我不知駱駝將我負向何處，我只知道我是在向前走著。

在烈日的烤曬下，我幾乎已陷入半昏迷狀態之中了，我真不知道我是如何熬得到太陽下山的，當四周圍漸漸黑下來時，我總算知道，已經過了一天！

而當我抬起頭來看時，月色十分之好，四周圍仍然是一望無際的沙漠。我從駱駝背上，滾了下來，沒有辦法，我只好犧牲駱駝，來維持我的生命了！我感到還可以捱上一兩天，不然，我一定捱不過今夜了！

因為這時，口渴給我的痛苦，不但是在口部，且已經蔓延到了我的全身，我全身的每一個細胞都像是在發出尖銳的呼叫聲：水……水……

然而，它們一點水也得不到，在我血管中運行的彷彿已不是血，而是一種濃稠的漿，這種濃稠的漿，無法維持我的生命！

我取出了我一直暗藏著的一柄小刀，可是就在這時，那頭一直伏著的駱駝，突然昂身站了起來，一直向前奔了出去，我只好目瞪口呆地望著牠迅速地奔遠，漸漸變成一個小黑點。

一直到很久以後，我仍然不明白那頭駱駝，何以會忽然逃走的，或許是動物有著牠們保護自己的第六感？

我在那時，完全呆住了，我的最後希望也消失了，我將活不過今晚，我將會被活活地渴死！

我望著在月光下閃閃發光的那柄小刀，小刀雖然只有一吋長，但是卻也鋒利得足夠結束我的生命，我在想，我是自己結束自己的生命呢，還是毫無希望地等待著天明？

第七部：邪惡猙獰的實在

最後，求生的意志戰勝了我，我在想，或許我離一個綠洲已經很近了，或者只有一哩，只要能繼續向前走去，我或者就可以到達綠洲，從此以後，我可以很好地活下去。

當然，我明白，許多人在沙漠之中，臨死之前最後的一個動作，還是在向前爬行著。那正是因為他妄想他再爬出一步，就可能會到達綠洲邊緣的緣故。有很多人，當他們死後，他們的屍體已然化為白骨了，白骨仍然照著一個人向前爬行的姿勢排列著！

那是被困在沙漠中的大悲劇，在看到別人那樣做的時候，或者心中會取笑他們何以那麼愚蠢，然而等到親自經歷時，卻往往會和被自己取笑的一樣，我那時，就邁動我已瘦痛不堪的雙腿，腳高腳低，向前走去。

我大約在沙漠之中步行了一哩，或者還不到一哩，總之，我每邁出一步，已不知要花出多少的力道了，然後，我倒在地上。

當我倒在地上之後，我向前爬行著，我用雙肘拖動我的身子，慢慢向前移動。

終於，我明白我再也無法爬得動了，我只好伏了下來，抬頭向前望去，我看到沙漠一望無際，在月色下靜靜地向前伸展著，不能說不美麗，但是，那是死亡的美麗，我在等死。

我閉了眼睛，足足過了半小時之久，我才睜開了眼，當我再度睜開眼的時候，我突然看到有人騎著駱駝，在向我走過來。

我連忙又閉上了眼睛，搖了搖頭，然後，再睜開眼來，不錯，真有一個人，騎著駱駝在接近我，我啞著聲音，叫了一聲，但是我立即想到，那是不可能的，我一定是看到海市蜃樓了，我看到的一定是虛像。

但是，月光也能造成海市蜃樓麼？

當我一想到這點，我的身子挺直，居然站了起來，雖然我搖擺不定，但是我的的確確，又使我的身子站直了，而這時候，騎著駱駝的人，也已來到了我的身前，勒定了駱駝的韁繩。

他當然是一個阿拉伯人，我的視線也很模糊，我的心中在大聲叫著：「給我一點水。」

事實上，我也張大了口，在大聲叫著，然而，自我喉際發出來的，都只是一陣「沙沙」聲，就像是一條響尾蛇，搖動牠的尾部一樣。

那人下了駱駝，拉開了他頭上的白巾，冷冷地道：「我終於找到你了！」

也就在那一剎間，我又倒在沙漠上。

是可羅娜！

我倒在沙漠上，一動也不能動，只能望著可羅娜，可羅娜面目冷酷地望著我，好像很欣賞我這時的情形，她忽然笑了起來，道：「逃啊，我決定不殺你，已經不必我來殺你了，是不是？」

我的喉際，又發出了一陣「沙沙」聲。

我仍然在說那句話：「給我一點水。」

可羅娜冷笑著，向前走出了兩步，伸腳在我的臉上，踢了一踢，我的口唇，已乾到不能沾上任何沙粒了，可羅娜忽然又走了開去。

我想伸手抓住她的腳，但是手軟得一點也不聽指揮，我眼睜睜地看著可羅娜走回駱駝旁邊，解下了一隻皮袋來，搖晃著。

我聽到了水在皮袋中晃動的壁音，那是水的聲音，我終於叫出了兩個字來，道：「給我！」

可羅娜道：「給你，然後你怎樣？」

我的口唇顫動著，我根本無法說得出第三個字來，可羅娜向前走來，打開了皮袋的塞，我連忙張大了口，可羅娜傾轉皮袋，我喝到了兩口水。

我從來也未曾想到過，水有那麼好的滋味！

但是，我只喝了兩口，可羅娜便收起了皮袋，她道：「現在你可以說了，你對我怎樣？」

那兩口水，像是溜進了乾裂的泥土中一樣，在我乾燥的喉嚨之中，不知去了什麼地方，我的口渴，只有更強烈了。

但是我的身體之中，卻總算多了兩口水，雖然只是兩口水，已足以產生一種奇異的力量，令我的氣力，恢復了不少，我講起話來，也覺得好過些了。

我避而不答可羅娜的問題，只是道：「再給我一點水，我還要……」

可羅娜的聲音，變得十分淒厲，她尖聲問道：「我問你，你對我怎樣？」

我蓄定了力，身子一挺，站了起來，望定了可羅娜，我那時的樣子，一定十分可怕，因為當我盯住了可羅娜之際，這樣的一個女魔頭，居然也向後退出了一步！

她如果不退，或者我還不會有那個動機，可是她一退，她的手中，就拿著那盛水的皮袋，我的腦中，電光火石也似閃過一個念頭，而且身體也立即將那個念頭付諸實行。

我陡地向前撲了過去，雙手已攫住了那隻皮袋，然後，我聽到了可羅娜的一聲尖叫，我已將皮袋奪了過來，可羅娜的指甲，似乎在我的臉上，劃了一下，但是我卻根本不及顧慮這些了！

我一搶到了盛水的皮袋，轉過身便向前奔，我一面奔，一面打開皮袋的塞子。

我聽到我的身後，有利刀揮舞的聲音，於是我橫倒在地，身子打了一個滾，雙腳將沙不斷向前踢去。

當我滾倒在地時，皮袋中的水漏出來，我立時用口對住了皮袋，貪婪地喝著水。

可羅娜被踢起的沙，逼得後退了一步，她立時又揮著刀，向前衝了上來。

我手中沒有別的東西，可以抵擋她的攻擊，有的只是那一隻皮袋，是以我自然而然地揚起皮袋來，可羅娜手中的彎刀，在月光下，閃起一股寒森森的光芒，「刷」地一聲過後，皮袋已被劃破，皮袋中的水，一下子全都傾瀉了出來，淋在我的身上。

我連忙一躍而起，將皮袋中最後幾口水，吞進了肚中，我想可羅娜一定會再向我攻來的，可是，她卻沒有攻向我，她突然揚著刀，呆立著。

我喘了一口氣，抹了抹口，我已然喝飽了水，像是一隻漏了氣的氣球，又被充滿了氣一樣，我感到精力充沛，我揮舞著手中的皮袋，準備就用這隻皮袋當武器，來和可羅娜搏鬥。

可是，可羅娜仍然站著不動，正在我感詫異時，她突然又發出了一聲尖叫，轉身便向駱駝旁奔去，當她來到駱駝身邊的時候，她迫不及待地按下駱駝的頭來，可是在那時候，她卻忘記了收起彎刀，鋒利的刀尖，在駱駝的身上，劃了一下，那頭駱駝突然一挺頸子，站了起來，向前奔了出去，可羅娜被帶得在沙中打了一個滾，等到她站起來時，駱駝已奔遠了。

可羅娜站了起來，我看到她的臉色，簡直比月夜下的沙還要灰白。

她望著我，僵立了好一會兒，才轉過頭，向我看來，她面肉抽搐著，尖聲罵道：「你這個畜牲！」

我冷冷地望著她，我不知道她為什麼那麼狂怒，她的手中有刀，她還是佔著上風，她為什麼怒得像是我造成了世界末日一樣？

我望著她，她忽然又怪聲笑了起來，道：「好了，這一下，我們都會死在沙漠中了！」

我呆了一呆，道：「死在沙漠中？」

可羅娜的聲音，變得淒厲無比，道：「是的，這裏，離最近的水源，步行要四天，你和我，誰能捱得四天不喝水，而你卻浪費了一整袋水！」

我呆立著，這時，我可以說是喝飽了水，自然不會感到口渴，可是我卻是從可怕的口渴情形中過來，當我想到四天不能接近水源時，我的身子，也不禁有點發顫。

這時，我已知道為什麼可羅娜剛才一刀削破了皮袋之後，立時奔向駱駝去了，她是想快點離去，騎著駱駝，自然不必四天，就可以到達水源了。

可是現在，她的駱駝也逃走了，這個沙漠中的女王，刀法神出鬼沒的強盜，現在也完全和一個普通人一樣，她不能四天沒有水喝！

當我想到了這一點的時候，我的心中突然升起了一種十分滑稽的感覺，尤其，當我看到她那種憤怒欲狂的樣子時，我忍不住笑了起來。

我道：「別發怒，小姐，發怒是會叫人感到口渴的，只有早一點死！」

在我那樣說的時候，我的心情是很輕鬆的，雖然我自己也不免一死，但是，總比我被她捉回去之後好多了！

可是，我輕鬆得實在太早了！

可羅娜忽然笑了起來，那是一種獰惡邪氣到了極點的笑容，以她那樣美貌的女子，在她的臉上，會浮現如此邪惡的笑容，真是令人不敢想像的事，我不由自主，又打了一個冷顫。

可羅娜笑著，冷冷地道：「走！」

她手中的刀，向前指了指，她分明是在命令我向她刀尖所指的方向走過去。

我道：「反正我們兩人，誰也不能四天不喝水，何必再向前走！」

可羅娜露出她雪白的牙齒，她仍然在笑著，但是她的笑容更邪惡，更令人心驚了，真難令人想像，那樣邪惡猙獰的笑容，代表了什麼。

但是答案終於揭曉了！

她緩緩地道：「你別忘記，我是在沙漠中長大的，我有特別耐渴的能力！」

我疑惑地道：「你能支持四天不喝水？」

可羅娜的眼光特別，她的回答，卻出奇地簡單，她道：「不，兩天！」

我剛想說「兩天有什麼用」，可是我這句話還未曾說出口，突然之間，我已想起了一件事來，我知道可羅娜要做什麼了！

在那剎間，我整個身子都有麻木之感！

而可羅娜則失聲笑了起來，道：「你應該明白，我只要忍耐兩天不喝水，我就可以支持到最近的水源了，你明白了，是不是？」

是的，我明白了，我明白可羅娜的意思了，她押著我走。走上兩天，當她忍耐不住口渴的時候，她殺了我，喝我的血，然後，她又可以堅持兩天，當我的屍體被烈日曬乾時，她就可以到達最近的水源，得救了！

那正是我準備對付駱駝的方法，而她卻要施在我的身上，而我，是一個人！

可羅娜尖聲地笑著，她一定也知道我已經明白她的心意了，她更知道，當她的手中有著利刀的時候，我是決計沒有反抗的餘地的！

所以，她笑了片刻之後，又厲聲道：「走！」

我慢慢地轉過身，向前走去。

我感到我自己的雙腿，似乎已不屬於我自己所有，我這時之所以能不死，全然是因為我身體內有著血，而我的血，可以維持可羅娜的生命！

對於可羅娜要殺我這一點，我根本不必再懷疑了，我向前走著，月亮在我的後面，所以我可以看到跟在我後面的可羅娜的影子，她距離我不會超過六呎。

我大約走了有一小時，紊亂的思緒，才漸漸靜了下來，我一面走，一面道：「如果你決定殺我來維持你的生命，你怎知我不會現在就反抗？」

可羅娜尖聲道：「不會的，因為你現在反抗，現在就得死！」

我道：「我死了，可以和你同歸於盡！」

可羅娜又尖聲笑著，道：「也不會的，你想著，還有兩天可以活，在這兩天之中，你說不定可以改變你的處境，你還有著希望，你的希望會使你活下去，不會和我拚命，直活到我要殺你的時候！」

我不禁說不出話來。

可羅娜繼續地道：「彭都曾對我說，有一個人曾說過，希望是婊子、希望是最大的騙子。可是每一個人都在最大的騙子蒙騙之下過活，不肯去死，就算他們明知道他們的希望不能實現，他們仍然要不斷地自己騙自己，你也不能例外！」

可羅娜說得對，我不能例外！

我一面向前走著，一面在想，如果我可以將可羅娜手中的彎刀奪下來，那麼情形就會改變了！

當然，我不會像可羅娜對付我一樣對付她，我仍然捱不過四天，但總比死在她刀下好得多了！

而當我在那樣想的時候，我又禁不住苦笑！

因為我還是給可羅娜料中了，我的心中存著希望，我不會拚著和她同歸於盡，我會希望改變目前的情形，雖然我明知在一個第一流的刀手手中，要將她的刀奪過來，幾乎是不可能的事情。

我一直向前走著，在沙漠中步行，特別容易疲倦，腳踏下去，下面是軟軟的沙，很舒服，可是再次提起腳來的時候，就會覺得加倍地疲倦。

我看到可羅娜的影子，她始終跟在我身後不到五六呎處，我竭力在想著，有什麼辦法，可以改變我現在的處境，但是我的腦中，一片麻木，我可以說一點辦法，也想不出來。

漸漸地，從沙漠和天的交界處，出現了一線曙光，然後，太陽升起了。

如果說在晚上，在沙漠中步行是一件苦事，那麼，白天就是十倍地苦！

當太陽升到頭頂之後，我又開始口渴了，我仍是向前走著，每當我試圖停下來的時候，可羅娜就發出尖利的呼叫聲來，喝我向前走。

而太陽在升到了頭頂之後，便幾乎停留著不動，我每向前走出一步，都得付出極高的體力代價。開始天亮的時候，我還在出汗，但是漸漸地，我的身上，只有一種異常濕膩的感覺，我舐著唇，喘著氣，終於，我跌倒在沙漠上，伏在沙上喘氣。

可羅娜奔了過來，用力踢著我，罵著我，她在罵我什麼，我無法聽得懂，因為那是她族中特有的語言，但是，我知道她在罵我，這一點，從她的神情之中，可以看得出來，她一定是用最惡毒的語言在詛咒我。

她的每一腳都踢在我的臉上，踢得我在地上打滾，我尖叫了起來，道：「別逼我，讓我休息一會兒再走！」

可羅娜仍然尖聲罵著，道：「快起來，畜牲，你休息不走，就再也不能起來了！」

我喘著氣，道：「我在乎什麼，反正我總不免死在你的刀下！」

可羅娜厲聲道：「可是，如果你繼續走，你至少還可以活一天！」

可羅娜的那一句話，比什麼話都有用，我慢慢掙扎著，站了起來。

是的，我可以多活一天，對一個將死的人來說，多活一天的意義，實在太大了，在一天之中，我可以產生無數新的希望，希望能夠改善我的處境。

我在站了起來之後，盯著可羅娜，我們在沙漠中步行了，還只不過十二小時，可是可羅娜的樣子也變了，她的臉上，結著一種看來像鹽花也似的小粒，使得她柔滑的皮膚，變得粗糙不堪。

烈日照射下，她的口唇，也開始乾裂了，她的雙眼之中，射出獰厲之極的光芒來，她的手，緊緊地握著刀，她不再有美麗的外表，而變成了一個十足的劊子手！

我沒有說什麼，就轉過了身去，繼續向前走去，我之所以一句話也不說，因為我發現，在我面前的，已根本不是一個人！或者說，她雖然還是一個人，但是決計沒有什麼人性的了！

終於，太陽向西移，又隱沒在沙漠之下了，而我至少已跌倒了七八次。

每一次我跌倒，可羅娜就趕過來用腳踢我，咒罵著，她畢竟是屬於沙漠的，她竟然一次也沒有跌倒過，最後，我又跌倒在地，而這一次，不論她怎麼踢我，我都不願意起來了。

我實在已經筋疲力盡了。

而可羅娜在踢了我十多腳，我仍然死人一樣倒臥著不動的時候，她也坐了下來，喘著氣。

我伏了好一會兒，才抬起頭來，在黑暗之中，可羅娜的身形很模糊，但是她的一對眼睛，卻還銳利得像是毒蛇一樣，在閃閃生光。

我忽然乾笑了起來，道：「照這樣情形看來，你就算殺了我，也不一定能出得沙漠！」

可羅娜狠狠地盯著我，我又神經質地大笑了起來，可羅娜猛地舉起刀來，向我劈了下來，我在那剎間，一切都感到麻木了！

但是可羅娜的刀，在離我面門只有半寸許處，陡的收住，然後她冷冷地道：「起來。」

我雙手按在沙上，慢慢地站了起來，我站直了身子，道：「你不能希望我再走多遠，我支持不住了，我在支持不住的時候，就會寧願死去！」

可羅娜冷峻地道：「你本來就要死了！」

我吸了一口氣，熠亮的刀尖，離我胸前，不到一吋！

我無法在她的手中奪過刀來！

因為我不能用我的手去抓刀尖，如果我向她的刀尖抓去的話，她只要隨便一揮刀，我的手就會齊腕斷下來。

我只好慢慢轉過身，向前走去。

這時候，我實在已經到了我所能支持的極限了，我每向前走出一步，身子就不斷搖晃著，大約每走出十六七步，我就一定躓跌在地上，然後，要相當時間，才能站起身子來，繼續向前走。

可羅娜一定也發現了這一點，是以她開始虐待我，她用刀尖刺著我的背部，不是刺得很深，但是卻令我感到尖銳的疼痛，我被逼得向前奔去，因為那一陣的劇痛，實在太難以忍受了。

她在用最殘酷的方法，將我體內最後的一分力道榨出來，她要到我實在走不動時，才下手殺我，而我為了多活上十幾小時，不得不向前奔著、爬著，我簡直已不像是一個人，而只是像一頭野獸。

我不知道這一夜是如何過去的，我只記得，當天開始亮起來的時候，我是在沙漠中爬著，我看到了第一線曙光之後，我不再爬行，因為我實在一點氣力也沒有了！

而這時，可羅娜似乎也到了她可以支持的極限了，當我們在沙上，不再向前爬行之際，她沒有再來逼我，她只是握著刀在喘氣。

我伏了許久，太陽已漸漸升高了，我全身的皮膚，都有要裂開來的感覺，我沒有一點地方，不感到痛苦，那是我有生以來，第一次感到活著，實在還不如死了的好，因為死了之後，我不會感到任何痛苦了！

當我感到死亡反而可以帶來痛苦的消失之後，對於生存已然沒有什麼留戀了，我伏在地上，一動也不動，等待死亡的來臨。

但是我等了許久，可羅娜卻一點動靜也沒有，我慢慢地吸進了一口熱得像火一樣的空氣，轉過頭來，我發現可羅娜在背對著我，向前邊望著。

她站在一個幾呎高的沙丘上，向前望得十分出神，像是她看到了前面有什麼十分值得注意的東西，而更重要的是，那時她背對著我！

如果我要襲擊她，那是最好的機會！

她一定以為我已無法再對她有任何的襲擊了，所以她才那麼大意的！

我雙手用力在地上撐著，剛才，我已離死亡如此接近了，但是人生下來，究竟是為了活下去，而不是為了求死的，當我發現了我可以有求生的機會時，我求生的慾望，又猛烈地燃燒了起來，我居然只努力了一次，就站直了身子，然後，我慢慢向前走了。

當我來到了那沙丘旁邊，而可羅娜仍然背對著我時，我猛地向前撲了出去！

在一分鐘之前，我根本無法想像我自己還有力道，可以做如此猛烈的一撲，但是現在，我卻做到了這一點，我撲中了可羅娜，可羅娜在猝然之間，向沙丘下滾了下來，我跟著也滾了下來，用力扼著她的頸和右腕，逼得她伸直五指，放開了手中的彎刀。

然後，我的膝蓋頂向她的腰際，使她又滾了出去，我已經將手抓住了那柄刀。

我一抓刀在手，便立時站了起來，可羅娜滾了兩下，跪在沙漠上，我揚起了刀，可羅娜突然尖叫了起來，道：

「別殺我，別殺我，我們都可以得救，剛才，我已看到一輛車子，在向前駛來。」

我口乾得說不出話來，但我還是努力嘶叫著，道：「你騙不倒我！」

可羅娜伏在地上道：「真的，一輛車子，一輛車子！是一輛車子！」

可羅娜並沒有騙我，真的是一輛車子，那是一輪中型的吉普車，車上的人一定也已發現了我們，因為車子正向我們疾駛而來。

車子在我的面前停下，車上跳下了兩個人來，我啞著聲叫道：「我是衛斯理，你們是不是來找我的？」

那兩個人忙道：「是，天，我們終於找到你了！」

我的聲音更啞，我和可羅娜同時叫道：「水，看老天的份上，快拿水來！」

兩水壺水到了我們手上，我和可羅娜大口大口地喝著水，然後我才道：「她是強盜的首領，將她帶到當地的警局去！」

那兩個人將可羅娜押上了車，我也登了車，車子在沙漠中疾馳了一整天，經過了幾個綠洲，並沒有停下來，傍晚時分，到了雅里綠洲。

我看到了我的妻子白素，看到了江文濤，我將醜惡得像魔鬼那樣的可羅娜，推到了江文濤的身前，大聲道：「看看她，那就是你要找的人！」

我未曾看清江文濤臉上的神情，我軟弱得昏了過去。

到了雅里綠洲，這時就算我昏了過去，也不要緊了，我被送到一處帳幕，休息了兩天，可羅娜在第二天就被處死，江文濤卻還是呆呆地對著她的相片。

在相片中看來，可羅娜是那麼溫柔、美麗、純真的一個少女，但是，那只不過是一個虛像，真正的可羅娜，凶殘、橫暴、劫掠，無所不為。虛像和真實之間的距離，實在是太驚人了。

而事實上，不單是可羅娜，幾乎我們每一個人都是那樣的，不是麼？

〈完〉

洞天

序言

《洞天》這個故事，十分玄——雖然衛斯理幻想故事，大都很玄，但這個故事，有極濃的神秘氣氛，有以為有極濃的宗教氣氛的，其實未必，故事只不過借了一座喇嘛廟和寮宗的喇嘛寺進行，寮宗本身十分詭秘，自然而然，形成一種特別的氣氛。

故事到了最後，仍然是「外星人」，但李一心這個外星人，和在別的故事中曾出現的外星人，大不相同，他來地球，目的是帶走若干人——又借用了佛經中「接引」的故事。

是不是真有這樣的「接引者」？不能肯定。

可以肯定的是，在歷史記載中，真有「離開」的人。

衛斯理的決定是——若是要那麼辛苦，去「入籍」異星，在另一種全然不可測的生命形式下生活，倒不如做做地球人算了。

自然，人各有志，各人可選擇自己所喜愛的生命形式，至少，可以選擇自己喜愛的生活方式。

倪匡

前言

洞，是一種極普通的現象，任何人在一天之中，不知可以接觸多少大大小小、形狀不同、深淺不同、形成原因不同的洞，絕無可能一個人一天之中，見不到一個洞。

可是，是不是留意過，洞是一種十分奇特的現象！洞，永遠只有「一個洞」，而沒有「半個洞」。如果將一個洞分成兩半，那不是兩個半個洞，而是兩個洞。

在地上掘一個洞，人人可以做得到，但是在地上弄出半個洞來，卻沒有人可以做得到，因為「半個洞」這種現象，根本不存在。

洞不能被分割，這個情形，和生長中的細胞，差堪相擬。

生長中的細胞，分裂了，並不是分裂成兩半，而是分裂成兩個，兩個再分裂，就變四個，四個變八個，八個變十六個，一直分裂下去，以幾何級數增長，速度驚人，此所以一個精子和一個卵子的結合，在短短三百天，就可以變成一個組織結構複雜到極點的人體。

而這個人體又會不斷成長，等到骨骼、肌肉等等結構進一步成熟，一個成長的人，幾乎可以做出任何事情來。

天是什麼呢？生活在地球上的人，對天的了解，就是包圍著地球的大氣層，在視覺上，形成雲層，蔚藍色的天空，那就是天。

大氣層，又可垂直地分為對流層、平流層、中間層、熱成層和外大氣層等等。整個大氣層，在人類而言，高不可攀。天高地厚，一直是一種極度的形容詞，但是天高若和地厚相比較，相去甚遠。在比較上而言，如果把地球縮小，成為一隻蘋果那樣大小，那麼，大氣層——也就是天的厚度，只不過和蘋果外面的那層薄皮差不多。

所以，天實在不是很高，很容易突破，飛行工具要穿出大氣層，十分輕而易舉。

天可以輕易被突破，由先民對不可測的天建立起來的那種天是神聖的觀念，自然也開始動搖，不再存在。

天既然那麼薄，而且它的組成部分，全是氣體。氣體由於分子與分子之間的密度十分稀疏，所以對氣體覆蓋之下的物體，沒有任何保護能力。再加上它又薄如一隻蘋果的皮，保護力自然更弱。

但是，生活在地球上的人，還是無法想像，如果天上忽然出現了一個洞，會是什麼樣的情景。

天如果穿了一個洞，會怎麼樣？會發生什麼樣的變化？會使地球上的生物毀滅嗎？中國神話中有共公頭觸不周山，令得天上出現了一個洞的傳說，一個人首蛇身的叫作女媧的怪物，煉了許多石頭，把穿洞的天補起來。所有的神話都極其籠統，沒有細節。女媧煉石，怎麼煉法？用什麼來煉？石頭在煉過了之後，變成了什麼形態？石頭和天，是兩種截然不同的形態，為什麼石頭煉過了，就可以去補天上的破洞？這種種問題，神話皆不交代，也沒有人問，問了，也不會有答案。

天出現一個洞，根本很難設想，由於氣體的流動性大，就算什麼地方出現了一個洞，洞附近的氣體，自然會立刻補上，根本不必去煉什麼石來補。

唯一的可能，就是有一根極長的管子，自大氣層之外，插了進來，一直插到了地面，那麼，天上就會有一個視乎管子大小的洞。

這種設想，也沒有意義。好，不去想它，且來看看動物的眼睛。

人的思想，完全不受限制，可以在各種題材之中自由來往，不想洞，不想天，不想天上有一個洞，可以想動物的眼睛。

動物的眼睛，是一個極其奇妙的組織，以人的眼睛為例，通過眼睛，可以使人看到東西。可是根據眼睛的組織，光線進入、折射、聚焦的一連串過程，眼睛所捕捉到的形象，應該是倒轉過來的，但是事實上，人眼所看到的東西，卻並不倒轉。

科學家告訴我們，經過腦神經扭轉，使倒轉的形象變成正的，這似乎又不是眼睛組織的功能，而是腦組織的功能了。

眼睛組織的功能，必須和腦組織的功能結合，才能看到東西。所以，就產生了一個十分有趣的問題：每一個人的眼睛組織一樣，每一個人看同樣的東西，得到的形象是不是完全一樣？

答案應該是：不一樣。

因為每一個人的腦組織活動不一樣，眼睛組織儘管相同，但是腦組織活動不一樣，十個人看一樣同樣的東西，得出的形象是十個不同的形象。

而且，各自得出的不同形象，都只有自己可以知道，旁人無法知道，因為人類的語言文字，無法絕對精確地把看到的形象形容出來，所以，一個人看到的形象，只有他自己可以知道，旁人最多只能知道一個大概，不可能完全知道。

從這種現象，可以引申出一個更有趣的問題來，除了人之外，其他動物眼中看出來的東西是怎樣的？

一隻蘋果，在人的眼中看出來，是大家所熟悉的一隻蘋果；在毛蟲的眼中看出來，是什麼樣子？

一隻蘋果，在鵝的眼睛之中看出來，是怎樣的？很多昆蟲有複眼，在昆蟲的複眼中看出來，是什麼樣的？在魚的眼睛中看出來，又是什麼樣的？

這個問題，除了毛蟲、昆蟲、鵝、魚之外，也沒有別的動物可以代替回答，那些動物都無法和人做語言文字上的溝通，所以人類也根本不可能知道。

有些科學家以為這個問題是可以回答的，有的用了精巧的攝影設備，拍攝出昆蟲複眼看出來的東西，但那全不可靠，因為攝影機是攝影機，昆蟲的眼睛是昆蟲的眼睛，有相同之處，但必然不完全相同，所以，看出來的形象，也必然不同。

似乎從來沒有一個故事的開始，有那麼長的言不及義的前言。不過那些上天入地的胡思亂想，多少也和這個故事有點關係。

而且，經常有很多人問：你那麼多古怪的想法，從哪裏來的？

那些話也可以使問問題的人明白，日常生活中一種最普通的現象，只要肯去想，引申開去，不知道可以有多少古怪的念頭產生出來，簡直無窮無盡。

還是說故事吧。

第一部：攀山家的奇遇

客廳燈光柔和，這個客廳的陳設，可以分為三大類：許多大墊子、各種各樣的酒瓶和酒具、書。所有的墊子、酒、書，全雜亂無章地堆疊著，在客廳中的人，也都雜亂無章地坐在墊子上、挨在墊子上，或躺在墊子上，每一個人的手中都有酒。各種各樣的酒的香味，蒸發出來，形成一股異樣的醉香。

這個客廳的主人好酒，他常常說：到我這裏來的人如果對酒精敏感，根本不能喝酒，那麼，空氣中的酒香，也可以令得他昏過去。

這個客廳的主人叫布平。

布平這個名字，會使人誤會他是西方人。他是中國雲南省人，姓布，單名平。雲南省是中國最多少數民族聚居的一個地區，有很多少數民族的名稱，只有專家才能說得上來。

所有布平的朋友，都不知道他究竟是哪一個民族，但是他自己堅稱是漢人，並且說，他的祖先，是為了逃避蒙古人的南侵，所以才一直向南逃，終於逃到了雲南，才定居下來的。

這一類的傳說，中國歷史上太多，誰也不會去深究，布平喜歡自認是漢人，也不會有什麼人去考據他真正的家世。他所有朋友，都稱他為「客廳的主人」，因為他整個住所，就是那一個客廳，根本沒有睡房，朋友喜歡留宿在他家，就可以睡在那些墊子之上，而他自己，也一樣。

布平的職業相當冷門，但是講出來，人人不會陌生：布平是一個攀山家。

我第一次知道他是以攀山為職業，相當訝異，不知道一個人如何靠攀山來維持生活。但後來知道像布平那樣，攀山成了專家，可以生活得極其寫意。

在瑞士、法國、意大利幾個阿爾卑斯山附近的國家中，布平擔任著總數達到二十三個攀山運動愛好者的團體的顧問和教練，他又是瑞士攀山訓練學校的教授。有什麼重大的攀山行動，幾乎一半以上，都要求他參加，作為嚮導，這些職務，都使他可以得到相當巨額的報酬。

我第一次見到他，他正在對一個看來十分體面的大亨型人物大發脾氣：「我是攀山家，不是爬山家。攀，不是爬！我打你一拳，你就知道什麼是爬。我攀山，只攀山，而不攀丘陵，什麼叫作山，讓我告訴你，上面根本沒有樹木，只有岩石的才是山，樹木蒼翠的那種丘陵，是給人遊玩的，不是供人攀登的！」

那大亨型人物，被他教訓得眼睛亂眨，下不了台，但是他卻理也不理對方，自顧自昂然而去。我很欣賞他那種對自己職業的認真和執著。

當時，我走過去，先自我介紹了一下：「那麼，照你的意見，中國的五嶽，都不能算是山？」

布平「呵呵」地笑了起來：「那是騷人墨客觀賞風景找尋靈感的所在，而我是攀山家。」

我聳了聳肩：「攀山家，也有目的？」

當時我的話才一說出口，就知道自己問得實在太蠢了，而他果然也立時照我一問出口就想到的答案回答：「當然有，攀山家的目的，就是攀上山去。」

他講了之後，哈哈大笑起來，我也跟著大笑。我們就此認識。

我們兩人，都在世界各地亂跑，很少固定一個時期在一個地方，見面的機會不是很多。我得知他的消息行蹤，大都是在運動雜誌上，他則靠朋友的敘述，知道我的動態。因為見面的機會少，所以當他約我到他的「客廳」去，我欣然赴約。

「客廳」中來客十分多，我沒有細數，但至少超過二十個，看起來，各色人等都有，甚至有頭髮當中剃精光的奇裝異服者，還有一個穿長衫的、看來道貌岸然的老先生，不倫不類之極。

我到得遲，進客廳時，布平正在放言高論，看到我進來，向我揚了揚手。沒有人是我認識的，我也樂得清靜，不去打擾他的發言，自顧自弄了一杯好酒，找了兩隻柔軟的墊子，疊起來，倚著墊子，在一大堆書前，坐了下來，順手拿起一本書來，翻閱著。

我一面翻著書，一面也聽著布平在講話，聽了幾分鐘，我就知道不會有興趣，因為他正在向各人講述他攀登聖母峰的經過。

聖母峰就是珠穆朗瑪峰，是世界第一高峰，也是所有攀山家所要攀登的第一願望。所以，每一個攀登過聖母峰的人，都不厭其詳地寫上一篇「登山記」，再加上各種紀錄片，使得攀登聖母峰，變得再無新奇神秘可言。

布平雖然是攀山專家，也變不出第二個聖母峰來，所以聽他講述攀山過程，十分乏味。而恰巧我順手拿來的那本書，內容敘述一些罕有昆蟲，我反倒大有興趣，所以根本對布平的講話沒留意，只是聽到他的語聲不斷。

然後，是他突如其來的提高聲音的一句問話：「你的意見怎樣？」

我仍然沒有在意，還在看書，布平的聲音更高：「衛斯理，你的意見怎樣？」

我這才知道，原來他是在問我。我轉過頭去，發現所有的人，都在望著我，我伸了一個懶腰：「很對不起，布平，我沒有聽你在講什麼。」

布平呆了一呆，看來樣子有點惱怒，他的體型並不是很高大，可是人卻紮實得像一尊石像。他渾身上下，找不出一點多餘的脂肪，膚色深褐，臉相當長，濃眉、高鼻，那時他惱怒得像一個小孩。

他揮著手：「唉，你什麼時候才學得會仔細聽人講話？」

我不甘示弱：「那得看那個人在講什麼，攀登聖母峰的經過聽得太多了。」

布平還沒有回答，有一個人尖聲叫了起來：「天，你根本沒有聽，布平講他在桑伯奇喇嘛廟裏的奇遇。」

我對於動不動就大驚小怪的人，十分討厭。我連看也懶得向聲音傳過來的方向去看一眼。故意張大了口，大聲打了一個呵欠，放下了手中的書，站了起來：「如果沒有什麼特別的事，我先走了。」

那晚聚集在布平客廳中的那些人，我看來看去，覺得不是很順眼，所以不想再逗留下去。誰知我的話一出口，布平的反應，全然出乎我的意料。

他先是陡地一呆，然後，突然跳了起來，揮著手，有點神經質地叫了起來：「聽著，大家都離去，我要靜靜地和衛斯理談一談。」

一時之間，雖然大家都靜了下來，可是卻並沒有人挪動身子，只是望著他。

他聲音更大：「聽到沒有，下逐客令了。」

我覺得極度不好意思，忙道：「那又何必，有什麼事需要談，改天談也可以。」

布平揮著手：「不！不！一定要現在。」

他一面說著，一面更不客氣地把身前兩個坐在墊子上的人，一手一個，拉了起來：不但下了逐客令，而且付諸行動。

這令我感到十分突兀，布平自己常說，一個攀山家，必須極其鎮定，要和進行複雜手術的外科醫生一樣。稍為不能控制自己，就會發生生命危險，比外科醫生更糟——外科醫生出了錯，死的是別人，而攀山家出了錯，死的是自己。

雖然現在他並不是在攀山，但是他的行動，無疑大違常態。

不單是我看出了這一點，不少人都發覺事情不對頭，幾個膽小的連聲說「再見」，奪門而出，有幾個人過來，強作鎮定地和我握手，講著客套話：「原來你就是衛斯理先生。」

為了使氣氛輕鬆些，我道：「是啊，請看仔細些，標準的地球人，不是四隻眼睛八隻腳。」

可是我的話，卻並未能使氣氛輕鬆，有一個人說了一句：「布先生有要緊話對你說，一定又是十分古怪的事，可惜我們沒耳福。」

布平又怒吼了起來：「快走。」

主人的態度這樣，客人自然無法久留，不到三分鐘，人人溜之大吉，客廳中只剩下我和布平，我望著他，緩緩搖著頭：「你今晚的表現很怪，剛才你還在高談闊論，他們全是你最好的聽眾。」

布平憤然道：「好個屁，我問一個簡單的問題，他們之中沒有人回答出來。」

他在這樣說的時候，望定了我，我心中不禁打了一個突，他問了一個問題，人家回答不出來，他就要兇狠地把人家趕走。

而他也問過我，我因為根本沒有注意，所以也沒有回答，看起來，他還會再問，要是我也答不上來，他是不是也會趕我走呢？

反正他是不是趕我走，我都不在乎，所以我躺了下來，雙手交叉，放在腦後：「好，輪到我了吧。」

布平顯得有點焦躁，用力踢開了兩個大墊子，又抓起一瓶酒來，口對著瓶口，我聽到了「嘓嘟」、「嘓嘟」兩下響，顯然他連吞了兩大口酒。

然後，他用手背抹著口，問：「你看這隻瓶子是什麼樣子的？」

我呆了一呆，這算是什麼問題？我道：「就是一隻瓶子的樣子。」

布平向我走來，站在我的身前：「一隻瓶子，或者是別的東西，當我們看著的時候，就是我們看到的樣子，對不對？」

我盯著他，一點反應也沒有，我才不會為了這種蠢問題而去回答對或不對。

布平又問：「當我們不看著的時候，一隻瓶子是什麼樣子，你說說看。」

我呆了一呆，這個問題，倒真不容易回答。乍一聽起來，那似乎是蠢問題，但仔細想一想，確然大有文章。

一隻瓶子，當看著它的時候，是一隻瓶子的樣子。

但，當不看它的時候，它是什麼樣的呢？

當然，最正常的答案是：還是一隻瓶子的樣子。

但是，如何證明呢？偷偷去看還是看，用攝影機拍下來，看照片時也是看，不論用什麼法子，你要知道一隻瓶子的樣子的唯一方法，就是去看它，那麼，不看它的時候是什麼樣子，無法知道。

我想到這個問題有點趣味，沉吟未答。

布平又道：「或許可以這樣回答，用身體的一部分去觸摸，也可以知道瓶子的樣子，但我不接受這樣的詭辯，因為瓶子的樣子，如果有細微的不同處，觸摸不出來。你可以告訴我，當沒有人看著它的時候，瓶子是什麼樣的？」

我揮著手：「我無法告訴你，因為沒有人知道，不單是瓶子，任何東西，死的或活的，生物或礦物，沒有人看的時候是什麼樣子，都沒有人知道。」

布平的神態顯得十分高興：「對！衛斯理，你與眾不同！剛才我問他們，他們每一個人連腦筋都不肯動就回答：有人看和沒有人看的時候，全是一樣。哼！」

我道：「可能一樣，可能不一樣，總之是不知道。」

布平側著頭，把我的話想了一想，緩緩點了點頭，表示同意。

我有點好奇：「何以你忽然想到了這樣的一個問題？」

布平遲疑了一陣，口唇掀動著，想講，但是又不知怎麼講才好。

我隨即又發現，布平有意在逃避回答，他隔過頭去，不和我的目光接觸，接著，又坐了下來，說道：「我最近一次攀聖母峰，並沒有達到峰頂。」

他有意轉變話題，我淡然一笑，沒有追問。

我並沒有搭腔，用沉默來表示我不是太有興趣。

他卻自顧自道：「我只到了桑伯奇喇嘛廟。」

我仍然沒有反應，心中在想，剛才已經有人提醒過我，他在講他在那個喇嘛廟中的經歷。

關於那座喇嘛廟，我所知也不多，只知道是建築在尼泊爾，喜馬拉雅山區，造在山上，廟的周圍全是海拔超過七千公尺的高峰。我相信以布平攀喜馬拉雅山各個山峰的經驗而論，他決不是第一次到那個喇嘛廟。

布平坐了下來，又喝了一口酒：「我始終覺得，所有喇嘛廟，都充滿了神秘氣氛，他們的那種可以勘破生死的宗教觀念，他們那種不和任何外界接觸的生活方式，甚至廟中喇嘛的一言一行，一舉一動，都令得他們看來，與眾不同。」

我「嗯」了一聲：「是，尤其建造在深山中的喇嘛廟，這種氣氛更甚，即使沒有相同的信仰，也可以強烈地感受得到。」

布平得到了我同意的反應，十分興奮地揮了一下手：「是。是。」

我仍然不知道他想表達什麼，而他在連說了兩聲「是」之後，又半晌不出聲，所以我只好等他講下去。

布平停了至少有好幾分鐘，才又道：「你知道，我精通尼泊爾、西藏山區的語言，喇嘛的語言雖然自成一個系統，但是我也可以講得通。」

我皺了皺眉，他說的是事實，我還曾跟他學習過一些特殊的山區語言。

布平的臉上，現出十分懷疑的神情。當然是他的經歷，有令他難以明白之處。

他深深地吸了一口氣：「我去過桑伯奇喇嘛廟好多次，也認識不少喇嘛，有許多喇嘛，關起門來修行，不見外人，我所能見到的，自然是一些修行較淺的，和他們也還算談得來，這次，我一到，就感到喇嘛廟中，有不尋常的事情發生。」

布平說到這裏，聲音低沉，彷彿把遙遠高山之中喇嘛廟的神秘氣氛，帶進了他的「客廳」之中。

那令得我不由自主，直了直身子。

布平繼續敘述著，他一面敘述，一面喝著酒，我用心聽著。

以下，就是布平在桑伯奇喇嘛廟的經歷。

布平原來的目的，是帶一個攀山隊去攀登阿瑪達布蘭峰，天氣十分好，難得的風和日麗，而這隊攀山隊又全是經驗豐富的攀山家，他們要布平帶隊，只不過因為覺得能和布平這樣的專家在一起，是一種殊榮。

所以，布平發現他在這次攀山行動中，起不了什麼作用，他就和一個嚮導說了幾句，在全隊還在熟睡的一個清晨，離開了隊伍。

布平沒有目的，在崇山峻嶺中，恣意欣賞大自然形成的偉景。直到他發現自己已經十分接近桑伯奇喇嘛廟時，他才決定到廟裏去，和相熟的喇嘛敘舊。

他從一條小路上去，沿途全是松樹，幽靜得出奇，來到了喇嘛廟前，廟簷上有幾隻小銅鈴，因為風吹而搖動，發出清脆而綿遠的「叮叮」聲，聽來令人悠然神往，大興出世之想。

可是到了廟門之前，布平感到錯愕：廟門緊閉著。他前幾次來，廟門都打開，他曾在廟中留宿，即使在晚上，廟門也不關。

布平先是推了推，沒有推開，他不知道該如何才好，四周圍這樣靜，應不應該用敲門聲去破壞那種幽靜？

布平考慮了相當久，仍然決定不敲門，一來怕破壞了幽靜的環境，二來，他感到廟中可能有事，他一拍門，會驚動了廟中的喇嘛，大有可能從此變為不受歡迎人物。

他沿著廟牆，向前走去，走出了沒有多久，廟牆越來越矮，只是象徵式的，他可以輕而易舉地跨過去，他也這樣做了。

他走前幾步，來到了一個石板鋪成的院子中，石板和石板之間的縫中，長滿了短而茁壯的野草，開著美麗的小紫花。

院子的兩旁，是兩列房舍，平時，總有些喇嘛來往的，可是這時，卻一個人也看不到。

布平猶豫起來：他自己進來，廟中又如此之靜，是不是應該揚聲發問？他猶豫不決之際，一扇門中，兩個喇嘛走了出來，那兩個喇嘛的步子十分急，才開始出來時，並沒有看到布平，布平向他們迎了上去，他們才陡地看到了他。

那是相當稔熟的廟中喇嘛，對方自然也認得他。可是，兩人乍一看到布平，現出了極吃驚的神色，陡然震動，像是看到了什麼可怕的東西。

布平忙道：「是我，兩位上師，不認識我了嗎？我是攀山者布平。」喇嘛是西藏話的音譯，意思是上師，那是對僧人的一種尊稱。布平為人相當自負，但是在上師面前，一直很客氣。

那兩個喇嘛吁了一口氣，其中一個道：「是你！才一看到你，真嚇了一跳。」

布平疑惑道：「為什麼？寺裏不是經常有陌生人出現的麼？」

那兩人互望了一眼，另一個道：「或許是近月來，寺裏有點怪事——」

當那人這樣說的時候，他身邊的那個用肘碰了碰他，示意他不要說，但那個人卻不服氣：「有什麼關係，布平和我們那麼熟，他見識又多，說不定他能夠——」

那喇嘛講到這裏，停了下來，神情仍然相當疑惑，布平不知道發生了什麼事，只好等著他講下去，但是他卻又轉了話題：「請跟我們來，你先休息一下，看看是不是可以讓你知道這件事。」

布平知道，廟裏一定發生了什麼不尋常的事，是不是他能參與，眼前這兩個人不能決定。

廟中僧侶的等級分得十分清楚，他們必須去向更高級請示。

布平沒有問究竟是什麼事，他在兩人的帶領之下，到了一個小殿，佛像在長年累月的煙燻下，顏色暗沉，所有一切都暗沉沉，再加上光線十分暗，神秘的氣氛把在小殿中的人，包得緊緊的。

布平覺得很不自在，他坐下沒有多久，就有小喇嘛來奉茶待客，他坐了一會兒，未見有人來，就信步走出了小殿。可是他才一走出去，就被那個小喇嘛攔住了：「廟裏有事，請不要亂走。」

布平只好站在小殿的簷下，這時，天色已漸漸黑了下來，廟宇的建築，在暮色之中看起來，矇矇矓矓，遠近的山影，像是薄紗，連同天空，罩向整個廟宇。

布平心想，難怪有人說這一帶的廟宇，是全世界最神秘的地方，蘊藏著人類文明的另一面。在現代科學上，他們可能極落後，但是在精神的探索方面，他們無疑走在文明的最前端。

但由於人類在精神方面的探索，一直蒙上神秘色彩，所以這裏的環境，在心理上也給人以莫名的神秘感。

布平站了不多久，就聽到有腳步聲傳來。廟中幽靜，老遠的腳步聲，就可以聽得到。

一會兒，暮色之中，出現了兩個人影，正是布平剛才遇見的兩個，他們來到了布平的身前，做了一個手勢：「請跟我們來。」

布平漸漸感到事情一定相當嚴重，他來到了廟宇主要建築物的後面，更是大吃了一驚。

廟後是一片空地，空地後面，是一列小殿，有五六十個喇嘛，席地而坐，面對著那列小殿，靜悄悄地坐著。那麼多人，可是靜得連氣息都聽不到。在漸漸加濃的暮色之中，那五六十個人，像是沒有生命一樣。

布平緩緩吸了一口氣，桑伯奇廟中，沒有那麼多僧人，至多二十個，其餘的，多半全是外來的。

三個人都把腳步放得十分輕，但儘管輕，還是不免有聲音。布平一腳踏在一片枯葉上，所發出來的聲音，不但令他自己嚇了一跳，而且也令得許多正在靜坐的人向他望來，那令得布平十分狼狽。

到那列僧舍，最多不過三四十步，布平戰戰兢兢，在感覺上，比攀上一個險峰，更加困難。好不容易來到了，僧舍門半開，帶他來的兩人，側著身，從門中走進去，布平也學著他們，不敢去推門，唯恐木頭門發出聲來，在如今這樣的環境下，那聲音一定是驚天動地。

進了門，是一個小小的院子，院子的正中，有一個木架子。架子上放著不少法器，有的是轉輪，有的是杖，有的是念珠，有的是左旋的海螺，也有的看來像是人頭骨，天色漸黑，不是十分看得真切。

布平以前沒有進過這列僧舍，他知道那是廟中道行較高老喇嘛修行的地方，普通人根本不能進來，他這時能夠進來，是一項崇高的禮遇，可能也由於廟中有不尋常事發生的緣故。

他由於常攀越喜馬拉雅山的各峰，對於尼泊爾、西藏、印度的廟宇，教派的源流，相當熟悉。一看那個木架上的法器，可以認出，這些法器的使用者，是喇嘛教幾個不同流派的高級上師。

即使是粗略地看了一眼，也可以看出喇嘛教的各派，幾乎全在了。有格魯派、寧瑪派、噶舉派，甚至薩迦派。這些教派極少互通來往，現今一定是有著重大的事件，才使他們聚在一起。布平屏住了氣息，他被引進了一間小房間中。外面已經夠黑暗了，小房間之中，更是黑暗，也沒有燈火。

過了一會兒，那兩個人又帶著一個人進來，根本無法看清那人是誰，只是進來時，從他的衣著上，看得出，也是一個喇嘛。

那人一進來，就用十分低的聲音道：「布平，你恰好在這時闖了進來，當然是機緣，所以，幾個大喇嘛一致同意，讓你參加這件事。」

他一開口，布平就認出了他的聲音，那是廟宇實際上的住持，恩吉喇嘛。在廟中，他的地位不是十分高，是外人所能見到的最高級，其餘比他更高級的，都是宗教思想上、精神上的高級僧侶，根本只顧自己修行，絕不見外人。

布平吸了一口氣，也放低了聲音：「發生了什麼事？」

恩吉道：「不知道，正在研究。我們廟裏的三位上師，研究不出，所以又請了其他教派的上師，但還沒有結果。剛才我知道你來了，向幾位上師提了提你這個人，他們同意讓你也來參加。」

布平有點受寵若驚：「要是各位上師都研究不出，我怎麼懂？」

恩吉搖頭：「或許就是你懂，所以你才會在這時候出現。」

布平對於這種充滿了「機鋒」的話，不擅應對，所以他沒有說什麼，恩吉又道：「不過幾位上師都表示，這件事，你恰好來了，是有機緣，所以讓你參與，但請你別對任何人提起，因為事情的本身，牽涉到了來自靈界的信息。」

布平聽到這裏，不禁大是緊張。

什麼叫作「來自靈界的信息」？布平不甚了了，但那一定十分神秘，要不然，廟裏所有的上師，不會那樣緊張。

當時，布平十分誠懇地點著頭：「好，我答應。」

恩吉吁了一口氣：「請跟我來。」他說著，轉身走向門口，布平跟在他的後面，才一推開門，就有一陣勁風吹來。

布平是一個攀山家，他知道山中的氣候，風向變化，最不可測，一分鐘之前，樹葉連動都不動，一分鐘之後的勁風，可以把樹吹得連根拔起。

那陣勁風的來勢十分勁疾，撲面吹來，吹得坐在院子裏的那些僧侶的僧袍，刷刷作響，那些僧侶在黑暗之中，仍然像沒有生命一樣地靜坐。風引起了一陣陣古怪的聲響，在山峰和山谷之間，激起了十分怪異的迴響。

恩吉在門口停了一停，布平趁機問：「他們在院子裏幹什麼？」

恩吉低聲道：「他們，有的是我們廟裏的，有的是跟了其他教派來的，都因為修為比較淺，所以只是在院子裏靜坐，希望可以有所領悟，幾位上師，全在裏面。」

他伸手向前指了指，那是一扇緊閉著的門，布平忍不住又問道：「所謂來自靈界的信息，究竟是什麼？」

恩吉苦笑了一下：「要是知道就好了，你進去一看，或者會立即明白。唉，有時候，很簡單的一件事，要是一直向複雜的方向去想，反倒一點結果也沒有，可是一個小孩子，一下子就能道出答案來。」

布平聽得恩吉這樣說，心中不禁有點啼笑皆非：原來人家只是把他當作有機緣的小孩子！

不過他沒有生氣，因為他知道，資格深的喇嘛，一生沉浸在各種各樣的經典古籍之中，學問和智慧之高，超乎世人所能想像的地步，在他們眼中看來，所有人都像是小兒。

布平頓了一頓，又問：「靈界的信息……是來自靈界的人帶來的？」

恩吉瞪了他一眼，皺著眉：「這是什麼話，既然是靈界，怎麼會有人？」

布平知道自己問了一個傻問題，所以不再說什麼，冒著風，和恩吉一起來到了那扇門前。

門是木製的，由於年代久遠的緣故，不免有些裂縫，從裂縫中，有一點光亮閃出來。

這時，外面的天色已經十分黑暗，風把雲聚集，遮蔽了星月，所以簡直是一片濃黑。在這樣的濃黑之中，來自門縫中的一些光，看來也十分靈動。

恩吉站在門口略停了一停，雙手合十，接著，就伸手去推門，門無聲無息被推開，布平就在恩吉的身後，勁風令得門內的燭火，閃耀不停，一時之間，布平只能看到一些矇矓、搖動的光影，他忙跨進門去，反手將門關上。

搖動的燭光靜止下來，門內是一間相當大的房間，靜到了極點，所以自外面傳來的風聲，聽來也格外宏亮震耳。不過看房間中的情形，外面別說只是在起風，就算是大雪崩，只怕也不會引起房間中人的注意。

在四枝巨燭的燭光之下，一共有七個喇嘛在。

其中三個端坐著，一個側身而臥，以手托腮。另外兩個，筆直地站著，這六個人一動也不動，只有一個，姿勢比較怪異，半蹲著，雙手在緩緩移動著，看不出是在做什麼動作，他的手指，柔軟得像是完全沒有指骨，在不住蠕動，看起來怪誕莫名。

這個是唯一有動作的，當然使布平第一個注意他，布平向他望過去，不禁吃了一驚，那喇嘛的年紀很老很老，滿面全是重重疊疊的皺紋，牙齒顯然全都掉了，所以口部形成了一個看起來相當可怕的凹痕，他睜大著眼睛，但是一看就可以知道，他是一個瞎子。

以前幾次，曾聽廟中的喇嘛說起過，桑伯奇廟中，資格最老、智慧最深的一位，從小就瞎了眼。這位喇嘛的智慧，遠近知名，連活佛都要慕名來向他請教疑難，不過若不是有緣，想見他一面都難，遠道而來的人，能夠隔著門，聽到他一兩句指點，已經十分難得。

布平心想：眼前這個老瞎子，難道就是那個智慧超人的老喇嘛？

第二部：人是形體，石頭也是形體

布平心中預期，會看到什麼怪異莫名的東西，可是卻並未曾看到什麼，雖然房間中的人，就算一動都不動的，都透著一股莫名的詭異，但實在沒有什麼特別。

他神情疑惑地向恩吉望去，恩吉向他做了一個手勢，向前指了一指。

布平循他所指看去，一面還在想：他叫我看什麼呢？要是房間中有什麼怪異的東西，我早該看到了。

他的視線，接觸到了恩吉指著、要他看的那東西，他仍然不知道自己要看的是什麼，他又轉頭望向恩吉，神情更疑惑，而恩吉仍然伸手向前指著，要他看那東西。

布平已經看到了那東西，仍然不明白自己要看的是什麼，那只有一個可能，就是那東西太不起眼，實在太普通了。

一點也不錯，這時，布平所看到的東西，實在是太普通。

那是一塊石頭。

如果問一個蠢問題：喜馬拉雅山區中，最多的是什麼東西？

答案就是：石頭！整座山，全是石頭。

所以，在山區看到了一塊石頭，決計不會引起任何特別注意。

可是恩吉要布平看的，偏偏就是一塊石頭。

布平盯著那塊石頭，他一點也看不出那塊石頭有什麼特異，但是他卻可以肯定，所有人的注意力，都集中在那塊石頭上。

那個盲喇嘛，他的手，對著那塊石頭在蠕動，看起來，像是他正對著那塊石頭，在施展什麼大神通、大法術。

那兩個筆直站著的，雙眼之中，都閃著一種異樣的光芒，盯著那塊石頭在看，像是想把那塊石頭看穿。

那側身而臥的，一手托腮，另一手放在地上，布平這時才注意到，他平放在地上的那隻手，四指屈著，只有中指伸向前，指著那塊石頭。

三個端坐著的，雙手的姿態也相當特別，都有一隻手指，指著那塊石頭。

由此可以證明，他們在這間房間中，就是在研究那塊石頭。

而那塊石頭——應該詳細來描述一下，怎麼說呢？

一塊石頭，就是一塊石頭，它不規則，大約有半個人高，略呈立方形，有許多石角、石縫，那些壁裂的石縫，有的相當深，形成大小形狀不同的洞。

實在無可再詳述了，就是那樣的一塊石頭。

布平足足盯著那塊石頭看了好幾分鐘，竭力想著出它有什麼與眾不同之處。但是，一塊石頭，始終是一塊石頭。

布平又向恩吉看去，看到恩吉也正在望向他，充滿了希望，顯然是希望他能給以答案。布平只好十分抱歉地做了一個手勢。他想說什麼，可是房間中的氣氛是如此肅穆，使他一點聲音也發不出來。

不過，布平根本不必說什麼，他的神情和手勢，已經說明了一切。恩吉立時失望，緩緩搖了搖頭。布平又向他做了一個手勢，示意是不是可以和他一起離開，好讓他說話。

恩吉無可奈何地點了點頭，後退了一步，打開門。

勁風又令得燭光晃起來，那塊石頭和幾個人的影子，也在房間的四壁搖動著，看來很是古怪。

恩吉和布平一走出來，就把門關上，布平立時問：「天，你們在幹什麼？」

恩吉並沒有立時回答，又把布平帶回了原來的小房間之中。

布平嘆了一聲：「你們研究經典、研究佛法、研究自然界，甚至靈界的一切，全世界人都知道，你們有非凡的智慧，但是老天，那房間裏，只是一塊石頭。」

恩吉並不反駁布平的話，等他講完，他才道：「你知道這塊石頭是怎麼來的？」

布平沒好氣：「天上掉下來的？」

恩吉倒並不生氣，搖著頭：「不，沒有人知道它是怎麼來的。」

布平誠懇地道：「上師，這裏是山區，山裏到處全是石頭。」

恩吉仍然搖著頭，布平沒有再說什麼，這時，有一點他倒是可以肯定的：

那塊石頭，一定有相當不尋常的來歷，不然不會引起他們的留意。他等著恩吉說出來。

恩吉停了片刻，才道：「剛才，你見到了貢雲喇嘛？」

布平用手指了指自己的眼睛，代替了詢問「是不是那個盲者」，恩吉點了點頭。

布平才道：「聽說貢雲上師是教內智慧最高、資格最老的人。」

恩吉道：「是，他年紀不知多大，連他自己也說不上來，只知道外蒙古活佛稱皇帝那年，就曾派人想把他迎去宣教，可是他沒有答應。」

（布平不知道外蒙古活佛自稱皇帝是哪一年發生的事，這也難怪，他只是一個攀山家，並不是歷史家。就算是，對這種冷僻的歷史事件，也不會加以注意。外蒙古活佛自稱皇帝那件歷史上的小事，發生在公元一九二一年。）

恩吉繼續道：「貢雲大師是人人崇敬的智者，我們廟裏的僧侶，平時見他的機會也不多，要是能得到他開口指點一兩句、傳授一兩句，那就是至高無上的榮耀，所以，當那天早上，他坐禪的房間中，傳出了鈴聲，整個廟宇的人，歡喜若狂，人人都立即來到了他的禪房之外，靜候著。」

布平吸了一口氣，恩吉解釋道：「那傳出來的鈴聲，有特殊的意義，表示他要向合寺的人說話，我們都以為他要說法，那可是天大的喜事。」

布平「嗯」地一聲，表示明白，並且示意，請恩吉繼續說下去。

各位請留意，布平的敘述中，有恩吉的敘述。那天早上，在貢雲大師的禪房中，傳出了鈴聲之後發生的事，是恩吉的敘述。

敘述之中有敘述，看起來可能會引起一點混亂，要說明一下。

桑伯奇廟上上下下、大大小小所有僧侶，都集中在貢雲大師的禪房之外，雙手合十恭立佇候。他們來得如此之快，從禪房中傳出來，召集各人的鈴聲，似乎還在蕩漾著未曾散去。

眾人佇立了沒有多久，禪房的門就打開，貢雲大師緩緩走出。廟中幾個地位較高的上師，包括恩吉在內，迎上前去。

貢雲大師雙眼早盲，大家都知道，他卻並不需要人扶持，只是揚起雙手，令迎上去的幾個人，不要再向前。

每一個人都屏住了氣息，準備聽他講話，在陽光下看起來，貢雲大師臉上的每一條皺紋，都是那麼明顯，代表了歲月留下來的痕跡。

貢雲大師並沒有等了多久，就開了口：「廟裏來了一位神奇的使者，我要請他到我面前來。」

他講得很慢，很清楚，每一個看著他的人，都可以清楚聽到他的話。

可是，在聽到了他的話之後，人人都為之愕然。

他們並不是奇怪貢雲大師足不出禪房，可以知道廟中發生的事。所有人都相信貢雲大師具有神奇的能力，可以知道許多人所不知的事，可以預感到許多神秘的事情。

感到奇怪的，只是因為廟裏其實並沒有什麼「神奇的使者」來到。廟並不是很大，若是有什麼人來了，一定有人知道。

廟裏根本沒有人來，但是貢雲大師卻召集了合廟上下，要見那個並不存在的人，這就使人感到奇怪到了極點。

若是換了一個場合，出現了這種情形的話，所有人的第一個反應，一定是貢雲大師弄錯了。可是由於大師在各人心目中的地位是這樣崇高，「錯誤」和他，早已絕緣，所以，大家只是奇怪，互相用眼色詢問著，沒有人敢出聲。

貢雲大師又道：「請他到我面前來。」

這時，各人不但奇怪，簡直有點害怕。大師堅持著有人來了，這是怎麼一回事？他們之中，還是沒有人想到大師可能弄錯，只是一種極度的錯愕。

又靜默了一會兒，恩吉才趨前小聲道：「廟裏，近日沒有外人來到。」

貢雲大師臉上的皺紋一起動了起來，這表示他心中激動，所有看到這種情形的人，都更吃驚，有的甚至暗中誦經：這種情形太反常了。

不過還好，大師立即恢復了常態，十分平靜地道：

「他來了，我知道他來了，你們不知道，我知道，他……他……他在……他在……」

大師講到後來，像是在喃喃自語，聲音十分低。但由於人人屏住了氣息在聽，十分靜，所以還是可以聽到他的話。

他講到這裏，略停了一停，像是在思索著「他」應該在什麼地方。

然後，在停了片刻之後，貢雲大師伸手向前一指：「他在那裏，帶他來。」

所有人向他所指的方向看去，他指的地方，是一堵牆。

恩吉小心地道：「大師，那是一堵牆。」

貢雲大師笑了一下：「什麼是牆？」

恩吉陡然一呆，一時之間，答不上來，貢雲大師又道：「根本沒有牆！

去！去！」

恩吉再是一怔，陡然大喜：「是，多謝大師指點。」

他一面說著，一面急急向前走去，來到了牆前，有幾個人跟在他的身後，托了托他的身子，他便已翻上了牆頭。

恩吉在廟中的地位相當高，忽然之間翻起牆來，是一件十分滑稽的事情，但有了貢雲大師那兩句話在前面，自然不會有人感到好笑。

恩吉一翻過了牆，就陡然呆了一呆。

他在桑伯奇廟中，已有三十多年，廟中每一個角落中的一切，他都熟悉得不能再熟悉，這時，他在牆頭上，看出去，是一個小院子，那小院子的左邊，是一座放經書法器的房舍，小院子正中，是一座鐵鑄的，年代久遠的香爐，這一切，全是恩吉所熟悉的。

而，就在那香爐之旁，多了一樣絕不應該有的東西，一塊大石頭。

那塊石頭將近有半個人高，相當大，出現在這個小院子中，相當礙眼，在這以前，恩吉從來也未曾見過。

他在一呆之後，已聽得貢雲大師問：「他在麼？」

恩吉不由自主，吞了一口口水：「大師，只是一塊石頭，一塊大石頭。」

恩吉這句話一出口，別人也是一呆。

人人都知道，牆那邊是一個小院子，那小院子打掃得十分乾淨，連落葉也不會有一片，何況是一塊大石頭。

可是恩吉又說得那麼認真。

就在人人都錯愕時，貢雲大師朗聲道：「人是形體，石頭也是形體，請他過來，看他要對我說些什麼。」

恩吉在牆頭上，聽得貢雲大師這樣講，怔了一怔。他從小就在廟中，精研各種佛理，在很多情形之下，佛理難以領悟，一個很簡單的問題，可以思索許久，而且不斷聯想開去，往往十年八年，沒有結論，但也往往在前輩的指點之下，在一兩句話之中，就得到了領悟。

貢雲上師的話，恩吉並沒有留意下半截，因為上半截，「人是形體，石頭也是形體」已經令得他陷入了沉思，思索著這句簡單的話中所含的深義。

盲了雙眼的貢雲大師，仰著滿是皺紋的臉，在等著恩吉有所行動。可是恩吉呢？攀著牆頭在發獃。

另一個喇嘛走近那堵牆，推了恩吉一下：「大師要請來客過來。」

恩吉失聲道：「沒有來客，只有一塊石頭——」

他講到這裏，陡然住了口，剛才貢雲大師不是已經講了嗎？人是形體，石頭也是形體，都是形體，來的是一個人，或是一塊石頭，那就全一樣，貢雲大師說廟中有了來客，那塊石頭，以前根本不在，現在忽然來了，當然那塊石頭就是來客，何必去斤斤計較來客的形體是人還是石頭。

一想通了這一點，滿心歡暢，大聲答應著，一聳身，翻過了牆去，到了那個小院子，先向石頭行了一個禮，但是接下來，他卻不禁發怔。

雖然說人和石頭都是形體，但如果是一個人，恩吉就可以帶著他走到貢雲大師面前去，可是石頭不會走路。恩吉試圖去抬，那麼大的一塊石頭，當然抬不動。

恩吉又嘗試去推，還是推不動。

這時，又有幾個喇嘛，攀上了牆頭，他們看到那塊大石頭，神情也是驚訝之極。這個小院子之中，本來絕沒有這樣的一塊大石在，這是他們都可以肯定的事。

恩吉一看到了他們，連忙向他們招手，示意他們翻過牆來。

越牆而到了院子中的人越來越多，到了有八個人，才能勉強推動一下那塊大石，可是要把大石搬到貢雲大師面前去，還是十分困難。

八個人商量了一下，恩吉回到了貢雲大師的面前：「大師，那塊石頭很大，也很重，如果大師方便……最好到石頭……面前去。」

恩吉最後的一句話，結結巴巴，鼓足了勇氣才講出來。貢雲大師地位崇高，平時，絕足不出禪房，能隔著門聽到他的聲音，已經是無上的榮幸，而如今，卻要請他到一塊石頭的面前去，連恩吉自己也覺得自己的要求十分過分。果然，他的話才說完，已經有不少人，現出怒容。可是貢雲大師卻沒有什麼特別表示，側著頭，想了一想，就點了點頭，伸出了他的手來。

恩吉吁了一口氣，攙住了他的手向前走。那個小院子和他們雖然只隔著一堵牆，但是恩吉不能帶著貢雲大師這樣有身分的人去翻牆頭，所以，他們繞路過去。

恩吉扶著貢雲大師向前走著，所有的喇嘛，都跟在後面，形成了一個小小的行列，這在桑伯奇廟中，是罕見的盛事，寺中還有幾個，一直也只在自己的禪房中參禪的老喇嘛，也全都出來了，行列的前進次序，依各自的地位高低排列。

不一會兒，就一起到了那個小院子，一進入那個小院子，貢雲大師就陡然震動，雙手揚起，停止腳步。

他一停，跟在他身後的人，無法再前進，那些地位較低的，根本還沒有進院子，就停了下來，自然也看不到那塊大石。

貢雲大師停了下來之後，口唇顫動著，喃喃地道：「哪裏來的？哪裏來的？」

貢雲大師又向前慢慢走了過去，一直來到了那塊大石之前。先伸手出來，在大石上輕輕按了一下。然後，他就站著不動，

廟中地位較高的幾個老喇嘛，也走向前，圍住了那塊大石。這時，不但是地位較低的人，一臉不明的神色，連那幾個老喇嘛，也全然莫名所以。

他們的驚疑，一方面由於無法知道這塊大石是怎麼來的，二方面，不知道何以貢雲大師對這塊大石，看來如此鄭重其事。

貢雲大師的神情十分嚴肅，不斷地在重複著一句話：「我知道你要告訴我一些事，告訴我，就告訴我吧。」

他重複了四五十次，才靜了下來。所有的人，仍然都莫名其妙，一個老喇嘛問：「大師，你何以知道它要告訴你一些事？」

貢雲仰起了頭：「我感到。」

參禪的僧人，都十分重視感覺，那種可以被稱為超感覺的能力，有的與生俱來，也有的，靠修行和參悟得來。

貢雲的這種回答，在別的地方說出來，可能會引起反駁，也有可能，會被嗤之以鼻，當他是在胡言亂語，但是在這裏說出來，不會有任何人懷疑。這裏多了一塊大石，根本沒有人發現，如果不是貢雲大師告訴大家，誰也不知道。

所以，問話的老喇嘛低嘆了一聲，慚愧於自己那超感覺能力的不如。

貢雲大師又道：「它帶來了靈界的信息，我知道它一定帶來了靈界的信息——」

他說到這裏，深深地吸了一口氣：「如果現在你不願告訴我，請到禪房中來詳談。」

他講了這句話，就轉過身，向外走去。這時候，恩吉問了一句：「大師，是不是把這塊大石搬到你的禪房去？」

貢雲忽然笑了起來，當他笑的時候，滿臉的皺紋都在動，形成一種看來充滿了幽秘感覺的圖案，他笑了一下，又嘆了一聲：「如果它肯告訴我，何必去搬它？」

恩吉不是很懂，剛才大師還說要石頭到他的禪房去，現在又說不必要。恩吉倒也不急於去弄懂它，廟中歲月悠閒，有一個想不通的問題供靜思，是一件好事。

貢雲大師一向外走，行列又跟在後面，一直到貢雲大師回到了他的禪房，陳舊的木門，緩緩關上，合寺上下，仍然呆立在門外。

貢雲大師的聲音，自門內傳了出來：「你們散開吧，別去困擾我們的來客，看來它還有點……有點……」

那塊大石有點怎樣，貢雲大師並沒有講出來，只是重複了幾次，然後，便是他的一下長嘆聲：「天地之間，不明白的事太多了。」

貢雲大師的話，真令得所有聽到的人，都悚然而驚。

連貢雲大師都有不明白的事，其他人更不必說了，每一個人心中都在想：到達貢雲大師的程度，已經極其困難，由此可知，學識沒有止境。

所以，各人散去之後，心頭都十分沉重，甚至連小喇嘛也不例外，絕大多數人，都到平日他們各自的坐禪去處，坐下來靜思，少數人，由於在寺裏有著職守的緣故，必然要做他們分內的工作，所以無法靜思，但是也一面工作，一面思索著。

在這樣的情形下，反倒沒有人去注意那塊大石頭了。一直到第二天下午，恩吉才想起了那塊大石，他到那個小院子一看，不禁呆了半晌：那塊石頭不在了。

一時之間，恩吉不知道如何才好，那塊石頭不在了，這等於說，貢雲大師口中，把靈界消息帶來的來客，已經離開了。

這是一件大事，應該立即報告給貢雲大師知道。可是根本沒有人敢去騷擾貢雲大師的靜修，所以恩吉先找了一個地位較高的喇嘛，商量了一下。商量下來的結果，一致決定，還是非把這件事告訴貢雲大師不可，於是，恩吉和三個老喇嘛，一起來到了貢雲大師的禪房之外。

恩吉在說話之前，先叫了一聲，他才叫了一下，還沒有再開口，貢雲的聲音已從房中傳了出來：「你們的來意我知道了，去吧。」

恩吉有點發急：「大師，那石頭——」

貢雲大師的聲音，又傳了出來：「來客並沒有走，在我的禪房裏，去吧，別來打擾我。」

一聽到貢雲大師這樣說，恩吉和那三個老喇嘛，不禁都呆住了。

那怎麼可能？

這塊大石頭，八個人用盡了氣力，才只能把它輕輕搖動一下。若是要把它搬到貢雲大師的禪房之中，至少也要動員三五十人，還要勞師動眾，配合不少工具才行。

如果廟中曾經搬動石塊，恩吉絕沒有理由不知道，他是廟院的實際住持！那三個老喇嘛倒可能不知道，因為他們各自在自己的禪房靜修。所以，三個老喇嘛一起向恩吉望來，一臉的疑惑和詢問。

恩吉忙道：「沒有，廟裏沒有人去搬過那……來客。」

一時之間，他們都不相信那塊大石頭在大師的禪房。這種懷疑，對貢雲大師是大大的不敬！要不是貢雲大師的地位崇高，他們早就推開禪房的門，看個究竟了。

要就是那塊大石，真在禪房之中，要就是貢雲大師在說謊。

貢雲大師不可能說謊，那塊大石，也不可能自己到禪房去。

兩件不可能的事，偏偏又必佔其一，恩吉和那三個老喇嘛的神情，真是疑惑到了極點。

他們在禪房前佇立了相當久，才滿懷疑惑離去。

接下來的幾天，桑伯奇廟中，又像是昔日一樣平靜，也沒有人再談這件事。人人都知道，深奧到了連貢雲大師都不明白，其餘人，再去深思，或是談論，都必然白費心機。

一直到了第十天，鈴聲又自貢雲大師的房中，傳了出來。和上次一樣，合寺上下，又集中在大師的禪房之外，等了沒有多久，禪房的門打開。

禪房的門一打開，所有的人都呆住了。

雖然外面的光線強，禪房的光線暗，可是還是可以看得清清楚楚，大師禪房之中，有著一塊大石頭，可以肯定，就是十天之前，突然出現在那院子中的那一塊。

合寺僧人全在，人人都心中明白，自己沒有搬過那塊大石，除非是貢雲大師真有神通，不然，石頭難道自己會移動？

人人屏住氣息，靜到了極點，所以，貢雲大師向外走出來，他衣衫所發出的悉嗦聲，聽來竟也有點驚人。

貢雲大師看來從禪房的一個角落中走出來，他出現在門口。各人的驚訝更甚，大師臉上的皺紋更多了，這十天之中，他好像又老了不少。

他在門口站定，揚起了手：「我無法參透來自靈界的信息，要一些人，幫我一起來靜思。」

他講了之後，又是一片寂靜，他又道：「誰來和我一起靜思？」

靜寂更甚，沒有一個人出聲。

連貢雲大師都辦不到的事，誰能辦得到？貢雲大師等了一會兒，又道：

「不必推諉，我不一定是有機緣的人，或許我們之中，會有人能明白來客想告訴我們什麼。」

在這幾句話之後，靜寂被一些低語聲打破，有兩個老喇嘛，走向前去。除了這兩個資歷也十分夠的老喇嘛之外，其餘人一動都不敢動，唯恐稍一移動，就被別人誤以為他不自量力，妄想去參透連大師都參不透的事。

那兩個老喇嘛，來到禪房門前，貢雲大師側著身讓他們進去，然後，又把門關上，各人也就此散去。

那次之後，鈴聲再響起來，又是十天，等到所有人都集中在禪房門前時，門打開，先是那兩個老喇嘛垂著頭，一言不發地走了出來。

貢雲大師跟在他們後面，一看三個人的神情，就可以知道，在這十天之中，他們還是一無所獲。

貢雲大師宣布：「去請別的教派的上師，告訴他們，是我邀請，共同運用智慧，參透來自靈界的信息。」

本來，各教派之間的大師，歧見相當深，對於佛法，各有各的領悟，各有各的見解，平日，不相來往。但是派出去邀請的人，卻都得到了肯定的答覆，各教派的大師，都一口答應。

一來，自然是由於貢雲大師的聲望過人，二來，「來自靈界的信息」，那正是他們夢寐以求、畢生最大的一種願望，只要有半分可能，他們就不肯放過。

於是，桑伯奇廟中，就出現了布平去到的時候所看到的情形。

顯然，集中了那麼多大師，還是沒有什麼結果，所以布平也曾被邀請去參加靜思。布平一看到是一塊大石，當然莫名其妙，一下就退了出來。

恩吉對布平敘述那塊大石頭的來歷，和廟中發生的事，到此告一段落。

恩吉的敘述，布平雖然複述了出來，可是他對恩吉的話，不是很相信。

他說：「那塊大石頭，至少有三噸重，假設是山上滾下來，恰好滾到那個院子中，雖然不合理，還可以假設一番。說石頭會自動到大師的禪房中去，連解釋也無從解釋起，我看一定是那個瞎大師半夜三更叫了幾十個人搬進去，又吩咐搬的人什麼也別說。」

我想了一想，搖頭道：「很難說，一塊三噸重的大石，突然出現，這件事的本身已經夠神秘了。」

布平道：「你想到的是——」

我道：「最合邏輯的解釋，自然是那塊大石，從天上掉下來。」

布平張大了口。

我道：「這比你從山上滾下來的解釋合理，石頭從山上滾下來，雖然是一個普通的現象，但是在滾進院子之前，必定會撞倒圍牆，除非它遇到牆，就會跳過去——這樣的假設更滑稽。從天上掉下來，是垂直下來的，才能使它落在院子中。」

布平悶哼了一聲：「石頭有重量，你假設它從多高的高度落下來？」

我揮著手：「你弄錯了，我不是說石頭真從天上掉下來，只是說，石頭從天上掉下來的說法，比從山上滾下來，還要合邏輯。」

布平悶哼了一聲：「根本不合邏輯。貢雲大師憑什麼感覺，一口咬定那塊大石頭，是來自靈界的使者，會帶來靈界的信息。」

我笑了起來：「說得對，其實，什麼叫『靈界』？那是一個詞義十分模糊的名詞，『靈界』代表著什麼？是另一個世界？另一個空間？天堂？地獄？只怕連貢雲大師也說不上來，你去問他，他至多告訴你，靈界就是靈界。」

布平大是訝異：「你怎麼知道的？」

我聽得他這樣問我，就知道他在桑伯奇廟中還有點事發生，未曾告訴過我。

我笑道：「這種充滿了所謂禪機的話，誰都會說幾句。」

布平想了一想：「當時，恩吉告訴了我那塊大石出現在廟中的經過情形之後，我心中充滿了疑惑——」

布平的心中充滿了疑惑，他問恩吉：「大師為什麼肯定，那塊大石頭帶來了靈界的信息？」

恩吉道：「那是大師的感覺。」

布平搖頭道：「這就有點說不通，既然他有這樣的感覺，那麼，來自靈界的使者，就應該立時把信息告訴他。」

恩吉皺著眉：「你弄錯了，當然已經告訴了他。」

布平更是大惑不解，望著恩吉，恩吉嘆了一聲：「可是大師參不透其中的意義。」

布平眨著眼，仍然不明白，恩吉又道：「在禪房中的那幾位大師，都得到了信息，可是都不明白。」

布平笑道：「我更不懂了，什麼叫都得到了信息，卻不明白。」

恩吉瞪了一眼：「就像是一個人，告訴了你一句話，或者你根本聽不懂他的語言，或者你懂他的語言，可是不知道他這句話是什麼意思。」

布平點頭：「我懂了。大師剛才讓我進禪房去，表示我可能真的有機緣，剛才，我太草率了，請讓我再去一次，或許我會懂。」

恩吉望了他半晌，才道：「好，你等我。」

恩吉走了開去。布平焦急地等著。這時，布平要求再到禪房去，只是為了好奇心。

布平可以肯定：這些密宗大師，決不是什麼裝神弄鬼的江湖人物，而是真正有大睿智的高僧，他們沒有必要騙人，他們所講的、所做的，都有他們一定的道理。

第三部：一個瘦削的東方少年

旁人看來，他們的行為可能很虛幻、很無稽，那是因為旁人連了解這一點的知識都不夠。

這塊大石頭的出現是那麼神秘，自然會有更神秘的事蘊藏著。

布平不以為自己能發掘這種進一步的神秘，但是他卻希望，可以在這件神秘的事件中，有多些接觸。

恩吉去了相當久才回來，向布平做了一個手勢：「這次，你可別一進去就出來。」

布平連聲答應：「當然，當然。」

恩吉忽然嘆了一聲，沒有再說什麼，看起來憂慮重重，又帶著布平，向前走去。

走出了幾十步，恩吉才道：「要是那些大師，全都參悟不透來自靈界的信息的話，只怕……只怕……」

布平聽出恩吉的語氣之中，有著極度的擔憂，他道：「那也不要緊，反正那些大師，平日也只是靜思，現在還不是一樣？」

布平所說的話，倒是實情，生命對於大師們的唯一意義，就是去想通一個或幾個問題，歲月對他們沒有什麼特別意思，反正他們一直在思索。就算有了結果，有時也沒有意義，因為深奧的答案，同樣深奧，無法用人類的語言來表達，即使表達了，也不是普通人所能領悟。有了答案之後，領悟的也只是他們自己。

恩吉聽了布平的話，瞪了他一眼：「這次情形不同，貢雲大師說，來自靈界的信息有期限，過了期限，仍然不能參悟，這個萬載難逢的機會，就永遠消失了。」

布平「啊」地一聲，也知道恩吉的擔憂有道理。

第一，靜思若是有期限，就會大大影響思考者的睿智，使他們的智慧，打了折扣。

第二，要是他們終究未能參悟到什麼的話，那麼，大師們就會懊喪萬分，說不定為此喪失了一切智慧，這自然是大損失。

布平沒有再說什麼，他也根本沒有想到自己能幫上什麼忙。一切和他第一次來的時候，並沒有什麼改變，依然是那麼靜，所有看到的人，都靜止不動，山中的風聲，一陣陣傳來，慘淡的月光，增添著神秘的氣氛。

布平走進了禪房，禪房中的幾個人，甚至連姿勢都未曾變過。布平的進出，也未曾引起那幾個大師的注意，布平沒有發出任何聲響，到禪房的一角坐下來。

他盤腿而坐，那不是正宗的參禪姿勢，他只是知道自己一坐可能坐上很久，所以便用了一個較為舒適，可以持久的姿勢。

他是一個攀山家，有一種特殊的本領，就是在十分惡劣的環境之下，盡量使自己活得舒服。例如高山上空氣稀薄，氧氣少，普通人就十分痛苦，但像布平這樣卓絕的攀山家，卻可以控制自己的呼吸，使自己適應這種環境。

布平也能在特殊的嚴寒下使自己的身體，儘量維持活下去必須的溫度。這種特殊的求生能力，和大師長年累月的靜坐，很有點相似，所以布平自信，自己維持同一個姿勢，坐上七八個小時，甚至更長，都不成問題，領悟力怎樣，他不敢說，但是在耐力方面，他至少不會比那幾位修行多年的大師更差。

他的眼睛漸漸適應了黯淡的光線，那塊大石離他大約有三公尺，他可以看得十分清楚，至少是向著他的那一面，他看得十分清楚。

於是，他就盯著那塊大石看。

那塊大石神秘地出現在院子，又神秘地移動到貢雲大師的禪房，可是看起來，實實在在，那只是一塊普通的石頭。

作為一個攀山家，專業知識之一，是必須對各種不同的石頭，有深刻的認識，那十分重要，不然，把釘子釘進了石灰岩，就可能在攀登的過程之中，自千仞峭壁上掉下去，粉身碎骨。因為石灰岩的硬度，按照普氏系數岩石堅固程度，系數只有一點五到二，不足以承受太重的重量。

單是石灰岩，就有好多種，白雲質石灰岩和硅質石灰岩就大不相同。碳酸岩和碳酸鹽岩又有質地上的差別，亮晶粒屑灰岩和微晶粒屑灰岩的分別，即使是礦石專家，也要在放大鏡下才能分辨得出，但是爬山專家卻必須一眼就可以分得出來。

哪種石頭屬於玄武岩，哪種是磷酸岩，花崗岩、碧雲岩之間有何不同，石英岩有什麼特徵……等等，都是相當深奧的學問。

也別以為那些學問可以憑經驗得來，不是的，那是專門的學問。岩石學的範圍極廣，早已分類為火沉岩岩石學、沉積岩岩石學、變質岩岩石學。又分支為岩類學、岩理學、岩石化學、岩組學……等等七八個科目，各有各不同的研究目標，要詳細寫出來，十分沉悶，只好略過就算。

一塊大石頭，在普通人看起來，只是一塊大石頭。但是，對岩石有極其豐富知識的人，如布平眼中看出來，就可以看出許多不同之處。

這時，布平一眼就看出，那是一塊花崗岩。花崗岩是登山家最熟悉，也最喜歡遇到的一種岩石。它的普氏硬度系數是十五，比起硬度系數二十的玄武岩來，要容易對付，而又有足夠的硬度去承受重量，使得攀山的安全性增加。

布平在白色的表面上，可以看到在燭光下閃耀的石英和長石的結晶，使他感到驚訝的是，通常來說，結晶露在石面外的大小，和這塊石頭不一樣，通常比較大。

在這塊石頭上，卻又細又密，細小得難以形容。布平沒有看過那麼細小的結晶，但是他仍然斷定，那是花崗岩。

岩石的形成，是一個極其複雜的物理和化學變化過程。花崗岩中，含有百分之六十五左右的氧化矽，附近的整個山區，幾乎全由花崗岩和玄武岩組成，在這裏，對著一塊花崗岩發獃，實在沒有意義。

布平想到這一點，幾乎又想離去。但是就在這時，他聽到一個斜躺著的大師，自喉間發出了「咯」地一聲來，接著道：「我又聽到了。」

另一個在不住走動的大師立時應道：「是。」

貢雲大師嘆了一聲：「還是那句話，第一晚就聽到，一直是那句話。」

三個人次第講了一句話之後，又靜了下來。

布平吞了一口口水，他絕對可以肯定，在禪房中，沒有任何聲音。

那位大師說他「聽到了」，可能是他心靈中的一種感應，所謂「內心之聲」。那是人體的腦部受了某種特殊刺激之後的一種反應。

有可能，那塊石頭，有什麼特異的活動，例如放射性的一種微波，或者是另一些根本不知道什麼原因的變化，影響了大師們的腦活動，從而使他們「聽」到了什麼。

這種假設，布平可以接受，問題是在於，他們「聽」到了什麼呢？他們「聽」到的，就是所謂「來自靈界的信息」？布平忍住了發問的衝動，因為他知道在這樣的情形下，發問絕對不宜。

他嘗試著，使自己精神集中，盯著那塊大石頭，什麼也不想，只是想著：大石會有信息發出來，給我信息，給我信息。

可是，一小時又一小時過去，布平卻什麼也沒有「聽」到。他畢竟不是靈界中人，他的科學知識，成為一種障礙，使他無法領悟到什麼，在他的心目中，一塊石頭，始終只是一塊石頭，再神秘的石頭，也只是一塊石頭。

門縫中透進曙光，禪房中的所有人，包括布平在內，仍然維持著原來的姿勢，布平覺得雙腿有點發麻，他小心翼翼地伸長了腿，按了兩下，再盤腿坐起來。

這時，一個一直低垂著頭的大師，突然抬起頭，長長吁了口氣，用低沉的聲音道：「我們聽到的信息全一樣，怎麼會一直參悟不透？我已經重複聽到不知多少遍了。」

那位大師講著話，其餘各人，多少變換了一下原來的姿勢。有幾個，發出了輕微的歎喟聲，有一個喃喃地道：「我們的領悟力實在太差了。」

布平在那一刻，實在忍不住心中的好奇，也不去理會是不是適宜了，脫口問道：「你們究竟得到了什麼信息？」

他這句話一出口，所有的人，都立時向他望來，連盲目的貢雲大師，也轉臉向著他。

布平在他們的注視之下，只覺得有說不出的不自在，那些大師們的眼睛，都有一種異樣幽秘的光芒在閃耀，其中有一個，眼中的光采，甚至是暗紅色的。

布平不安地挪動了一下身子，結結巴巴地道：「對不起……對不起，我不是有意……打擾……」

他的話還未說完，貢雲大師已經揚起了手來，不讓他再講下去。

然後，他以他那種蒼老的聲音道：「聽！用你的心靈聽，你會聽到我們都聽到的聲音。」

布平苦笑：「我努力過，可是我想，內心之聲不是那麼容易聽到的。」

貢雲大師卻像是完全未聽到他的話一樣，自顧自地繼續著：「他又在告訴我們了。」

布平的口唇掀動了一下，他想問：「他告訴了你們什麼？」

但是，他沒有問出來，因為貢雲大師已經立時說了下去，說出了他想知道的答案，貢雲大師說：

「他在告訴我們：到我這裏來，來！來！到我這裏，會有更多的話告訴你，是你畢生的志願，想要知道的答案，我不會等你很久，快到我這裏來。」

貢雲大師在講那幾句話的時候，聲音低沉到了極點，以致他的聲音，聽來像是從極其遙遠的地方傳來，有一種異樣的神秘。而當他在這樣說的時候，其餘幾位大師，都緩緩點著頭，表示他們「聽」到的內心之聲，內容一樣。

布平怔呆了半晌。他是覺得十分滑稽，他一直以為，大師們所「聽」到的信息，深奧之極，令得那幾位智慧極高的大師，日夜不休去思考領悟，還弄不明白其中的意思。可是實際上，那幾句話，實在再容易明白也沒有，小孩子一聽就可以知道是什麼意思。

布平的腦筋動得極快，他發出了「嘿」地一聲：「這幾句話，有什麼參悟不透的？」

剎那之間，禪房中靜到了極點，布平可以感覺得出，所有的人聽得他這樣說，都把他當作是蠢到不能再蠢的蠢人。

懂的。

可是，他卻不覺得自己說了什麼蠢話，因為那幾句話，本來就是很容易

極度的寂靜，維持了大約半分鐘，貢雲大師緩慢地問：「你明白了？」

布平吸了一口氣，大聲答：「是。」

貢雲大師蒼老的聲音，聽來極其柔和：「那麼，請告訴我們。」

布平又吸了一口氣：「你們得到的信息，要你們到他那裏去，去了之後，你們就可以得到一生追求著的答案。」

布平以為自己的解釋，已經夠清楚的了。事實上，那幾句話，人人聽得懂，是根本不必解釋的，他做了解釋，那就更容易懂了。

可是，在他那樣說了之後，所有的大師，都不約而同，呼了一口氣，有幾個，甚至連望也不向布平望來，簡直已將他當作不存在。這種極度輕視，布平立即可以感覺出來，那也使他十分不服氣，他道：「我說得不對麼？」

一個大師用相當高亢的聲音發問：「請問，我們該到哪裏去？告訴我們信息的，在何處？」

布平道：「這——」

他只說了一個字，就再也無法說下去了。

他本來想說：「這還不容易」，但是，他立即想到，到哪裏去呢？信息是那塊大石傳出來的，大石從哪裏來，就該到哪裏去，但是，大石是從何處來的呢？

如果說，大石帶來的是「靈界」的信息，那麼，信息是在邀請大師到「靈界」去。這更加虛幻了，「靈界」是什麼？又在哪裏？

布平張口結舌，再也說不出什麼來，一句乍一聽來，再也簡單不過的話，可是只是隨便想一想，就可以發現絕不簡單。

布平呆了半晌，才道：「那要看……信息是來自何處，來自何處，就到何處去。」

貢雲大師連考慮也沒有考慮：「信息來自靈界。」

布平問：「靈界是什麼意思？是另一種境地，另一個空間？另一種人力所不能到達的境界？」

貢雲大師沉聲道：「靈界就是靈界。」

布平當時得到的答覆就是這樣，所以他聽得我說，去問貢雲大師，多半得到這樣的答覆時，他訝異地反問：「你怎麼知道？」

我嘆了一聲：「布平，你、我、我們，和那些畢生靜修、參禪的人，完全是兩類人。他們有許多古怪的想法、行為，旁人全然不能理解，說得刻薄一些，連他們自己也不了解。」

布平不以為然：「你這種說法不對，他們至少了解他們在做什麼。」

我冷笑了一下：「了解？貢雲就答不出什麼是靈界，由此可知，他根本不知道！要是知道，他就可以應邀前往，不必苦苦思索。而如果，靈界是超脫生死的一種境界，那正是他們那些修行者畢生想要達到的自由，如果他們能在靈界和人間之間，自由來去，什麼信息不信息，都不重要了。」

布平給我的這一番話，說得直眨眼睛。

我打了一個呵欠：「我看，你在桑伯奇廟中的遭遇，也差不多了吧，長話短說，三扒兩撥，快快道來。」

布平的神情很尷尬：「你……我以為你會對超感覺這方面的事有興趣。」

我道：「我當然對超感覺有興趣，但是在你敘述中，我看不出有什麼超感覺的存在。」

布平叫了起來：「你怎麼啦？七位大師，他們都感到了那種信息！」

我又嘆了一聲：「或許他們真的感到了一些什麼信息，但是他們全然不懂那是什麼意思，那又有什麼用？」

布平悶哼一聲，沒有立時再說什麼，過了好一會兒，他才繼續說下去。

布平當時，對貢雲大師的回答，目瞪口呆。如果對「靈界」沒有一個確切的定義，那麼，首先得參悟了什麼是「靈界」才行，而這一參，只怕少則二三十年，多則一生之力。

貢雲大師講了那句話，不再理會布平。其餘的人也全是一樣，布平覺得無趣之極，他勉強停留在禪房中，到了當天中午，實在忍不住，只好離開。

當他離開之後，恩吉喇嘛狠狠地瞪了他一眼，原來布平和各位大師的對答，雖然是在禪房之中，但是由於十分寂靜，他們的對話，傳到了外面，接近禪房門口的一些人，全都聽到了。

布平道：「我心中有疑惑，自然要問。」

恩吉道：「算了，你不應該不懂裝懂，大師們都不懂，你怎麼可以亂說？」

布平憤然：「其實，我還是懂的，只是不知道什麼叫靈界，如果靈界是一個地方，那麼大師所接到的信息，就是叫他們到那地方去。他們不應該把自己關在禪房中，應該去找那地方。」

恩吉又是好氣，又是好笑。布平的話，其實有他的道理，但是在恩吉聽來，卻像是小孩子胡鬧。他盯著布平：「你在胡說什麼，誰能到達靈界，早已修成了。」

布平翻著眼：「那是你們自己修行的程度不夠，不能怪我胡說。」

恩吉聽得布平這樣說，倒也不禁呆了一某，一時之間，難以回答。

布平看到恩吉這種發怔的樣子——事實上，桑伯奇廟中，上上下下的僧人，和那些外來的僧人，都處於一種驚呆狀態，令看到他們的人，都會同情他們，所以布平道：「你別難過，我有一個朋友，十分有靈氣，我把你們這裏發生的事告訴他，或許他能向你們提供一點意見，我一定來轉告你們。」

恩吉點了點頭：「你要儘快，我聽貢雲大師說過，信息告訴他，只有一年的時間，過了期限，就沒有機會了。」

布平喃喃地道：「是啊！『要快點來』……這就是來自靈界的信息。」

恩吉送布平出了寺門，立時轉回身去，布平知道他又去參加靜思的行列了。

布平開始下山，他還在不斷想著廟中所發生的事，天色漸黑下來，他到了一個接近山腳的小鎮上。

喜馬拉雅山腳下的那些小鎮，在閒適之中，總帶有一些神秘的氣氛，石板鋪成的街道，深灰的顏色，一個登山隊在嚮導的帶領之下，正向山區出發，看樣子是準備在靠近山腳處紮營，明日一早就可以開始征途。

那個嚮導，一下子就認出了布平，大聲叫著他的名字。布平這個名字，在喜愛攀山運動的人心目中，簡直是神聖的，就像拳擊運動中的穆罕默德阿里、足球運動中的比利、網球運動中的波格，那一隊由十幾個美國年輕人組成的攀山隊，立時包圍了布平，布平替他們一一簽了名。

在很多情形下，一件偶然的事，在當時，完全偶然發生，發生的或然率可能極小，但是卻發生了，就像布平遇到了那隊美國青年攀山隊，完全是偶然因素之下發生的事。

但是，這種偶然發生的事，有時，竟然會和許多事情發生聯繫，變成了事情的關鍵。

要聲明一下的是，布平當日在他客廳中的敘述，講到他一路想著桑伯奇廟中所發生的事，一路下山為止，並沒有提及他遇到了那隊美國青年攀山隊。

因為在當時，他不知道這樣偶然的、看來毫不重要、完全不值一提的事，會和整件事有著重要關聯。

我也是後來才知道布平在下山後，有這樣一個小插曲，事情既然發生在當時，就順便提一下。

當時，布平問明了他們的目的地，知道他們會經過桑伯奇廟，就順口講了一句：「本來，桑伯奇廟十分值得逗留一下，但是這幾天，廟裏的大師有事，還是別去騷擾他們好。」

嚮導一聽得布平那樣說，已經大聲答應著，可是布平卻聽到有一個聽來相當刺耳的聲音道：「為什麼？如果一定要去，會怎麼樣？」

布平聽忽然有人說了這樣一句話，向他們望去。

他所看到的，都是精神奕奕、十分精壯的青年人，可是偏偏剛才說話的那個青年，卻身子瘦削、矮小，一副發育不良、體弱多病的樣子，明顯地是東方人。

布平不禁皺了皺眉。攀山運動和其他運動的最大不同處，是在攀山的過程中，人的體力和生命，緊緊連結在一起，體力不支，危險就隨之而來，所以攀山者的健康狀況，必須極度完美，不能有任何缺陷。

眼前這個青年，看樣子連慢跑運動對他都不怎麼適合，這樣子的體格，要去攀登喜馬拉雅山，勇氣自然可嘉，但是卻等於把自己的生命去開玩笑，愚不可及。

布平一面皺著眉，一面道：「這位是——」

那個瘦小的青年人向布平鞠了一躬：「我叫李一心，請你指教。」

布平「哦」地一聲：「中國人？」

李一心做了一個無所謂的姿勢，布平明白，他在血統上是中國人，但是在國籍上，是美國人，這種情形十分普遍，並不值得追問下去。他只是指著他道：「你參加攀山隊之前可曾做過體格檢查？」

這句話一出口，其餘精壯高大的青年人，都不約而同，哄笑了起來，李一心現出了十分忸怩的神色，漲紅了臉：「我……事實上，不是和他們一起去攀山的，我的目的，是桑伯奇廟。」

布平「哦」地一聲，抬頭看了一下天空：「在未來的三天內，天氣不會有什麼顯著的壞變化，本來你倒可以到廟中去，但是我剛才已經說過了，廟中有事，你可能會白走一趟。」

李一心的身形雖然瘦小，看起來一點也不起眼，但是他的臉上，卻有著一種異樣的執拗的神情，一個人，若不是他的性格極其堅韌，不會有這種神情。

李一心直視著布平：「我一定要去。」

布平也不置可否，只是笑了一下，他自然沒有理由阻止一個素不相識的人到桑伯奇廟去。而且，就算這青年人白走一次，也沒有什麼害處。

他在笑了一下之後，只是道：「那我勸你別再向上攀，對你的體格來說，不是很適合。」

布平這樣勸他，當然是一番好意，可是李一心卻用相當冷漠而又不屑的口氣道：「布平先生，你太注意形體的功能了。」

布平一聽，只覺得好笑，他道：「年輕人，非重視不可，我們是靠我們的形體發出力量，才能攀登高山的。」

布平這兩句話，又引起了一陣哄笑聲。可是李一心卻大有「雖千萬人吾往矣」的勇氣，一臉不服氣的神色，大聲道：「憑形體發出的力量，最高能攀多高？」

布平「呵呵」笑著，那小伙子的話，不是一個攀山家所能聽得入耳的，那是屬於哲學方面的一種討論，禪機的對話，布平沒有興趣，他一面笑著，一面已經和各人揮著手，走了開去。

以後，沒有什麼特別的事可以記述，他又處理了一些事，回到了他居住的城市來，想起有好久沒有見到老朋友了，就請了不少朋友，到他的「客廳」中來聚聚。

布平講完，又道：「你對這類玄秘的事有興趣、想研究？我建議你啟程到桑伯奇廟去，或許會有奇遇。」

我忍不住道：「你這算是什麼建議？誰能像你那樣，像猴子一樣，全世界的山都要去爬一爬。」

布平的樣子有點惱怒，指著我，大聲道：「這是一件多麼神秘的事！」

我大聲打了一個呵欠：「是啊，這一類的神秘事件，我一天可以想出八十九個半。」

布平用力把一隻大墊子，向我拋了過來，我一拳把墊子打了開去，他道：「不是想出來，那是我親身的經歷。」

我笑了一下：「別生氣，把這件神秘的事件，讓給密宗的喇嘛去傷腦筋，我可不想到那間禪房中和那些大師一起去參禪。」

布平吸了一口氣：「那你至少對那塊大石頭的來源，提供一下解釋。」

我怔了一怔，這個要求，當然不算過分，但是要我提供解釋，自然也十分困難。

我想了一想：「恩吉喇嘛告訴你的經過是——」

布平十分肯定地道：「我絕對肯定，他決不會撒謊。」

用常理來推測，恩吉喇嘛確然沒有向布平說謊的必要。恩吉喇嘛沒有說謊，貢雲大師沒有說謊，如何解釋這塊大石頭的出現和它的移動？

看情形我非講幾句話不可，我道：「別看岩石極普通，但是它也有不可思議之處，每一塊岩石的形成，都經歷了久遠的年代，在美國紐澤西州，有一處名為『音響岩石』的地方，那地方有許多岩石，附近的人甚至堅持說石頭的數目，一年比一年增加。」

布平道：「是，聽說過，你的意思是，石頭會『生育』？」

我道：「我沒有這個意思，我只是說，別看輕了石頭。在中國的傳說中，也有許多關於石頭的故事，有一則傳說說，有一塊有孔竅的石頭，每逢天要下雨之前，就會有雲氣自洞竅中生出來。」

布平盯著我：「你還未曾提出解釋。」

我喝了一口酒：「我認為石頭，突然出現。」

布平責問：「突然出現是什麼意思？」

我笑了一下：「突然出現的意思，就是它是在一種我們所不知道的情形下出現。」

布平怪叫了起來，我哈哈大笑：「別怪我，貢雲大師據說是智慧最高的喇嘛，你問他什麼是靈界，他的回答就和我的回答大同小異。」

我說著，一挺身，跳了起來，大踏走向門口，打開了門，轉過身來：「慢慢去思索我的話，或許，你也要想上幾十年。」

一說完了這句話，我就走了出去，用力把門關上，我聽得布平在大聲叫：「衛斯理。」

布平的叫喚聲，我聽到了，但是我卻沒有理他。我不想再耽下去的原因是，布平敘述了一件奇異的事，但這件事的來龍去脈，只是他的敘述，不是我自己親身的經歷，所以隔了一層，自然無法深究下去。

我走出門，深深吸了一口氣。布平的家是在山上——一個攀山家的住所，如果是在平地上，那才怪了。他的住屋是一間小平房，用石頭砌成，有一條小路，通到屋子之前，那條路相當斜，車子駛不上來。

我詳細形容布平住所附近的環境，是想說明：如果有人從那條小路向上走來，那麼他一定是來找布平的。我開始從這條斜路向下走，看到一個人，彎著身，很吃力地向上走來。布平這個人真是混帳，自己是攀山家，就以為人人都可以和他一樣，上高山如履平地，那條斜路說長不長，說短不短，斜度又高，走起來相當吃力。我看到那人走得相當慢，我走下去，一下子就到了他的面前。

那人抬起了頭來，天色很黑，但由於隔得近了，可以看到他身材瘦削，年紀相當大，是一個健康狀況不是太好的老人，他抬頭向我看來，不住喘著氣。

我忙伸手扶住了他，他一面喘氣，一面指著上面：「有一位布平先生，是不是住在上面？」

我點頭道：「是。」

那位老人家和我對話，我一眼就可以看出，他有著重大的心事，令他憂慮，這從他那種急迫的神情之中，可以看出來。所以，我一面回答了他的問題，一面問：「你找布先生，有什麼事？」

那老者唉聲嘆氣：「為小兒的事，唉，真是，唉，為了小兒……」

我不知道那老者的兒子發生了什麼事，我只是道：「你運氣不錯，布先生全世界亂跑，今晚他剛好在。」

老者連連喘氣，又吃力地向上走去。我看著他吃力向上走著，整個人都彎起來的背影，起了一陣同情，在他的身後大聲道：「老先生，看來你有很為難的事，如果布先生幫不了你的忙，可以來找我。」

那老者轉過身來，口中發出「啊啊」的聲音，有點驚訝地望著我，我道：「我叫衛斯理。」

那老者一聽我的名字，立時挺直了身子，又是「啊」地一聲：「衛先生，久仰久仰。我姓李，李天範。」

我「哦」了一聲，互相交換姓名，本來很普通，就算是一生之中第一次聽到對方的名字，也例必「久仰」一番，這是中國人的老習慣，我在「哦」了一聲之後，也正想「久仰」一下，可是一個「久」字才一出口，我卻陡地呆住了。

當你想用客套話去敷衍，但是突然，忽然想起這個名字，真的是「久仰」，反倒會講不出來。我呆了一呆，首先想到的是：李天範是一個普通的名字，眼前這個李天範，一定不是那個李天範。

那個李天範，如今應該在美國，在美國一家著名的大學，正在主持一個意義十分重大的會議。

那個會議的參加者，有來自世界各地高等學府的教授和專家，會議研究的課題是星體學。

而那個李天範博士，是出色的天文學家，對星體有極深刻的研究，是一個舉世敬仰的大科學家。星體學這門科學，是他創造的，研究星體的形成、變化，他曾提出過許多新的理論，大多數雖然無法證實，卻也被普遍接受，例如他提出的根據星體光譜的分析，來斷定星體上是否有生物存在。

此外，李天範提出星體之間的奇妙吸引力，形成一種震盪，等等。早在二十年前，在他的主持之下，就有強大的無線電波，不斷向太空發射，希望其他星體上，是有高等生物，可以收得到。

這樣的一個大科學家，怎麼可能在這裏，可憐兮兮地上一條斜路，去找布平這個攀山家？

所以我在怔了一怔之後，還是說了一句「久仰」，回頭向上走了一步，再仔細看了看他。他勉強笑了一下：「我的名字使你想起了什麼人？」

我有點不好意思，只好道：「你……不是那個李天範吧。」

他苦笑了一下：「我就是那個李天範。」

我忙道：「我的意思是……我是說……」

這真是相當尷尬的一種情形，我遲疑了一下，還是說了出來：「那位李天範，應該在美國主持一個國際性會議，我才在報上看到這個消息。」

他笑了起來，笑容十分悽愴：「從美國到這裏，飛機飛行的時間，不會超過十小時。」

我有點結結巴巴：「可是……可是……你正在主持一個……世界性的重要天文學會議。」

他嘆了一聲：「是，我不應該離開，可是為了小兒的事，我……真是……一聽到消息，就五內如焚，所以非趕來不可。」

我十分同情地「哦」地一聲，忍不住問：「令郎發生了什麼事？」

李天範又長嘆了一聲：「他失蹤了！」

我算是思想靈敏，一聽得他的兒子「失蹤了」，而他又立即趕來要找布平，我就想到，李天範的兒子，一定是在攀山的時候失了蹤，需要布平這樣的攀山家去搜索。我一想到這裏，就道：「你是想請布先生去找令郎？他在攀山中失蹤了？」

李天範的神情十分難過：「事情經過的情形，我還不是很清楚，他的同伴，在尼泊爾打電話給我，說他失蹤了，又說著名的攀山家布平可以幫助我，在這以前，我從來未曾聽到過這個名字。」

我聽了之後，更不知道該如何安慰這個傑出的天文學家才好，這個大科學家，現在只是一個憂心忡忡、惶惶不安的老人家。他兒子的同伴，如果是從尼泊爾打電話去告訴他這不幸消息的話，那麼他的兒子，一定是在攀登喜馬拉雅山途中失蹤的了。

而誰都知道，在攀登喜馬拉雅山的途中，如果失蹤的話，那就等於是死亡，生還的機會，等於零。

我明知這一點，如果我年紀夠輕，一定會照實告訴他，可是我已經不再是這種年齡了，我只好「哦哦」地應著：「布平先生熟悉世界上的任何山脈，我想他一定肯幫你，別太憂心了。」

李天範神情苦澀，看了我一眼：「剛才你的許諾，是不是有效？」

剛才我曾對他說，他要是真有什麼解決不了的事，可以找我來幫忙，我立時道：「當然，你隨時可以來找我，這是我的名片。」

我把我的名片給他。我的名片十分簡單，完全沒有頭銜，只有我的名字，和與我聯絡的幾個電話。

他接了過去，喃喃地道：「我看，我一定會來找你。」

我衷心地道：「歡迎之至，今晚無意中能夠認識你，真是太榮幸了。」

李天範如果不是極度的擔憂，他平時一定是十分幽默的人，這時，他向我瞪了一眼：「我再也沒有想到，衛斯理原來那麼會講客套話。」

我笑了一下：「平時我不是這樣的，但是能認識你，我真感到榮幸。」

李天範嘆了一聲，又彎著身子，向上一步一步地走去，我不忍再看下去，急步衝下了那條斜路，上了車，回到了家中。

白素已準備休息，倚在床上看書，我推開房門，興奮地道：「你猜我今晚遇到了什麼人？隨你怎麼猜也猜不到。」

誰知道白素只是隨便回答，她用聽來十分不注意的口吻道：「天文學家李天範。」

在那一霎間，我真是傻掉了。白素實在是沒有理由猜得到的！

可是，事實上，她卻的確猜到了。

一時之間，我張口結舌，一句話也說不出來。多半是我這時的樣子像個傻瓜，所以逗得白素笑了起來：「很多不可思議的事，如果向最簡單的方面去想，容易有答案。」

我想了片刻才問：「你是怎麼知道的？」

白素微笑：「你沒有回來之前，布平的電話先來了，他說，他立即和一個叫李天範的科學家來看你，他在電話中還介紹了這位李先生，其實，李博士的大名，誰不知道？」

第四部：從小對廟宇有興趣的怪孩子

我聽得白素這樣說，不禁啞然失笑。本來我以為白素絕猜不到，誰知道事情就是那麼簡單。白素又道：「我看他們快到了吧。」

她說著，站了起來，掠了掠頭髮，我道：「那位李博士的兒子在攀山過程中失蹤了，我只怕我不能做什麼，雖然我答應幫他忙。」

白素瞪了我一眼：「你不是答應了人，又想撒賴吧？」

我苦笑了一下：「到山中去搜索一個失蹤的人，那並不是我的專長，布平很可以組織一個搜索隊，不需要我參加。」

白素還想再說什麼，門鈴聲已響了起來，老蔡一開了門，我就聽到了布平的聲音，我站在樓梯口，看到他和李天範一起走了進來。我還沒有下樓，布平向著樓梯疾奔了上來。

他上樓的速度十分快，那當然，他是攀慣高山的，我們在樓梯的中間相遇，他一把就抓住了我，氣咻咻地道：「神秘事件更神秘了。」

我給他這沒頭沒腦的一句話，弄得莫名其妙，只好瞪著他：「你究竟想上來，還是要下去？」

布平像是根本沒有聽到我說的話，向下指著李天範：「李博士的兒子，在桑伯奇喇嘛廟中失蹤了。」

我怔了一怔，喇嘛廟一直是相當神秘的地方，我沒有去過桑伯奇廟，但是聽布平詳細敘述過它，好像不是很宏大，絕不至於宏大到了一個人在這樣的一座廟中失蹤的地步。說有人會在拉薩的布達拉宮失蹤，那還差不多，我當時立即想到的是：我料錯了，李博士的兒子不是在攀山過程中失蹤的。

布平看到我沒有什麼特別的反應，只是驚愕，他就一面搖著我的身子，一面道：「你看，我早就說，那塊大石頭神秘非凡，你卻一點興趣也沒有。」

我皺著眉：「和那塊大石頭，有什麼關係？」

布平一呆，一時之間，也答不上來。這時，白素也走了出來，笑道：「你們在樓梯上站著幹什麼？下去坐著，慢慢說多好。」

我沒好氣道：「我才不想站在樓梯中間，是布平，他習慣了一切都在斜面上進行，那是他爬山爬出來的習慣。」

布平立時一伸手，直指著我：「是攀山，不是爬山。」

我推著他，向樓下走去：「是什麼都好，下去再說，李先生，你別見笑。」

李天範愁眉苦臉，苦笑了一下：「我一和布平先生提起小兒失蹤的事，他就拉著我來見你。他說，這件事，十分神秘，他一個人不能解決。」

我先請李天範坐下，然後告訴他：「布平把一件神秘事件，和令郎的失蹤扯在一起，照我看來，兩者之間，未必有什麼關連。」

布平大大不以為然地瞪了我一眼，白素看到我們各自說各人的，亂成一團，她揚了揚手：「還是先聽聽李博士的話——」她轉向李天範：「令郎失蹤的情形怎樣？」

李天範坐了下來，嘆了一聲：「他的一個同伴打電話來告訴我，事實上，他的那個同伴，我見也沒有見過，我也不知道他參加了一個爬山隊——」

在這樣的情形下，布平還是不肯放過糾正的機會：「攀山隊。」

李天範愕了一下，顯然他不是很明白「攀」和「爬」之間有什麼分別，也不知道何以布平要堅持，他只是點著頭：

「是……我只知道他要到印度去，說是要到那邊去找尋什麼，他……自小就是一個很怪的孩子，怪得令我們一直擔心，感到害怕。」

李天範的話，說得很認真，我和白素互望了一眼，一時之間，無法明白他──「自小就是一個很怪的孩子，怪得令我們一直擔心，感到害怕」是什麼意思。而我實在很怕一個老人家提起他的孩子。因為一提起，可能從孩子出世，如何替他換尿布開始。李天範的兒子總應該超過二十歲了吧，誰耐煩聽一個父親敘述他兒子成長的過程，即使這孩子「自小就很怪」，我也不會有任何興趣。

所以，我立時打斷他的話頭：「你不必說他小時候的事，只說他同伴打來的電話。」

李天範眨著眼睛，像是不從頭說起，就無法開口。

布平插口道：「我從桑伯奇廟下來，到了一個小鎮，遇上了一隊由美國青年組成的攀山隊，李博士的孩子在隊中，他的名字叫李一心，身子瘦弱得絕不適合攀山，他告訴我，目的地是桑伯奇廟。」

布平就是在這個時候，講出了他在小鎮上和李一心相遇的經過。這段經過，我已把它挪到了前面，敘述過了，所以不再重複。

我知道全部過程，但白素卻不知道，她用疑惑的眼光向我望來，在詢問：「那廟裏發生了什麼神秘的事情？」

我用最簡單的話來解釋：「廟裏忽然來了一塊大石頭，召集了密宗各教派的長老、上師，在研究和那塊石頭溝通，據說，石頭能發出某種使他們感覺得到的信息。」

白素點了點頭，沒有再問下去。

布平又道：「和李一心分手，就沒有再見過他，以後，就是李博士接到了那個電話。」

他伸手向李天範指了一指，有了布平的這個開始，李天範才想到如何接下去：「電話也說得不清楚，是……攀山隊的一個隊員打來的，說是他們在登山的過程中，經過那個……什麼廟……」

我道：「桑伯奇廟。」

李天範「嗯」地一聲：

「經過了那個廟……一心要進廟去，卻被廟中的人擋住了，說廟裏諸位大師，正在用心坐禪，絕不能受外來人的打擾，所以請他回去。一心自然不肯，請求了很久，都沒有結果，攀山隊繼續前進，他還跟著，當晚，整隊在離廟不遠處紮營，一心在半夜離開，離開之前，曾對那個隊員說，他一定要進那個廟裏去，那隊員也沒有在意，他就走了。」

我道：「那怎麼能證明他是在廟裏失蹤的？」

布平道：「你聽下去好不好？」

李天範道：「登山隊繼續出發，一星期後回來，又經過了那個廟，那個隊員想起了一心，想去看看他，就進廟去問，一進去，又被人擋住，還是說廟中不喜歡外人騷擾，那隊員說要請一心出來，廟裏的人說，根本沒有外人來過。」

我道：「嗯，他沒有到廟中去。」

布平又瞪了我一眼，李天範續道：「那隊員聽得廟中人那麼說，自然只好離去，他們下了山，回到了那個小鎮，也沒有見到一心，那隊員越想越不對，怕有什麼意外，就打了電話給我，還說，布平先生可能會知道一心的下落，因為他們曾遇到過他，所以我就趕了來，和布平先生見面。」

聽完了李天範講述了經過，如果我不是真的尊敬李天範在學術上的成就，真的要罵人了。

這算是什麼「失蹤」！

非但不是在桑伯奇廟中「失蹤」，而且根本不是失蹤，李一心這時，說不定在加德滿都的小旅舍中狂吸大麻，而他的父親，卻因為這樣的一個電話，放下了重要的國際性會議，跑來找布平，焦急成這個樣子。

我立時把我自己的意見說了出來，還忍不住加了幾句：「李先生，你對孩子的關心，令人感動，但是也未免太過分了。」

李天範雙手揮著：「不，不，衛先生，你不知道，這孩子從小就很怪——」

這是李天範第二次提到他兒子「從小就很怪」了，但是我還是沒有興趣，立時轉問布平，有點近乎惡狠狠地道：「你的判斷力，建築在幻想的基礎上！你怎麼可以肯定他是在桑伯奇廟中失了蹤？」

布平吞了一口口水，為自己辯護：「我……假定他那麼遠從美國到尼泊爾去，目的地就是桑伯奇廟，他被廟中的喇嘛擋了一次，晚上再去，自然不會過門不入。」

布平的分析，不堪一駁，他沒有講完，我且不出聲。

布平又道：「廟的圍牆又不是很高，他可以翻牆進去，所以我斷定他進廟去。」

我伸手直指著他——這是他很喜歡用的一種手勢，常令得被指的人相當不舒服，這時，我以其人之道，還治其人之身，他也顯然很不舒服。

我道：「可是，喇嘛告訴去詢問的隊員，說從沒有外人進廟。」

布平眨著眼，答不出來，我冷笑一聲：「那些喇嘛把你當作朋友，你卻把他們當什麼了？你把桑伯奇廟當作了紅蓮寺？裏面住滿了妖僧妖道？有人進去，就把人宰了吃？」

布平給我的話，說得氣也喘不過來，他忙道：「好了，好了，我的分析，或者有問題，但是他要到廟中去，為什麼又不去了？」

我道：「那要看他到廟中去的目的是什麼。多半那只是無關緊要的遊歷，去得成去不成，有什麼關係？去不成就離開，普通得很。」

布平給我說得答不上來，一直在聽我和布平爭論的李天範卻在這時道：「他到那個……桑伯奇廟中去，有十分重要的事情，那是他很小時候，就立下的志願。」

我不禁一呆，李天範的話太突兀，剛才他還說他連自己的兒子到什麼地方去都不知道，現在又說那是他兒子從小的志願，這不是前後矛盾？

我立時提出了責問，李天範給我的責問，弄得很狼狽。

李天範道：「應該怎麼說呢，真是！這孩子，自小就很怪——」這是他第三次提到他兒子「從小就很怪」。

但是我仍然認為，從小就很怪，和他如今發生的事，並沒有什麼關係，所以我又打斷了他的話頭：「你怎麼知道他一定要到那廟中去？他到那廟中去，有什麼重要的事情？」

李天範給我打斷了話頭，現出一副不知所措的情形來。白素重重地碰了我一下，表示她對我的態度不滿，我只好苦笑了一下：「李博士，請你說詳細一些。」

李天範又想了片刻：「一心這孩子，一直喜歡各種各樣的廟宇——」

我又忍不住打斷了他的話：「什麼叫各種各樣的廟宇？每一個宗教，都有它們的廟宇，他是什麼宗教的廟宇都喜歡？」

李天範道：「不，不，他只喜歡佛教的廟宇，各種各樣，佛教廟宇也種種不同，泰國的、緬甸的、印度的，都不同。」

我還是不滿意他的說法：「他自小在美國長大，有什麼接觸佛教廟宇的機會？」

李天範道：「是啊，根本沒有機會，可是他自小，會翻書本開始，一看到有佛教廟宇的圖片、文字，他就著迷，著迷到了不正常，他的房間中，全是有關廟宇的書和圖片，從兒童時期開始就是如此，一直到長大，都是這樣。」

李天範有點可憐地望著我們，我和白素不約而同，道：「這……真有點怪，但只要其他地方正常的話，也就不算什麼。」

李天範嘆了一聲：「這孩子……他是我唯一的孩子，你們想想，好好的一個小男孩，對著一張佛殿的圖片，可以發一小時怔，做父親的看在心裏，是什麼滋味？」

我苦笑了一下，那味道確然不是很好。白素問：「你記得起記不起第一次是怎麼發生的？是不是受了什麼人的影響？」

李天範搖頭：「絕沒有人影響他，第一次，我記得很清楚，他一歲都不到，還不會走，只會在地上爬——」

當李天範說到那個「爬」字之際，布平又敏感地揮了一下手，但是他立時想到，那不關他的事，所以沒有更正。

李天範續道：「那天晚上，家裏有客人，當時的情景，我還記得很清楚，客人是中國同學，兩個在大學教文學，一個在大學教建築，都很有成就。我們一起談天，一心和他媽媽坐在一角——那時，他媽媽還沒有去世……」

李天範講到這裏，聲音之中，充滿了傷感，顯然他們夫妻間的感情很好。

李天範停了一停：「我們天南地北地閒扯，話題忽然轉到了古代和宗教有關的建築物，有不少，都附設有觀察天象的設備，可以證明宗教和天文學，有著相當的聯繫。我同意這個說法。其中一位朋友說：『佛教和天文學，好像沒有什麼關連，佛教的寺廟建築，沒有與觀察天文相關的部分。』

「那建築學家道：『佛教的寺廟，和高塔分不開，我倒認為，塔，有可能被利用來作為觀察天文之用。』總之，從這樣的話題開始，大家爭辯了一會，我就起身，順手從書架上，取下了一本畫冊，有許多在中國境內名山古剎的圖片，我把那本畫冊打開，看看其中的一些塔，是不是兼有可供僧人觀察天象之用——」

他講到這裏，陡然停了下來，抬頭望向天花板，神情十分怪異，顯然是接下來發生的事，雖然事隔多年，但仍然令他感到十分怪異。

我們都不去打擾他，過了好一會兒，他才低下頭來：

「真是怪極了，我才取下畫冊，好好被他母親抱著，已經快睡著了的一心，突然哭著，向我撲過來，他媽媽忙站了起來，抱著他，哄著：『乖，乖，你爸爸和朋友在講話，小一心乖乖，別去吵你爸爸。』一心平時十分乖，可是這時，不論怎麼哄，還是哭著，一定要撲向我，他媽媽無法可施，只好抱著他，向我走過來，誰知道他不是要我抱，一來到我的身邊，就停止了哭吵，眼睛睜得極大，極有興趣地看著那畫冊。

「我們看他不吵了，我就抱了他過來，讓他坐在我的膝頭，一頁一頁地翻著。起先，我們沒有人認為他是在看畫冊，可是沒有多久，我們就發現他真是全神貫注地在看。

「他特別注意廟宇內部的情形，凡是有這樣的圖片，我順手翻了過去，他就要哭，一定要等他看夠了，才肯給我翻過去，一個一歲不到的嬰兒，會全神貫注著畫冊，而且畫冊上所載的，又是他絕不應該對之有興趣的廟宇的圖片，當時我們都認為怪極了。

「有一個朋友打趣地道：『怎麼一回事，天範，你兒子的前生，多半是和尚，你看他對廟宇那麼有興趣。』」

我笑著道：『也許這就是慧根，很多記載說，歷史上有不少高僧有慧根！有的甚至一出生就不吃葷，只吃素，這種情形，有一個專門名詞，叫胎裏素！』我們這樣說笑著，一心的媽媽有點不高興——大抵沒有一個母親會喜歡自己的孩子天生是一個和尚，所以她就抱起一心來，不讓一心再看，可是一心立時哭了起來，哭得聲嘶力竭。

「當時，我也不信一心是為了看不到廟宇的圖片而哭，還以為他有什麼不舒服，生病了。可是怪的是，畫冊一放到他的面前，他就不哭，津津有味地看，從此之後，那本畫冊就一直伴著他，他睡覺，那本畫冊要放在他伸手就可以摸得到的地方，他醒來第一件事，就是去翻開書冊來看。」

白素道：「這種情形，倒相當普通，很多孩子都會有這種習慣，不肯離開一樣東西。兒童心理學家說，一件小東西可以給兒童安全感。」

我道：「是啊，不過通常來說，那類東西，只是一張毛毯、一個布娃娃之類，一本畫冊，那古怪了些。」

李天範苦笑了一下：

「不到一年，那本畫冊已經殘舊不堪，那時候，一心已經會講話了，由於那本畫冊長伴著他，我當然也向他解釋了一下畫冊的內容，他聽得津津有味。兩歲生日那天，我送了另一本畫冊給他做生日禮物，那是一本專講各種動物的，一般兒童都喜歡，可是他卻將之扔在一邊，翻也不翻一下，我只好帶他到書店去自己揀，他真是高興極了，揀了六七本，全是講各地佛教廟宇的書籍，回來之後，他媽媽還和我吵了一架，說我怎麼買這種不倫不類的書給小孩子，難道真想他去當和尚？」

李天範說到這裏，苦笑了一下：「那時一心還小，我也不能肯定他是不是真的對廟宇有興趣，可是他一開始，我教他認字，他學得十分快，別的兒童學 A FOR APPLE，B FOR BOY，他學的是 A FOR ACOLYTE，B FOR BUDDHA，到了四歲那一年，他認識的字之多，絕對超過同年齡的孩子，但是在幼稚園中，他卻無法回答最簡單的問題，而他認識的那些字，幼稚園的老師，根本不認識。」

布平喃喃地道：「正是，我就不知 ACOLYTE 這個字，是什麼意思。」

李天範苦笑了一下：「是小沙彌一類身分的僧人。」

我越聽越有興趣，連忙道：「布平，你別打岔，聽李博士講下去。」

的確，一個從小就對佛教廟宇感到興趣的孩子，太不尋常了！

李天範道：「他對這一方面的興趣越來越濃，連大人都無法和他接近，別說是差不多年齡的孩子了，他變得十分孤獨，經常一個人關在房間裏，喃喃自語。這種情形，令人擔心，可是別方面卻又十分正常，智力也高於一般兒童，所以只好聽其自然，後來，我們倒也習慣了。最令我震慄的一件事，是——」

他講到這裏，停了下來，現出十分悲苦的神情，用手遮住了臉。

白素道：「李先生，如果你不想說，就不要說了吧。」

李天範直了直身子：「不，一定要說，雖然這件事，我真的不願意再提起，但是不說的話，你們無法了解一心這孩子的……怪異。」

我忙道：「孩子喜歡看廟宇的圖片，未必就是怪異。」

李天範揮了一下手：「所以，你要聽這件事。」

他又停了片刻，才道：「一心到了十二歲，他自從七八歲起就十分懂事，他和他母親的感情，不是很好……嗯，應該說，簡直沒有感情。」

李天範的神情很無可奈何，白素感到奇訝：「你們只有一個孩子？一般來說，不應該出現這樣的情形。」

李天範嘆了一聲：「我說過了，這孩子很怪，偶然還肯對我講幾句話，對他母親，簡直不講話，由於他的怪異行為，他也不是一般母親心目中的乖孩子。最引得他們兩人感情破裂的直接原因，是在一心八歲那年，他母親硬帶他去看精神病醫生、心理醫生，直到有一次……有一次……」

李天範苦笑了起來，布平插口道：「孩子逃走了？」

李天範苦笑：「逃走倒好了，孩子在不斷反對、反抗無效之後，那次帶了一瓶汽油到一個精神病醫生的醫務所去，放火……」

他說著，苦惱地搖著頭，我聽了不禁又是駭異，又是好笑：「真有趣，這是一個孩子能做的最大反抗，這個故事教訓我們，孩子不願的事，別太勉強他們。」

李天範嘆著氣：「是，為了這，我和孩子的母親也發生了多次爭執，我的意見是，一心這孩子不是不正常，只是怪異，而她卻認為不正常，到後來，她甚至相信了有什麼邪神附體，在害一心，弄了許多驅鬼的符咒來。事情發展到這一地步，母子之間的感情，無法調和，她開始酗酒……」

白素安靜地道：「我相信李一心一定十分特出，你可以接受這種特出，但是一般人不能，尤其一個普通的母親，更不能。」

李天範深深吸了一口氣：「或許是，對我來說，是一個悲劇，一心十二歲那一年，他母親在一宗車禍中喪生……令我想不到的是，一心得了他母親的死訊之後，十分傷心，在喪禮之前，他對我講了一番話，我印象十分深刻，可是他這番話是不是另外有什麼含意，我一直不明白。」

我和白素互望了一眼，李天範的這個兒子，似乎真有他特異之處，我道：「他向你說了什麼？」

李天範雙手托著頭，好一會兒，才把李一心在十二歲那年，他母親在車禍中喪生之後，對他父親講的那番話，說了出來。

以下，就是李一心的那番話。

由於這番話對以後的一些事情的發展，有相當重要的牽連，所以我把李天範的轉述，改為當時的情形寫出來，好更明白。

李天範和他妻子的感情也不是很好，但是多年的伴侶死了，他總很傷心，一連兩天，他的情緒十分憂鬱，忙於喪禮的進行，也沒有留意李一心在幹什麼。到了喪禮舉行的那一天，他精神恍惚地坐在書房中，李一心突然走了進來。

十二歲的李一心，看來比同年齡的少年要矮，而且十分瘦弱，面色蒼白。

李一心走進書房來，叫了一聲：「爸！」

李天範神情苦澀地望著他，招了招手，令李一心來到他的身前，想說什麼，可是口唇顫動著，卻不知道說什麼才好。

李一心先開口，道：「爸，媽死了，我很難過，我並不是不喜歡她，只是她實在不明白我。我一直在找……一個地方，我覺得我自己，是屬於……一處不知什麼地方，我一直在找，可還沒有找到。我知道我不是一個討父母歡心的孩子——」

李天範在這時，激動了起來，抱住了李一心：「不，你是個好孩子，你是個能得父母歡心的好孩子。」

李一心發出一下嘆息聲，那不是一個十二歲的孩子所應該發出的，充滿了傷感：「我已經盡我的力量在做，一個孩子應該做的，我並沒有少做。」

李天範道：「是的，你只是多做了，孩子，你為什麼對廟宇的圖片，從小就有那麼強烈的愛好？」

這個問題，李天範不知道已經向他問過多少次，每次，李一心總是緊抿著嘴，一副打死也不肯說的神情，久而久之，李天範也不再問，這時，出乎意料之外，李一心居然有了回答：「因為我沒有法子看到那些廟宇的真面目，所以只好看圖片。」

李天範怔了一怔：這算是什麼回答？可以說答覆了，也可以說，根本沒有回答！所以，他在一怔之後，又道：「那麼，你又為什麼要看那些廟宇的真面目？」

十二歲的李一心，在他父親的心目中，一直是一個特異的孩子的另一個原因，是他從小就十分喜歡沉思，神情經常嚴肅而充滿了自信。可是這時，他在一聽到他父親的問題之後，卻罕見地現出了迷茫的神情來。

他想了一想：「我有十分模糊的感覺，我要找的那地方，和廟宇有關。」

李天範苦笑：「孩子，你不滿一歲，就已經對廟宇有興趣了，難道你那麼年幼時已經要去找一個你自己也不知道的地方？」

李一心的神情更茫然：「我不知道，爸，太年幼時的事，我記不得了。」

李天範嘆了一聲，李一心接著道：「爸，其實我深愛著媽，可是每當我要向她說什麼，說不到兩句，她就以為我是神經病。我來到這世上，有一個十分特別的目的，我只知道這一點，至於是什麼目的，我要找到那地方，才能知道。」

李天範聽得又是駭然，又是莫名其妙，這孩子是怎麼一回事？他這樣說，是什麼意思？他有目的來到世上？這種口氣，聽來像是救世主對世人所說一樣，一定是有關宗教的書籍看得太多了，所以才使他有這種古怪的念頭！

李天範想要開導他幾句，但是李一心已經先說道：「爸，你不會懂，我一定要找到那地方，這是我生在世上的目的。」

李天範心中疑惑，是不是有什麼邪教，使得年少的李一心受到了迷惑，但是他立時否定，因為李一心除了上學之外，其餘所有的時間，全在家中，不可能和任何邪教有接觸。

李一心又道：「我要去旅行，到東方去，有一座廟，是我要找的，那一定是一座廟，我一定要找到它。」

李天範的聲音之中，幾乎帶著哭意：「孩子，世上的廟宇，萬萬千千，你沒有一個目標，怎麼能找得到？」

李一心卻充滿了自信，他那種茫然的神情消失了：「我知道，一定找得到。」

李天範實在不知道怎麼才好，因為李一心講的話，他全然不懂。而且他看出，李一心所說的話，不是一個小孩子的胡說八道，而是極其認真。

在那一霎間，他做了一個決定，李一心既然表示了那麼奇異的一個願望，要去看他所能看得到的廟宇，那麼，為了進一步了解李一心這種有異於常的行動，他就應該和李一心在一起。

所以，李天範道：「孩子，你的話，我不是很懂，但是你要去旅行，去造訪你可能到達的廟宇，我可以和你一起去。」

李一心聽了之後，皺起了眉，過了好一會兒，才道：「好的，爸，我年紀還小，你可以陪我，但是我的搜尋，可能要持續極長的時間，正如你所說，世上的廟宇太多了，窮我一生，只怕也看不了十分之一，所以，到我年紀大了之後，請你允許我獨立行動。」

作為一個父親，李天範實在沒有別的話可說了，他發現自己和兒子之間，有著顯著的距離，儘管他的學問、他在學術上的地位，得到舉世公認，但是他不能不承認，他真的不了解李一心：他自己的兒子。

李天範望著我、白素和布平說：「這孩子的那番話，是什麼意思，各位能明白嗎？」

布平立時道：「我不明白。」

我和白素互望了一眼，在白素的神情中，我知道她有了和我相同的想法，而且，她做了一個手勢，示意由我來發表意見。

我先輕輕咳嗽了一下：「李博士，情形，我想，只能從玄學的角度來解釋。」

李天範揚了揚眉，神情並不是十分訝異，顯然曾經有人對他這樣說過。他嘆了一聲：「玄學？有人這樣對我說過，可是那難以令人相信。」

我用十分肯定的語氣說：「不是你相信不相信的問題，而是有事實放在那裏，你非接受不可。」

李天範用十分軟弱的語氣抗議：「什麼事實？一心這孩子，不過……怪了一點。」

我搖著頭：「不必從世俗的角度去維護他，你也知道他不是怪，我們的看法是，他一出生不久，他前生的記憶，就開始干擾他的思想。」

李天範直站了起來，剎那之間，像是遭到了電殛，然後，又重重坐了下來：「從來也沒有人……說得那樣直接！」

我攤了攤手：「沒有必要吞吞吐吐，是不是？」

李天範苦笑了一下：「我也曾這樣設想，那麼……首先得肯定，人有前生？」

我和白素一起點頭。

由於有過相當多次的經驗，關於人的前生、靈魂的存在，等等，這些玄學上的事，我持肯定的態度。這時，我根據李一心自小以來的怪異行為，提出了我的看法。

當時，我對自己的說法，充滿了信心。雖然以後由於事態有出乎意料之外的發展，證明了我看法的不正確，但是，那和我堅信靈魂存在的態度無關，雖然李一心的事和我的推測不同，但是那並不是說靈魂、前生等等玄學上的現象不存在，這一點，不可混淆，請大家留意。

當時，李天範又苦笑了一下：「那麼，我的孩子，他的前生是什麼？一個僧人？」

我點頭：「極可能是僧人，也有可能，是和廟宇有關的人。」

李天範的神情更加疲倦，長嘆了一聲：

「他是我的兒子，我不理會他的前生是什麼，他的前生是皇帝，也不關我的事，我只要他的今生，是我的兒子。」

李天範的這幾句話，說得十分激動，作為一個行為怪異孩子的父親，這許多年來，他一定忍受了不知多少常人難以忍受的事，直到此際，才發洩了出來。

我和白素，都只是用同情的眼光望著他。他神情顯得更激動：「他目的是什麼？如果他想回到前生去，那我絕不容許，他是我的兒子！」

他說到後來，聲音嘶啞，漲紅了臉，不住地喘著氣。白素用十分平靜的聲音問：「這一番話，你對他說過沒有？」

李天範十分哀傷地搖了搖頭：「沒有。這一番話，在我心中，不知藏了多久，也不知道有多少次，想對他說，可是……卻一直沒有……說。」

布平瞪著眼問：「為什麼不說？」

李天範苦笑了一下：「布平先生，你沒有孩子？你沒有孩子，就很難了解一個父親的心情。當我發覺我和他之間的距離越來越遠，我就又焦急、又難過，想把我們之間的距離拉近，我知道，這不是普通父子間的感情不協調，發生在我們之間的問題，十分怪異，我不知道應該怎麼做才好……」

他說到後來，聲音發顫，手也在發抖。

我忙道：「是的，你的心情很容易理解，你怕這番話說了，他離你更遠。」

李天範又嘆了幾聲：「是啊，萬一他聽了我的話，說前生比今生更重要，那我就等於失去他了。唉，這種患得患失、戰戰兢兢的心理，只有父母才能明白。」

布平沒有再說什麼，我和白素也沉默著，過了好一會兒，我才道：「李先生，你放心，我曾答應幫助你，我想，索性幫他弄清楚前生的事，情形反倒會明朗化，我曾有過這樣的經驗。」

李天範仍然嘆息著，我道：「以後的情形怎麼樣？你真的一直和他在各處旅行，尋找廟宇？」

李天範道：「是的，喪禮過後，他就天天催我，恰好我有一個相當長的假期，在那一年中，我們在亞洲各地旅行，第一站是泰國，我還記得，他第一次看到一座真正佛教的廟宇，狂叫著奔進去。後來，又到過日本、中國、印度、緬甸。在這次旅行之後，他顯得悶悶不樂，因為他並沒有找到心目中要找的廟宇。」

我「嗯」地一聲：「本來，這就像是大海撈針。他要找的廟宇是什麼樣的，難道他一點印象都說不上來？」

李天範道：「是啊，我也用這個問題問過他，因為如果知道了那廟宇的外形，要去尋找這座廟宇，總比較容易。他一聽得我問這個問題，就怔了半晌，接下來的三天之中，他一句話也沒有說過，不論日夜，只是發獃。我看到他的這種情形，真是擔心之極，我和他講話，他總是揮手叫我走開，別去打擾他。」

布平插了一句話：「啊，他一定竭力想記起那座廟宇是什麼樣子的，如果衛斯理料得不錯，這廟宇和他的前生，有極大的關係。」

當時，我聽得布平說「如果衛斯理料得不錯」，還瞪了他一眼，心想：我怎麼會料錯，後來，證明我料錯了，發生在李一心身上的事，和前生並沒有關連。

（如果李一心的事，和前生有關連，我不會記述出來，因為我已經在《尋夢》中，記述了有關前生的事。同樣的事，我只記述一次，不會重複。）

李天範苦澀地道：「當時我也這樣想……過了三天，他開始畫畫，我也不知道他在畫些什麼，他不給我看，我也不敢向他要。又過了一個月，他才告訴我，他只知道他要找的那座廟宇內部的情形，他說，只要讓他走進那座廟去，他就可以立即知道那是不是他要找的。」

我「嘿」地一聲：「這不是廢話嗎？還是得一間一間廟去看。」

李天範吸了一口氣：「也不盡然，多少有點用處，這時候，世上所有的、有關廟宇的書籍和畫冊，幾乎全被他買來了，裏面有很多圖片，有的也有廟宇內部的情形，至少，不必浪費時間再到那些廟宇去了。」

我苦笑了一下：「可以剔除多少？」

李天範並沒有回答我的問題，只是繼續說著：「自此之後，我拚命爭取假期，在接下來的三年，陪他走了許多地方，三年之後，他說他已長大了，而且，他不肯再上學，要不斷外出旅行，也不要我再和他一起，我只好答應了他。」

我大為不滿地搖著頭：「他這種行為，絕不能算是一個好孩子。」

李天範陡然提高了聲音：「不！他是一個好孩子，他雖不在我的身邊，但是經常——會飛來看我，而且，只要他去的地方，我有朋友、熟人在的話，他一定會住到他們家裏去，免得我擔心，每到一處，我都知道他的行蹤，他是一個好孩子。」

我仍然表示不滿：「好孩子？不唸書，全世界各地亂跑，為了一個虛無縹緲的目的？」

李天範有點無可奈何：「他一再說他必須這樣做，而且他雖然不在學校中，但是致力於語言的學習，他精通好多地方的語言，那些日子，也不是白白荒廢了的。」

我還想說什麼，白素輕輕碰了我一下，我只好道：「我現在發現，最困難的事，莫過於在一個父親面前，說他兒子的壞話。」

李天範給我的話，逗得笑了一下：「一心他真是個好孩子。」

我不想再在這個問題上爭論下去，所以向李天範做了一個手勢，示意他繼續說。

李天範神態疲倦：「這樣的日子，一直維持了十年，一心今年二十五歲，他顯然還沒有找到他要找的廟宇，一直到現在……忽然接到他失蹤的消息，我……怎能不著急？」

一聽到這裏，我、白素和布平三人，異口同聲叫了出來：「桑伯奇喇嘛廟！」

李天範呆了一呆：「你們是說，一心他要找的廟宇，就是桑伯奇喇嘛廟？」

布平道：「太有可能了，李先生，你提到過，有一個時期，他曾不斷地畫著畫，他畫的是——」

李天範道：「我曾去偷看過他畫的畫，那是一間廟宇的一些房間、殿，等等，全然無法看出是哪一座廟來，雖然他的畫畫得十分好。」

布平吸了一口氣：「那些畫在哪裏？我只要一看就可以認得出來。」

李天範十分懊喪：「我沒有帶來，在美國，我的住所中，他的房間內。他雖然長年不在，但是我還是保留著他的房間。」

他這樣講了之後，側頭想了一想，又道：「不過我倒記得一些他畫的情形，其中畫得最多的是一個院子，廟中的一個小院子，看來，他印象中……他對那個小院子的印象是逐步建立起來的，開始的時候，小院子的中心部分，只是一個不規則的圓圈。」

他講得十分認真，我們也用心聽著。他繼續道：「後來，那不規則的圓圈，漸漸變成了一樣東西，一幅比一幅詳細，到後來，看得出，像是一隻相當大的香爐。」

一聽到這裏，我不由自主，吸了一口氣，布平更是忍不住，直跳了起來，張大了口，說不出話來。

我知道布平為什麼會這樣驚訝，事實上，我也相當震驚，李天範用十分訝異的神氣看著我們，連白素也是莫名其妙。

因為白素和李天範，都不知道布平在桑伯奇廟中的遭遇，而我聽過布平的敘述才知道那塊神秘的大石頭，出現在一個小院子，而那個小院子，有一隻香爐放著！

我指著布平：「鎮定些，幾乎所有的廟，都有一個小院子，而大多數廟宇的小院子中，都放著香爐。」

布平說道：「不會……那麼巧吧？」

李天範問道：「你們在說什麼啊？」

我揮著手：「你先別管，他的畫中，關於那小院子，還有什麼特別值得注意的地方，請你盡力想一想。」

李天範又想了一會兒，才道：「他一共畫了好幾十幅，除了院子之外，是一間很簡陋的房間，那間房間相當大，可是很黑暗，一定是很黑暗，因為他是用炭筆來畫的，他把整間房間，都用炭筆塗黑了，來表示黑暗，在那房間的一角，有一張看來相當古怪的床——」

李天範才講到這裏，布平已發出了一下呻吟聲，一面喘著氣，一面道：「那床——的床頭上，有著一個輪子一樣的東西？」

李天範陡然一怔，這時，輪到他驚訝，張大了口，望著布平，布平也望著他，兩人都不說話。白素疑惑地向我望來，我握住了她的手：「一件十分奇怪的事情，真是奇怪！」

李天範訝然半晌：「是的，看起來像是一隻輪子，布先生，你……」

布平道：「那個院子，李先生，請你想一想，在有飛簷的牆角上，是不是掛著相當長的風鈴？」

李天範皺著眉：「好像是，在簷角上有點東西掛著，但是我不知道那是什麼。」

布平望向我，大聲道：「我敢肯定，李一心畫的，是桑伯奇喇嘛廟。那個有香爐的院子，就是發現那塊神秘大石的地方，而那間黑暗的房間，就是貢雲大師的禪房。」

我點頭道：「聽來有點像，不過你也不必因此向我大聲叫嚷。」

布平又道：「他要找的那座廟宇，就是桑伯奇喇嘛廟，這座廟在山中，普通人難以到達。難怪十多年來，他一直未能找到。」

我氣息急促：「你的意思是，他找到了他要找的那座廟，然後，就在那座廟中失蹤？這其間，有著什麼關連？」

布平仍然在大聲叫嚷：「別問我，我不知道，我什麼也不知道！」

李天範的神情充滿了疑惑，因為他不知道我們在講些什麼，白素也不知道，所以她道：「我們四個人一起討論，先告訴我們關於那座喇嘛廟中發生的事。」

我走向酒櫥，打開一瓶酒，大口喝了一口，布平已準備開始敘述，可是我打斷了他的話頭：「你講起來太囉嗦，由我來講。」

第五部：來到世上懷有目的

我講，自然簡潔得多，把發生在桑伯奇廟中的神秘事件，講了一個梗概。然後下了一個結論：「布平對這座廟十分熟悉，他的說法是可信的。雖然其他的喇嘛廟中，也可能有同樣的禪房。在禪床前的那個輪子，是佛教中的轉輪，並不是桑伯奇廟所專有。」

布平瞪了我一眼：「謝謝你相信我的判斷，我覺得，許多怪異的事情之間，有一條無形的線，在串連著。」

李天範顯然不明白他這樣說是什麼意思，我和白素，卻立時明白了。

所有怪異的事，可以這樣串起來：

一個自小對廟宇有特殊興趣的孩子——這孩子聲稱他來到世上，有某種目的——目的，是要找一座廟宇——這座廟宇，是桑伯奇喇嘛廟——在這座廟中，一塊神秘的大石突然出現——許多智慧高、佛法深的喇嘛，都感到這塊大石，在向他們傳遞某種信息——這種信息，被大師們形容為「來自靈界的信息」——所有的大師，對這種信息，無法做進一步的理解——那個孩子在這時候，到了桑伯奇廟——

串連至此為止，因為那個孩子，李一心，到了桑伯奇廟中的情形如何，我們並不知道，只知道他第一次去，被拒廟門之外。

這種「串連」，有點牽強的是：幾個月之前出現的一塊神秘大石，在邏輯上來說，沒有理由和李一心早有關連。

然而，湊巧的是，神秘的李一心所要尋找的廟宇，出現了神秘大石。

我把我的設想說了出來，布平顯得很激動：「在那個小鎮上，我遇到他的時候，他就表示一定要到桑伯奇廟去，是不是那塊大石和他之間，有著某種神秘的聯繫？」

我立時道：「你的意思是，他能理解什麼叫來自靈界的信息？」

布平道：「是，他是那麼怪異。」

李天範聽到這裏，雙手亂搖，叫了起來：「別亂作設想，一心是個正常的孩子，他雖然有點怪，但絕不是魔鬼轉世什麼的，你們可別亂猜想。」

白素吸了一口氣：「李博士，你別緊張，絕沒有人說他是魔鬼轉世，但是……我看，我們在這裏討論下去，沒有用。」

布平立時大聲同意：「對，到尼泊爾，找他去。」

我暫時保持沉默，李天範點頭：「對，那個廟，非去不可。」

我苦笑：「李博士，那個廟，在海拔七千公尺以上，你沒有法子去得到！」

李天範張大了口，神情又焦急又懊喪，我道：「你把事情交給我們三個人，但這並不是表示你什麼也不必做，你立即回美國去，把李一心畫的圖，帶到尼泊爾來。」

李天範用力點頭，我們又商量了一些細節，例如我們一到，自然就要攀山，到桑伯奇廟去，李天範到了之後，如何聯絡之類。

等到商量好了，天已經開始亮了，白素問到了有一班清晨飛到美國的班機，就駕車直接送李天範到機場去。因為李一心所畫的地方，究竟是不是桑伯奇喇嘛廟，十分重要，非要及早弄清楚不可。如果根本不是，那麼到桑伯奇廟中去，是沒有意義的事。

白素和李天範走了，布平也要告辭離去，我們已約好了下午一起在機場見。

我送他到門口，忽然想起了一件事來：「布平，你曾問過我一個怪問題，說是一隻瓶子，如果沒有人看著它的時候，不知是什麼樣子的？」

布平點頭：「是啊，不單是一隻瓶子，任何東西，都可以套進這個問題去。」

我揮了揮手：「我不明白，你為什麼要問這樣的一個怪問題。」

布平想也沒有想：「因為我一直在想，出現在桑伯奇廟中的那塊大石，在我看著它的時候，它是一塊石頭，但沒有人看著它的時候，不知是什麼？」

我有點迷惑：「為什麼你會有這種想法？」

布平停了下來：「因為貢雲大師看不見任何東西，而他最早知道大石的來臨，他感覺到，這說明在看得到和看不到之間，有很大的差別。」

我在布平的話中，捕捉到了一個相當模糊的概念，布平已經道：「別再問我了，我自己也只不過有一個模糊的概念，說不上什麼具體的意見。」

我一聽得他這樣說，不禁笑了起來：「難怪我不是十分聽得懂，原來你自己也沒有弄明白。不過這個問題倒很有趣，那塊大石，在沒有人看它的時候，會是什麼樣子？」

布平道：「貢雲大師曾說過：人是形體，石頭也是形體。照這樣看來，形體縱使有所不同，也是一樣。」

我只好苦笑：「越說越玄了。」

布平也苦笑，整件事，憑我們想像，串起來看也好，把它當成兩件獨立的事件來看也好，都還一點頭緒都沒有，非等到了桑伯奇廟，不會有進一步的發展。

布平又道：「無論如何，能把你請到桑伯奇廟去，總是好事。」

我悶哼了一聲：「你想我去，廟裏的大師，未必歡迎。」

布平不同意：「如果你能替他們解決疑難，他們一定竭誠歡迎。」

我只好又苦笑，我有什麼能力去解決這種疑難！別的疑難還容易，什麼「來自靈界的信息」，這種玄之又玄的事，我又不是什麼來自靈界的使者，如何向他們去解釋？

我一個人回到屋中，又把事情的已知部分，略為整理了一下，但仍然一點頭緒也沒有。白素在不多久以後回來，嘆了一聲：「一個可憐的父親，唉。」

我道：「是啊，李一心一直受著他前生經歷的困擾，這種情形，在普通人看來，簡直就是一種嚴重的精神錯亂。李天範口裏不說，心中卻著實擔心。」

白素皺著眉，半晌不出聲，我問：「你對我的推斷不是很同意？」

白素又想了一會兒，才道：「如果只是李一心單獨的事，我倒相信前生經歷的干擾，是最可能的事。」

我一聽，不禁呆了一呆：「什麼意思？」

白素緩緩地道：「你不覺得，事情遠比前生經歷干擾更複雜？」

我想了一想，明白了白素的意思：「你是說，李一心和那塊神秘的大石頭有關？」

白素點頭：「一定有著某種聯繫，大石出現，沒有人知道它帶來了什麼信息，而李一心恰好在那時，到了大石出現的廟中——」

我不等她講完，就叫道：「等一等，你不能肯定李一心到了那廟中。廟裏的喇嘛說沒有人去過，他們也沒有理由撒謊。」

白素笑了一下：「是的，其中還有許多細節，我們都不知道，但是我堅信那塊大石和李一心之間，有著某種聯繫。」

這是一種推測，沒有任何事實可作支持。我哼了一聲：「就算有，也和他受前生經歷干擾這一點不發生衝突。」

白素輕嘆了一聲：「至少，複雜得多。」

我思緒一片紊亂，也無法反駁白素的話，因為事情的而且確，複雜得很。

我們略為休息了一下，一過了中午，就開始出發到機場，布平先來，取了機票，我們在旅途上，仍然在談論著，飛機到了印度的新德里，已經有航空公司的職員在問：「布平先生？」

布平走向那職員，那職員遞給了布平一隻大信封：「這是美國來的傳真圖片，說是十分重要，你一到，就要立即交給你。」

布平打開信封，抽出了紙張，一看之下，就倒抽了一口涼氣。

我和白素一起看去，看到紙上畫著的，是一個院子，院子中，有一隻香爐，李天範所未曾提到的，是在香爐的旁邊，還有著一團模糊的影子——畫是炭筆畫，那模糊的一團，看來是炭筆隨便塗上去的。

布平指著那一團看不出是什麼的東西，他的手指甚至在發抖：「看，李一心早知道，在香爐旁邊，會出現一些東西。」

我仔細看著，布平的說法，自然可以成立，但也未嘗不可以說那團東西，是香爐的陰影，所以李天範未曾加以特別注意。

我盯著布平：「你肯定這是桑伯奇廟中的一個院子？」

布平道：「絕對肯定，你看這幅牆，恩吉喇嘛就是攀上了這幅牆，才看到了那塊大石。牆的那邊，是另一個院子，也就是貢雲大師禪房外的空地。」

我向白素望去，白素的神情像是十分迷惑。我知道，那是她想到了什麼，但是卻又捕捉不到問題中心。我沒有去打擾她，她看了一會兒，才道：「奇怪，他為什麼不畫上一塊大石？」

布平和我都答不上來，我想了一想：「或許，他只有一個模糊的印象。」

白素深深吸了一口氣：「李一心和那塊大石有聯繫，毫無疑問。我想……我想……當那個登山隊的隊員，在下山的時候，去廟裏找李一心，廟裏的喇嘛說了謊。」

白素這樣說，令得布平在剎那之間，神色變得相當難看。他對於喇嘛，有一種宗教上的崇敬，我知道，如果是我這樣說，他早已大聲駁斥。

這時，布平只是很不高興地說道：「等到了廟中再說吧。」

白素也沒有再說什麼，我們轉機飛往加德滿都，那是布平的「地頭」，我也沒有對他說，若干年前，我在尼泊爾有過奇特之極的遭遇。由他安排，找到了一輛吉普車，直赴山下那個小鎮。

李天範接到了李一心「失蹤」的消息，就吩咐那個青年人，等在那個小鎮上，一直等到他來為止，由他負責一切費用。所以，我們到了那小鎮，沒有費什麼功夫，就找到了那個叫馬克的青年。那青年看到了布平，崇仰莫名。

我們說明了來意，馬克道：「那天晚上，紮營的地點，離桑伯奇廟，不超過三百公尺，廟裏傳來的鐘聲，聽得十分清楚。李說要偷進廟中去，除了我之外，還有兩個隊員聽到，我們還笑他，要他小心，說不定會有一個喜馬拉雅山雪人撲出來把他攫走，因為他看來是這樣瘦弱。」

布平問：「沒有人跟他去？」

馬克搖頭：「沒有，那條山路，他跟著我們一起走過來，再走回頭，有什麼問題？」

布平悶哼了一聲，沒有再說什麼，我問：「然後呢？」

馬克道：「他去了，就沒有再回來，我們以為他一定在廟中留下來了，也就完全沒有在意。等到我們回程，想起了他，就到廟中去問，誰知道喇嘛說，根本沒有外人去過。」

白素說：「你就相信了？」

馬克看來是一個十分單純的青年，他道：「我當時堅持了一下，並且把李的樣子，形容給他們聽，可是他們說沒有人來過。」

我聽出了一點，忙道：「你說『他們』，你進廟去了？還是只在門口？」

馬克道：「只在門口，開始是兩個年紀較輕的喇嘛，不讓我進去，後來又出來了一個地位看來相當高的喇嘛，那喇嘛的眼睛角上，有一個疤——」

布平立時道：「恩吉。」

馬克道：「我也不知道他是什麼人，他出來，告訴我沒有外人來過，叫我別再去騷擾他們，就把廟門關上了。」

我望向布平：「你不覺得事情有些怪？一個青年人去問一件普通的事，要勞動到大喇嘛出來應對？」

布平悶哼了一聲，沒有說什麼。那表示他無法反駁，總之廟中是有點不尋常的事發生。我又道：「如果李一心確實在廟中，為什麼他們不承認？」

布平道：「那我怎麼知道？」

馬克又道：「我想想情形不對，我和李比較熟，李曾把他父親的電話留給我，說他發生意外，就打電話通知他父親——真怪，他好像預感到自己會發生意外似的。」

白素忙問：「你和他在一起，可曾聽他說過為什麼要到桑伯奇廟去？」

馬克搖著頭：「沒有，李……是一個很怪的人，幾乎不說話，他參加我們的隊伍，由於他瘦弱，有幾個人常取笑他，我替他打了幾次不平，所以他和我比較接近，他……對了，有一次他對我說，找了十幾年，原來目的地在桑伯奇廟，我問他找什麼，他又不說。」

我們三人互望一眼，我拍著馬克的肩：「李博士快來了，你再等他一兩天。」

馬克的眼神之中，充滿了對布平的崇拜：「你們要去攀山，如果……如果我能有幸和偉大的攀山家布平先生一起攀山，那真是……太榮幸了。」

布平卻對於這種熱情的崇敬，毫不領情，冷冷地道：「我們不是去攀山，是要去把一個神秘失蹤的人找出來。」

馬克現出十分失望的神情，我問他道：「還有什麼要對我們說的？」

馬克搖頭：「沒有……哦，對了，前四五天晚上，有一大批各個不同教派的喇嘛，從山上下來，經過這裏，看樣子，他們全從桑伯奇廟來，看起來每個人的樣子都很神秘，沒有人講話。」

布平喃喃自語：「難道已經把問題解決了？」

我已經心急得不得了：「布平，我們該出發了！」

布平抬頭，看著漸漸黑下來的天色，沉吟不語。如果現在出發，那將在夜間攀山，雖然布平十分熟悉山路，但總是危險，他想了一想：「不，明天一早出發。」

我還想反對，白素已表示同意，我望著巍峨莊嚴的山峰，襯著由紅而變成一種憂鬱深沉紫色的晚霞，出了一會神，也只好表示同意。

當晚，我們就住宿在那個小鎮上，夜晚相當熱鬧，來自世界各地的攀山者，在空地上生起了篝火，大都是年輕人，此起彼伏的喧鬧聲，使這個山腳下的小鎮，有一種異樣的氣氛。

布平躲在小旅館，據他自己說，他如果出現，他的崇拜者會暴動，所以他不便露面云云。

當晚的月色很好，我和白素，在小鎮的街道上散步，經過許多在空地上紮營帳的登山隊，漸漸來到了小鎮外，比較荒涼的地方。

小鎮在山腳下，抬頭可以看到聳立著的山峰，山頂上還有著積雪，在月色下閃著柔和而神秘的光芒，我不禁感嘆：「整個喜馬拉雅山區，可以說是世界上最神秘的地方。」

白素笑了一下：「那麼，南美洲的原始森林區呢？利馬高原呢？宏都拉斯傳說中的象墳呢？中國的雲貴高原呢？新幾內亞的深山……」

我不等她講完，就連聲道：「好了，好了，我承認，世界上有太多的神秘地區，可是單是地方神秘，還不能算是真正的神秘，在這裏有不知多少神秘的人物，有充滿智慧的喇嘛、有苦行的修士、有——」

白素笑著打趣：「還有可憎的雪人。」

我瞪了她一眼，正想說什麼，忽然一陣風過，聽到有一陣清脆的鈴聲，自前面傳來。仗著月色很好，循著鈴聲看去，可以看到在前面，有一個孤零零的帳幕，鈴聲就從那邊傳來，帳幕還有一閃一閃的燈火。

我向那個帳幕指了一指，白素便已經點頭，我們一起向前走去。

越是接近那個帳幕，鈴聲聽來也更清脆動人，等我們來得更近，看到帳幕半開著，有一個人，用打坐的姿勢坐著，右手平舉，不斷地搖著一隻小鈴，在他的身後，點著一支相當粗大的燭，燭火搖曳，映得那人的影子不住晃動。

一看到這種情形，白素就道：「別過去了，那是一個喇嘛。」

我也看清楚了，坐在營帳中的，是一個喇嘛，他不斷搖著小鈴，那是喇嘛在誦經時的一種儀式，在這樣的情形下，不應該去打擾他，雖然我覺得這個喇嘛的行為，有點古怪。

我和白素，都站定了不再前進，那時，我們離那個帳幕，大約不到五十公尺。我看到那個喇嘛，右手仍然平舉著在搖鈴，可是左手卻揚了起來，向我們招了招手。

我立時道：「看，他在叫我們過去。」

白素猶豫了一下，我知道她不立即答應的原因，因為喇嘛教的教派十分多，每一個教派，都有他們誦經、靜修時的特殊手勢，看來他是在向我們招手，但或者那只是他的一種手勢。所以，我們仍然停留在原地。

可是，那喇嘛卻向我們招了又招，而且動作的幅度，越來越大，甚至影響到了他右手搖鈴的韻律，以致清脆的鈴聲，聽來有點凌亂。

我道：「他真是在叫我們過去！」

這時，白素也同意了，我們又向前走去。

很快，我們就來到了他的面前，已經可以看清他的臉面，他相當瘦削，約莫五十上下年紀，雙眼十分有神，他仍然在不住地搖著那隻小鈴，左手又做了一個手勢，示意我們坐下來。

我和白素互望了一眼，不知道那個喇嘛是什麼路數，但是看來不像是有什麼惡意，我們就在他的面前，學著他的姿勢，坐了下來。

帳幕十分小，不可能擠下三個人，我們雖然和他面對面坐，但是他在帳幕內，我們在帳幕外，帳幕有一個布門，這時正打開著——要不是帳幕的門打開著，我們也不會看到他。

他搖著鈴，目不轉睛地望著我們。

氣氛本來就十分神秘，再加上他的行動，使人感到四周圍詭異的氣氛，越來越濃，等了大約兩分鐘，他還沒有開口，我忍不住道：「上師，你招我們來，有什麼話說？」

我使用的，是尼泊爾語中最流行的一種語言，那喇嘛一聽，皺了皺眉，卻用藏語回答：「我感到有一件十分奇異的事，正在發生。」

那喇嘛緊蹙著眉，像是在苦苦思索，過了一會兒，他抬起頭來，望著遠處的高山。我看他一副故弄玄虛的模樣，正有點不耐煩，在一旁的白素，最了解我的脾氣，立時輕輕碰了我一下，示意我耐心等下去。

這一等，又等了將近五分鐘之久，他才開了口。

他一開口，講得十分急促：「我已沒有多少時間了，我才從桑伯奇廟來，桑伯奇廟的貢雲大師，召集各教派中的智者，去思索一件事——」

他講得又急，又快，而且有點紊亂，但是我一聽他提起桑伯奇廟，就心中陡然一動，全神貫注地在聽著。

他繼續道：「我不屬於任何教派，我有心自創一派，但是還有很多經典上的問題，未能想得通，但是蒙貢雲大師看得起，也請了我去，我們的思索，一點結果也沒有，大家都離開了桑伯奇廟，只有我，總感到我應該想到些什麼，所以下山之後，我就在這裏思索，突然之間，我有了感覺——」

我好幾次想要打斷他的話頭，但是他說得實在太快，太急速了，以致一句話也插不進去，好不容易他停了一停，我正想開口，他忽然現出了極其高興的神色來，右手急速地搖著那個小鈴。

他手中的那隻鈴雖然小，但是發出的聲響，卻十分嘹亮，有點震耳。他用十分高興的聲音道：「我知道貢雲大師和那小孩子到什麼地方去了。我也可以去，我也可以去，我真笨，為什麼到現在才想到。」

他說著，陡然站起，他的身形相當高大，而且，他立時跨出了營帳。

我和白素，都坐在營帳之外，他完全不當有我們兩個人存在，自顧自向外跨了過來。我和白素忙各自向一邊，側了側身子，他就在我們兩人之間，跨了過去，一直向前走著。

他在一面向前走去的時候，一面還在不斷地搖著鈴，他走得十分快，我們定過神來，他已經走出二三十步了。

我一躍而起，拔腳便追，一面叫道：「上師，你說什麼？我正要到桑伯奇廟去，那裏有奇異的事發生，我知道，請你留步。」

白素也隨後追來，那喇嘛走得雖然快，但是轉眼之間，也被我們追上。可是他卻不停步，仍然飛快地向前走著。我已經追過了頭，只好轉過身來，倒退著走，以便和他面對面講話。

只見他滿面喜悅，一面健步如飛地向前走，一面搖著鈴，奇在他的雙眼，並不看向地面，也不望我，只是看著遠處的高山。

這一帶，根本沒有路，空地的地面，崎嶇不平，東一堆石塊，西一叢灌木，我在倒退著走的時候，好幾次幾乎跌倒，可是他卻一直向前飛快地走著，未見被絆跌。

我連問了好幾遍，他都不加理睬，我忍無可忍，儘管他是得道高僧，我也不管了，一伸手，抓住了他的手臂，可是他卻仍然不停，向我直撞了過來，我只好放開了他，躍向一旁。

他又逕自向前走去，白素立時來到了我的身邊，我沒好氣地道：「這番僧，看起來像是中了邪。」

白素低聲道：「別胡說，他一定是經過了幾天的苦苦思索，想通了一個一直想不通的問題，所以才興奮得什麼都顧不得了。」

就這兩句話功夫，他走得更快，又已在七八十步之外，看他走出的方向，直向山裏去，我還想去追他，因為他剛才提及桑伯奇廟的時候，講的那幾句話，聽來十分怪異，令人難明。

可是白素卻道：「我看他是想連夜上桑伯奇廟去。」

我一怔：「連布平都不敢在夜間登山，他——」

這時，他去得更遠了，鈴聲也變得斷斷續續，虛無縹緲。

白素道：「他們一輩子在山中來去。怕不會有問題的，明天我們到了廟中，一定可以看到他。」

我一直看著他的背影，直到完全看不見了，才轉過身來，心中有點生氣：「看他的樣子，一副故作莫測高深，真叫人受不了。」

白素並沒有說什麼，只是往回走著，不一會兒，就來到了那個帳幕前。帳幕中的燭火還燃點著，地上有一隻打坐用的墊子，已經十分殘舊，除此之外，什麼也沒有。

我指著那墊子道：「你有興趣，可以把它帶回去，不是佛門至寶，至少也是一件古董。」

白素搖頭：「你剛才還說這山區多的是充滿了智慧的僧人，只是因為他的言語、行動你不了解，你就不滿意。」

我一想，也不禁有點不好意思，忙道：「他剛才說的話，你聽清楚了？他好像提到貢雲大師，不知到一處什麼地方去了。」

白素道：「是，他說：『我知道貢雲大師和那小孩子到什麼地方去了。』」

我不明白：「哪裏又冒出一個小孩子來了？」

白素也一副不明白的神色，我們一面談論著這個喇嘛，一面向前走著，沒有多久，就回到了小鎮的旅館中，布平還沒有睡，我把我們的「奇遇」講給布平聽。

布平聽到一半，就叫了起來：「那喇嘛，是在貢雲大師禪房中的七個之一，我記得，他手中緊緊地捏著一隻小鈴。當時我還在想，要是他一不小心，令那小鈴發出聲響來的話，只怕所有人都會嚇一大跳。」

我繼續講下去，等到講完，才問：「他那幾句話是什麼意思？」

布平自然也莫名其妙：「聽起來，像是在禪房之中未能參透的事，忽然之間給他想通了。」

白素道：「看來是這樣，但是他為什麼說貢雲大師到一處地方去了呢？」

我也問：「還有他提到一個孩子，那是什麼意思？」

布平皺著眉：「孩子？會不會是說李一心？」

我停了一聲：「李一心不是孩子了。」

布平搖頭：「這個喇嘛，看起來只有五十來歲，但是長年靜修的人，年齡很難從外表上看出來，可能他已經七八十歲，那麼，李一心在他看起來，自然只是一個小孩子。」

我想了一想，倒也不是沒有可能，只是不明白何以李一心曾到過廟中，恩吉喇嘛卻要否認，還有，年事已高，雙目不能視物的貢雲大師，又能到什麼地方去呢？

我們又討論了一會兒，不得要領，看來這些疑團，全要等明天到了廟中，才能解決。

第二天一早，天還沒亮，我們就出發，臨出發之前，吩咐馬克，李天範到了之後，要好好照顧他。

攀登的過程，不必細表，等我們可以看到廟宇建築的時候，天色已快黑下來，就算是布平這樣的攀山高手，也已經疲累不堪。但是我們都不休息，仍是一個勁地向前走著。

這時候，布平對白素佩服得到了極點，他不住地道：「衛夫人，你是世界上最偉大的女攀山家。」

我們終於來到廟門前，天色已迅速黑了下來，整座廟，據布平說，有好幾十個喇嘛，可是這時，卻靜到了極點，連鐘聲也聽不見，只有山風吹過的聲響，在耳際蕩來蕩去。

布平吸了一口氣，輕輕地敲著門，他敲得那麼小心，像是在敲著什麼薄胎的宋瓷，敲了一會兒，並沒有人來應門。

我又是好氣，又是好笑：「你這樣敲門法，人家怎麼聽得見？」

布平瞪了我一眼：「廟裏的大師全在靜修，怎麼能吵他們？」

他說著，仍然這樣輕輕地敲著門，這時，連白素也不同情他，向我使了一個眼色，我冷不防伸出手來，在門上「砰砰砰」連敲了三下，布平嚇得臉上變色，後退了一步，我也不免嚇了一跳，因為我實在想不到，在極度的寂靜之中，三下敲門聲，聽來是如此驚人。

布平退了開去，狠狠地瞪著我，我忙道：「門是我敲的，大師們要是生氣，施展佛法懲罰，全都算在我的賬上。」

布平仍悻然，不過，我的敲門法，顯然比他的敲門來得有用，極短的時間內，就有腳步聲傳來，在門後停止，可是門卻沒有打開，在門後傳來了一個聽來極不耐煩，決不應該是一個出家人應有的語氣：「攀山者請去紮營，廟裏大師正在清修，不接待任何外人。」

我忙推了布平一下，布平隔著門，神態十分恭敬：「請告訴恩吉上師，我是布平。」

門內靜了一會兒，語氣比較好了些：「恩吉上師在靜修，不會有任何上師見外人，請回去吧。」

布平忙又說道：「請你無論如何對恩吉上師講一聲，我有重要的事。」

門內那聲音卻連考慮也不考慮：「不必了，所有上師都吩咐過，不見任何人。」

我低聲對白素道：「李一心第一次來的時候，可能也這樣被拒於門外。」

白素點了點頭，布平還在苦苦哀求：「恩吉上師一定很樂於見到我，請——」

可是門內的聲音打斷了他的話頭，語調甚至是粗暴的：「告訴你上師不見外人，別再在門口騷擾。」

這句話之後，腳步聲又傳了開去。布平無可奈何，哭喪著臉，向我望來，看到我一臉悠然之色，像是毫不在乎，他不禁愕然。

我做了一個手勢，和他離開了廟門幾步，壓低了聲音：「喇嘛不讓我們進去，我們不會自己翻牆進去嗎？」

布平呆了一呆：「這……不是……很好吧。」

我冷笑：「你上次來的時候，還不是翻牆進去的。」

布平有點發急：「那不同，上次我來的時候，不知道廟裏有事情發生，也沒有人表示不讓我進去，現在，明顯遭到了拒絕，硬闖進去的話——」

他說到這裏，現出了極度猶豫的神色來，我問：「那會怎樣？」

布平苦著臉：「怎樣倒不會怎樣，不過那是一種褻瀆，這裏畢竟是一座神聖的廟宇。」

我向白素望去，白素帶著微笑，在鼓勵我繼續說下去，我道：「好，那你就懷著崇敬的心情在廟外等著，我和白素進去。」

布平還在猶豫不決，我有點光火：「布平，你看不出這座喇嘛廟中有古怪？廟裏的喇嘛全在幹什麼？連燈火也沒有。」

布平喃喃地道：「或許有什麼重要的宗教儀式，需要在黑暗中進行。」

我肯定地說：「不是，一定是廟中有什麼見不得人的事在進行，我現在也相信李一心在廟中了，至少我們要把他找出來。」

布平呆了半晌，才點了點頭：「衛斯理，你千萬要小心，我總覺得事情很神秘，而我們對於密宗佛教所知甚少，不要闖禍。」

我有點不服氣：「佛法就算無邊，也不應該對付我們，我們又不是壞人，根本他們拒客門外，就是不對。」

布平不再說什麼，過了一會兒，他才道：「轉過牆角去，那面的圍牆很矮……」

他這樣說了，像犯了大罪也似的，不再說下去。

我向白素做了一個手勢，沿著牆向前走，轉過了牆角，就翻進了牆去。我們不由自主，屏住了氣息，因為四周圍實在太靜了，靜到了使人感到這根本是一座空廟！不但一點聲音都沒有，而且一點亮光也沒有。

我把聲音壓得很低很低：「我們分頭去察看？」

白素道：「還是在一起好。」

我們慢慢地向前走去，穿過了那個相當大的院子，進入了一個殿中。殿內一片漆黑，我在前面，跨進去，腳才一踏地，我就吃了一驚，白素緊跟在我的身後，我忙反手將她擋住。

殿中一片漆黑，我什麼也看不到，可是我絕對可以肯定，殿中有人，不但有人，而且還有不少人，這一點，從我聽到的細細呼吸聲中，可以得出結論。一時之間，我不知如何才好。

因為這時，我看不見殿中的情形，但是殿中的人，長期在黑暗中，殿外又比殿內明亮，他們一定可以看到有人從外面走進來。

試想想，我和白素偷進來，一心以為自己的行動神不知鬼不覺，可以在廟中搜索一番，卻在突然之間，跨進了一個有許多人的殿中，而且自己的行蹤，肯定已經暴露，這何等尷尬！

白素也立時看出我們的處境，她拉了拉我的衣角，我反手握住了她的手，仍然不知該如何才好。

這時，眼睛比較適應黑暗，我已經可以看到，影影綽綽，在那個殿上，至少有十多二十個喇嘛，正在疊腿打坐。

我的處境真是尷尬極了，我總不能咳嗽一聲，表示自己來到，更不能說一聲「各位好」，和殿中的喇嘛打招呼。

我只好僵立著。

我儘量使自己鎮定，我發現，我和白素的出現，並沒有引起殿中那些喇嘛的注意。

殿中，十分黑暗，我無法看清他們的神情，但是他們動也未曾動一下，正專心一致地打坐，心無旁騖，不注意我們。

我大大鬆了一口氣，一起向後退開去。行動極度小心，一點聲音也不發出來，好不容易轉過了牆角，我才靠著牆，長長地吁了一口氣：「剛才的情形，真是尷尬——」

我才講了一半，白素站在我面前，我突然看到她現出十分怪異的神情。乍一看來，她像是正盯著我，但是我立即發現，她不是盯著我，而是盯著我身邊。我覺得奇訝，轉過頭去看，才一轉過臉，我也不禁嚇了一大跳，幾乎沒有驚呼起來：就在我的身邊，有一個喇嘛，靠牆站著。

剛才走過來的時候，因為牆角處有陰影，所以不是很看得清，我絕未想到會有人靠牆站著，要是我多走半步才靠牆，那我的背部，就不是靠在牆上，而是靠到了那喇嘛的身上了。

我才從一個尷尬的處境中離開，這時又跌進了另一個尷尬的處境中，我感到自己的頭骨有點僵硬，幾乎難以轉過來。

在這樣的情形下，我只好向著那喇嘛，勉強擠出一個笑容。

第六部：廟中喇嘛怪異莫名

我用發僵的肌肉，努力逼出了一個笑容來，才知道那是多餘的動作。因為這時，我發現那個喇嘛，雙眼發直，直勾勾的望著前面，他顯然連白素都未曾看到，我在他身邊，他當然更看不到我。

白素也發現了這一點，連忙輕輕跨開了一步，那喇嘛仍然一動不動地站著，白素向我打個手勢，示意我快點離開他。

我在這時，由於實在忍不住的一種頑皮的衝動，一面離開，一面伸手在那個喇嘛的眼前，搖動了一下，試試他是不是真的看得到東西。

那喇嘛的雙眼，仍然睜得老大，直勾勾地向前看著，連眨都不眨一下。

這喇嘛的那種情形，真使人懷疑這個人是不是還活著，我正想再伸手去探探他的鼻息，已被白素一把拉了開去。

白素在我耳邊，用極低的聲音道：「他正在入定，別去打擾他。」

我也低聲回答：「廟裏的喇嘛，好像全中了邪，這是怎麼一回事？」

「喇嘛中了邪」，這聽來是一件十分滑稽的事，就像是「張天師被鬼迷」一樣，本來是一種可以制邪的力量，怎會反而被邪氣所迷了呢？但是，如果邪的力量太大，會不會出現這種情形？

一時之間，我的思緒，極度紊亂。白素又在我耳際低聲說：「不是人人如此，至少剛才隔著門和我們對答的那個，並沒有……」

白素看來也想引用我「中邪」的形容，但是她略為猶豫了一下，就改了口：「……沒有入定。」

她堅持用「入定」這個說法，我其實並不同意。

「入定」是指佛教徒在坐禪時，心無旁思，進入一種對外界發生的一切，都不聞不問，所有的活動，幾乎都集中在內心或內在世界的一種狀態。

《觀無量壽經》中說：「出走入定，恆聞妙法」。

「入定」有標準姿勢，那是「結跏趺坐」，雙腿曲起的一種坐姿。剛才在殿中的那些喇嘛，還可以說是在入定，靠牆站著的那個，那算是什麼入定的姿勢？

我向白素望去，白素向我做了一個手勢，示意現在不是辯論的時候，同時，她又伸手，向前指了一指。

前面是通向另一個殿的幾級石階，在石階上，也有著兩個喇嘛，一個面向下，雙手直舉過頭，「五體投地」，伏在石階上。這個姿態已經夠怪的了，但比起另一個來，卻又差了一大截，那另一個仰躺在石階上，卻又是頭下腳上，雙手雙腳，攤成了一個「大」字，雙眼睜得極大，一眨不眨地望著天空。

看到了這種情形，實在令人心中發毛，那實在太像武俠小說或是神秘小說中的情節：進入了一間廟宇，或是人宅，發現裏面所有的人，全都死了。

可是又有點不像，就是這些一動不動的喇嘛，分明都沒有死，他們是處在一種對外界的變化全然不加注意的狀態中。

我想起剛才隔著門和我們對答的那個喇嘛的話：「所有上師全在靜修，不見任何人。」

如果說他們用那麼怪異的姿勢在靜修，他們在思索什麼問題？

我真想拉一個喇嘛起來問問，可是白素卻用極其嚴厲的眼色，止住了我的行動。

我無可奈何，只好壓低了聲音道：「你難道一點好奇心都沒有？」

白素的眼神更嚴厲，我極少在她的眼中看到過那麼嚴厲的神色：「你無權去打擾正把整個生命投進了宗教沉思中的僧人，來滿足你的好奇心。」

我攤了攤手：「總可以找到一個還會說、會動的喇嘛的。」

白素沒有說什麼，我們繼續向前走去，穿過了幾個殿，幾個院子，幾乎到處都有喇嘛在「入定」，有的姿勢很正常，有的簡直怪異透頂——近乎瑜珈動作，難得的是維持那種怪異姿勢的人，也是一動不動，似乎他覺得把腿變成一個圈，又把頭從這個圈中穿進去，比較坐著和躺著還要舒服。

大約半小時後，走進一個小院子，我和白素都不由自主，吸了一口氣。我們都是第一次到桑伯奇廟來，但是這個小院子對我們來說，卻絕不陌生，一眼就可以肯定，那就是李一心畫的那個院子。

院子三面是牆，當中有一隻相當大的銅香爐，牆的簷角上，掛著長銅片結構的風鈴，這時由於一點風都沒有，所以風鈴靜止不動。

在香爐上，有一個喇嘛，雙手環抱著香爐，一動不動，看來也在入定。

我和白素互望了一眼，我忍不住道：「李一心在十幾萬里之外，可以憑想像畫出這個院子來，那是玄學上的一大實例，證明前生的活動，在他今生的思想中，持續著。」

白素的神情疑惑，我又道：「可以得出結論：李一心的前生，一定是這裏的一個喇嘛。」

白素仍然不置可否，我向牆那邊指了一指，白素會意，我們又一起退出了那個院子，繞了幾下，就到了另一個院子中。那院子，就是布平所說的，貢雲大師禪房前的那片空地了，這時，至少有十個以上的喇嘛，或坐或臥，在空地上一動不動。

才一開始，見到這種情形，又是驚駭，又是尷尬，但這時，已經見怪不怪，也知道他們不會注意我們的闖入，不會起來呼喝我們，所以已沒有那麼緊張。

我們小心地向前走，盡量和入定的喇嘛保持距離，來到了禪房的門口。禪房的門虛掩著。我想伸手去推門，可是白素立時推開了我的手，指著門鉸的部分。我知道她的意思，因為布平在敘述中曾說過，門推開時，會發出聲響來。

白素湊向門縫，去看看裏面的情形，就在這時候，我突然感到有什麼東西，在我的後頸，重重戳了一下。

在那樣的情形下，有這樣的感覺，實在極其驚人，雖然我生活經驗豐富，有過各種各樣的驚險經歷，可是這時的氣氛如斯詭秘，突然來上這麼一下子，足以使人吃驚。

我反應算是極快，立時轉過身來，同時，已經揚起手來，不管在我身後的是什麼八頭鬼怪，都先給他一下重擊再說。

可是我那一拳，未能發出。由於蓄勢十分強烈，而勢子又未能發出去，所以在那一霎間，我的臂骨骨節處，發出了「格」的一下聲響。那本來是極輕微的一下聲響，可是卻已令得一向鎮定的白素，也陡然吃驚，轉回身來。

我一轉過身來，並不發出那已蓄定了勢子的一拳，原因是我看到了布平，不，或者應該說，我立時看到了布平和一個滿面怒容的喇嘛。布平愁眉苦臉，不斷在向我做手勢，那喇嘛的一隻手還揚著，伸出一隻手指。剛才我頸後，一定曾被他的手指，重重戳了一下。雖然不是很痛，但是心頭的震撼，卻一直持續著。

布平的神情焦急之極，那喇嘛也做了一個手勢，示意我們跟著他。我轉頭看了白素一下，就跟在他和布平的後面。

四個人的行動，都極其小心、緩慢，一點聲音也未曾發出來。

他們剛才來的時候，一定也是這樣子的，不然，豈會有人來到了我的身後，我會一無所知之理？

經過剛才吃驚，也有一個好處，我至少知道，這個喇嘛雖然十分惱怒，但不至於有什麼惡意，要不然，他剛才如果不是用手指，要用什麼利器，我就大糟而特糟了。

跟著那喇嘛和布平，又繞了幾個彎，進了一間禪房。

那喇嘛道：「布平，你那兩個朋友，太過分了，可知道我們可以把他們綁起來，放在山崖上去餵鷹？」

布平的聲音，聽來有點發顫：「是，是，大師，請原諒他們一次。」

我本來也是充滿了歉意的，那喇嘛責備我們幾句，我也一定會道歉，因為半夜偷進廟來，畢竟是我們不對。可是他一開口，就要拿我們綁起來去餵鷹，雖然我知道喇嘛有很大的特權，但是這樣說法，也未免太過分了。

所以我立時冷冷地道：「對不起，我們來找一個失蹤的青年。」

那喇嘛立時轉過身，向我瞪視著，布平在他的身後，忙不迭地做手勢，示意我不可胡言亂語，同時道：「衛斯理，這位是恩吉上師。」

原來這個喇嘛就是恩吉，我雙手合十：「上師，我們真是來找人的。」

恩吉的神情緩和了一些，他慢吞吞地道：「沒有什麼青年人到過廟裏。」

布平又趕緊道：「是，是，他一定到別的地方去了。」

布平的這種態度，真叫人又是好氣，又是好笑。他平時充滿自信，十分神氣，怎麼一到了這裏，就像是小丑？

我不理會他，堅持著：「這個青年，除了到這裏來之外，不會到別的地方去的。」

我為了使自己的話有力量，一下子就提出了十分令對方吃驚的「證據」：「因為這個青年的前生，是這座廟中的一個喇嘛。」

禪房中並沒有著燈，但是門開著，月光可以映進來，我可以清楚地看到，恩吉的臉色大變，布平更是張大了口，神情像是一條死魚。

他這種樣子，不出聲倒也算了，偏偏他還要說話：「衛斯理，你怎能這樣說。」

我不禁有點生氣：「關於這件事，布平，你比我更清楚，還是由你來說的好，我提議你說得簡單一些：李一心畫的那個院子是最主要的。」

恩吉立時轉問布平，布平結結巴巴地敘述著。他這時的樣子，真是可憐，一不高興就可以將滿屋子客人趕走的威風，不知上哪兒去了。

等他講完之後，恩吉保持著沉默，一聲不出。

我道：「能不能請你點著燈，我可以給你看那青年畫的畫。」

恩吉一動也不動，也不出聲，我倒有點怕他如果忽然之間入定，那真不知如何才好了。幸而，過了沒有多久，他發出了「嗯」的一聲，然後，過去把門關上，又把窗子上的木板遮隔關上，這一來，房間裏伸手不見五指。

然後，他才點燃了蠟燭，我取出了那幅無線電傳真傳來的畫，攤開，放在他的面前，恩吉用心看著，我想在他的神情中，看出他心中在想些什麼，但是他卻神情木然。過了好一會兒，他才道：「不錯，這就是那個院子，這位青年……有點奇妙之處。」

我直接地問：「他在哪裏？」

恩吉淡然道：「我從來沒有見過他。」

我直覺地感到，恩吉是在說謊：可是雖然我對喇嘛的崇敬，不及布平的十分之一，但是在毫無證據的情形下，我也不能說他在撒謊。

我向白素望去，自從進了禪房，白素一句話也沒有說過，恩吉也簡直當她不存在一樣，連望也不向她望一眼。可能，因為白素是女性的緣故。

我徵詢她的意見，看她有什麼辦法，可以揭穿這個大喇嘛的謊言。可是白素卻並沒有給我什麼暗示。

我只好自己應付，採取了旁敲側擊的辦法：「上師，你不覺得這件事很神秘？」

恩吉剛才還承認「事情有點奇妙」，但這時，卻一副全不在乎的神情：「不算什麼，我們早已知道有轉世這回事，如果這位青年來了，又真能證明他是廟中一位前輩大師轉世，我們一定竭誠歡迎。」

我悶哼了一聲，覺得恩吉相當難以應付，我還沒有問，他就先把我的問題封住了，可是越是這樣，我就越是覺得他有事隱瞞著。我放開了這個問題：「貴廟發生了什麼事，所有的上師……」

恩吉不等我講完，就道：「在靜修，這是我們的聖責，我們要在靜思之中，去領悟許多世人所不能領悟的事，我們在靜思之中，得到智慧，得到解脫，領略佛法，所以，你別來打擾我們，請你離去吧。」

他不客氣地要趕我們走了，我只好嘆了一聲：「真可惜，聽說貴寺的貢雲大師，智慧最高，我真想見他一面。」

恩吉冷笑一聲：「你？見貢雲大師？」

他並沒有再說什麼，可是他的語氣和神情已經足夠說明了一切：我，沒有資格見貢雲大師！我忍住了心中的氣，突然問：「貢雲大師到什麼地方去了？」

這句話才一出口，恩吉有點沉不住氣，陡然震動了一下。

直到這時，我才知道我曾在山腳下的小鎮外，遇到過那個搖鈴的喇嘛，這件事是多麼有用，我立時又道：

「他不是一個人去的，是不是？和我們要找的那個青年人一起去的，嗯？你們不知道他到哪裏去了，所以苦苦思索，可是有一位大師，卻想出來了，明白了貢雲大師和那年輕人，到何處去了。」

我一口氣不停地說著，恩吉被我說得張口結舌，半晌答不上來，才道：「我不明白你在說些什麼。」

我乘勝追擊：「那位不斷搖著銅鈴的大師呢？」

恩吉裝著想了一想：「對，有一位智慧很高，不屬於任何教派的大師，不斷搖鈴，他認為悠悠不絕的鈴聲，可以使人的思想更綿遠，布平曾在貢雲大師的禪房中見過他。」

布平不斷地點著頭道：「是，是。」

在我和恩吉針鋒相對的對答中，布平一直面無人色地望著我，開始時還有點威脅我的意思，到後來，他是在哀求我別再說下去，可是我卻根本不理會他。

我又道：「就是那位大師，他忽然明白了貢雲大師何往，他連夜上山，到貴寺來。」

恩吉「哦」地一聲：「是嗎？我怎麼不知道？你看著他走進來的？」

他這樣一問，我倒怔住了，昨天晚上，我只看到那個搖鈴的大師向上山的道路走著，當然沒有看到他走進桑伯奇寺來。

恩吉的反擊成功，他緩緩搖著頭：「這裏發生的事，不是外人所能理解的，請離開吧。」

我抓住了他這句話：「是，我承認，但這至少證明寺裏有不可理解的事發生著，請問，那是什麼事？」

出乎我意料之外，恩吉倒十分爽快，就回答了我的問題，但是等他說完，我實在啼笑皆非，他道：「是，若干日之前，貢雲大師忽然召集合寺上下，說有了來客，但結果只是發現了一塊大石……」他講的，就是布平已說過了的發現大石的經過。

這塊神秘的大石，突然出現，當然是屬於不可理解的事情，恩吉也算是回答了我的問題。

我靜靜地，耐著性子，聽他講完，才又道：「那青年人像是更早知道會有這樣一塊大石頭出現，你看，在他畫的那個院子中，有一堆陰影。」

恩吉平靜地道：「是，我注意到了。」

我壓低聲音：「是不是他來過了，發生了什麼意外，你不方便承認？」

我的話已經說得夠客氣的了，我沒說他不敢承認，不想承認，只說他不方便承認。可是，他卻立時沉下臉來，怒道：「你再不走，別以為我們沒法子趕你出去。」

我當然不怕他怎樣，但是也知道他的話也是實情，喇嘛在這一帶，有極強的號召力，山區的民眾，奉之如同神明，真要他傳諭出去的話，我在山區中，可以說寸步難行。但是他如果以為這樣的威脅，就可以令我退縮，那麼，他也錯了。

我仍然維持著相當程度的客氣，那是給布平的面子，這傢伙，看到恩吉一發怒，竟然已在一旁，發起抖來。

我道：「上師，貴寺無論發生了什麼事，我都沒有興趣。可是，那位年輕人，他的名字叫李一心，他的父親委託我來找他，這是我的責任。」

恩吉冷冷地道：「那你該去找他，不應該在我這裏糾纏不清。」

我冷笑了一下：「我就是在找他，那位搖鈴的上師曾告訴過我，他到過這裏。」

那個搖鈴的喇嘛，其實並沒有告訴過我在這裏見過李一心，他只是說，他忽然之間，想明白了貢雲大師和一個小孩子，到什麼地方去了。

我這時很後悔，當時沒有進一步問他「那個小孩子」是什麼人，我只是假設，那可能是李一心，所以這時我才這樣說，想逼顯然有事情隱瞞著的恩吉，講出實話來。

誰知道我的話才一出口，恩吉還未及有什麼反應，布平已經叫了起來：「衛斯理，你怎麼能這樣說？那位上師並沒有對你這樣講過。」

我心中大是生氣，可是又不便發作，我只好道：「那位上師，提及過一個小孩子，他在山腳下靜思，忽然之間想通了，知道貢雲大師和那小孩子去了哪裏——」

我講到這裏，陡然盯問恩吉：「貢雲大師到什麼地方去了？」

恩吉淡然道：「大師一直在靜修，不蒙他召喚，我們沒有人敢去打擾他。」

我揚了揚眉：「不是吧，他已不在這裏，到一處神秘的地方去了——」

我不理會布平在把我向外推去，又大聲道：「他到什麼地方？應邀到靈界去了？」

我這時，這樣叫著，全然是由於負氣——一方面是對布平的態度生氣，另一方面，也對恩吉的態度生氣，所以準備吵上一場。事實上，我對於自己叫的是什麼，全然未曾注意，我只不過是根據了布平的敘述，隨口叫出來的。

誰知道恩吉陡然發出了一下如同呻吟般的聲音，這時，由於布平攔在我的前面，想把我推出去，所以阻攔了我的視線，使我看不見恩吉的動作，我只是在那一霎間，陡然聽到了「咚」地一下皮鼓敲擊的聲音。

剛才我雖然在大聲叫，但是由於周圍的環境太靜，我其實也叫得不是十分大聲，至少，和那一下鼓聲相比較，相去甚遠。

那一下鼓聲，令我吃了一驚，白素也現出了吃驚的神色來，布平更是臉無人色，放開了我，連退幾步。

在他退開了之後，我才看到，恩吉的手中，拿著一隻相當長的鼓鎚，那面皮鼓，就在他的身邊，鼓不是很大，所以我一直未曾留意它的存在，這麼小的一面鼓，可以發出那麼大的聲音來，十分出人意料。

鼓聲乍起時我吃了一驚，但是我立時鎮定，冷笑道：「貴寺那麼多上師在入定靜修，你這樣子，會把他們全吵醒了。」

恩吉沒有回答，布平已幾乎哭了出來：「衛斯理，你闖大禍了，還要說？還不肯停嘴？」

恩吉也接著道：「是的，只有這一下鼓聲，才能使我們在靜思之中回復過來。」

就這兩句話功夫，我已經聽到一陣雜沓的腳步聲，自遠而近，迅速地傳來，我還不知道會有什麼事發生，但是卻可以感到事情有點不對頭了。

我和白素互望了一眼，使了一個眼色，兩人心中都已經有了準備，這廟中的喇嘛如果要對我們不利的話，我們可以硬闖出去。

腳步聲來得十分快，聽起來，全停在房門之外，布平的身子一面發著抖，一面向著恩吉在哀求：「上師，他不知道廟裏的規矩，我保證他以後不會再來，請你不要……生氣，我立即和他離去，就算你以後不讓我再來的話，我也願意。」

我討厭布平對這個大喇嘛的苦苦哀求，可是布平真的是為了我而在向他哀求，這一點，卻又令我相當感動。

這時，門外還陸續有腳步聲傳來，聽來，像是聽到了鼓聲，先有一批人奔了過來，然後，再陸續有人奔來。恩吉在聽了布平的話後，冷然道：「你和這女人，可以離去。」

我一笑：「我呢？」

恩吉向我望來，我一接觸到了他的眼光，也不禁怔了一怔，因為他的目光是那麼深邃，充滿了極度的神秘感，令人和他的目光相對，心頭有一股莫名的震懾。我相信這是大多數喇嘛都有的一種本事，類似催眠術之類的心理影響，使得普通人感到心頭震撼，他們在宗教上的權威地位，自然也更加崇高，更加無人可以抗拒。

我怔了一怔，倒也不敢太大意，和他對視著，恩吉一面望著我，一面道：「你必須留下。」

他說得十分緩慢，我也用十分緩慢的語調回答：「我如果願意留下，誰也趕不走我；我如果不願意留下，誰也留不住我。」

這時，話已講得絕不客氣，簡直已有點箭拔弩張的味道，布平失魂落魄地說了一句話，我沒有聽清楚他在講些什麼，因為我要集中精神應付恩吉。

出乎意料之外，我的話雖然如此強硬，恩吉卻沒有再和我吵下去，他道：「你會願意留下來。」

我陡地一怔，心中想：

這是什麼意思？鼓聲一響，那陣仗，分明是想將我強留下來，他為什麼又說我會自願留下？是不是他正在向我施展什麼心理影響術，好使他的詭計得逞？

我勉力定了定神：「那要看我的決定。」

恩吉的行動，更是古怪，他不說什麼，只是向布平一揮手，布平哭喪著臉，走過去把門打開，我和白素都一怔，因為門外黑壓壓地，站滿了人，看來全是廟中的喇嘛，剛才在廟中各處，用各種不同的怪異姿勢，在靜思入定的，也就是他們。

我粗略估計了一下，大約有四五十人，我心中想，以我和白素的身手，就算要動粗，衝出去大約也是沒有問題的。

問題是在於布平。他如果敢和喇嘛動粗，自然也可以跟我們衝出去，可是看他的樣子，只怕寧願從海拔一萬公尺的懸崖上掉下去，也不會敢和他所崇敬的喇嘛動手。

白素一看到門外有那麼多人，立即向我靠近了一步，準備陡然發動，可以和我一起向外闖，力量就強得多。

恩吉用十分權威的聲音道：「除了留下的人以外，別人可以離去。」他的話才一出口，門外那些喇嘛，讓出了一條通道來。布平神情遲疑，我笑道：「布平，你只管走，我們不會有事。」

布平還在猶豫，我一伸手，抓住了他的手臂，向外用力一甩，布平身不由主，跌跌撞撞，在門外眾人讓開來的那條路中，直跌了出去。

白素鎮定地道：「大師，我不會離開，我們一起來，要就一起留下，要就一起離開。」

白素不開口則已，一開口就十分堅決，真值得令人喝采。接下來，恩吉所說的話，大大出乎我和白素的意料。

恩吉神情很認真地想了一下：「你們準備一起留下來？我看，還是一個留下的好。」

從他的話聽來，又像是在和我們商量，沒有什麼用強硬手段的意圖。

我一時之間，不知如何回答才好，只好望著他。

恩吉大約也感到我的態度有點怪異，所以先是一怔，隨即又「啊」地一聲：「你們以為我會強留你們？」

我聽得他這樣問，真是又好氣又好笑：「看看你擺下的陣仗，布平都叫你嚇壞了，還不是想強留？」

恩吉嘆了一聲，大搖其頭：「錯了，真是誤會，或許是我的態度不對，你一定會自願留下來。」

我不知道他還會有什麼花樣，所以十分小心地答：「我看不出我有什麼理由，會自己留下來。」

恩吉皺著眉，這時，被我摔出去的布平，又探頭探腦，走了回來，看來他心中雖然害怕，倒也不肯就此捨我們而去。

恩吉一看到了他，就道：「布平，請你把門關上。」

布平想說什麼，可是只是口唇動了動，沒有發出聲音來，一副愁眉苦臉的樣子，過來，把門關上。房間之中，只剩下了我、白素和恩吉三個人。

我心中一直戒備著，相當緊張，因為不知道恩吉究竟想幹什麼。

這時，我知道門外有不少人在，可是那些人都不發出一點聲音，房間中的燭火又不是太明亮，總有一股說不出來的怪異。

恩吉忽然雙手合十，坐了下來。他在這當口，突然打坐，我真的不明白他的用意何在。

他向我和白素，做了一個手勢，白素低聲道：「他叫我們學他一樣坐下來。」

我立時道：「他想搗什麼鬼？」

白素道：「別對他充滿敵意，看來他不像是有惡意的。他們有他們超特的智慧，別把他們當成普通人。」

我悶哼一聲：「他分明有事在隱瞞著，小心一點好。」

我和白素急速地交談著，用的是一種十分冷僻的中國方言，密宗喇嘛，再神通廣大，我相信他們也無法聽得懂這種方言。

白素答應了我一聲，雙手合十，就在恩吉的對面坐下，我看到白素神情嚴肅，閉上了眼睛，恩吉喇嘛也閉上了眼，兩人都一動不動。

這時，我真是又好氣又好笑，想要大聲喝問幾句，可是在燭光的照映之下，卻看到白素和恩吉的神情，越來越專注，像是正在聚精會神想著什麼。

恩吉有這樣的神情，那理所當然，因為靜思根本是他生活的一部分。我倒從來不知白素也有這樣的本事。我走得離她近一些，以便有什麼變故的時候，可以保護她。她皺著眉，但是不多久，眉心的結不見了，現出了祥和的神情。

再接著，我聽得她和恩吉，同時緩緩地吁了一口氣，一起睜開眼睛來。

白素微笑著道：「密宗妙法，真了不起，也全靠大師這樣有修養，才能運用自如。」

恩吉搖著頭：「不，要有你這樣的誠心，才能領略妙法——」他講到這裏，向我望了一眼，把我當作不可雕的朽木一樣。

我不知道白素和恩吉的對話，是什麼意思，正想開口問，白素已經道：「你和布平先離開這裏，我要留下來。」

白素的話，令我嚇了老大一跳，這是什麼意思？剛才她還和我一起，準備硬闖出去，怎麼忽然之間，會自願留下來？在剎那之間，我真不知道發生了什麼變化，自然而然想到，是不是恩吉在剛才，施展了什麼「邪法」，令白素改變了主意？

向白素看去，她容光煥發，目光明亮，顯然一點也沒有中邪的跡象。

我的神情疑惑，白素向我一笑：「你放心，我真是自己感到需要留下來，其中還有很多我未能想通的事，我留下來，對整件事都有好處。」

我依然極度疑惑：「你留下來幹什麼？在這裏，你有什麼好做？」

白素急速地道：「現在你別問那麼多，問了我也答不上來。」

我有點發急：「你不是中了什麼催眠術吧？」

白素一副覺得好笑的樣子：「當然不是，你別大驚小怪……事情的確很奇妙，不過我可以應付得來。」

這幾句話，我們又是以那種冷僻的中國方言交談。我知道，白素如果有什麼話想對我說，而又不想被恩吉知道的話，她一定會在這時候告訴我的，可是她卻又沒說什麼。

我自然也相信白素可以應付任何惡劣的環境，但是要我帶著滿腹疑團離去，總難以做得到。白素顯然也看出了這點，她道：「現在我真的沒有什麼可以告訴你，你不妨先下山去，我會來找你。」

我無可奈何：「多久？」

白素想了一想，神情惘然：「真的，我也說不上來。」

我望著她，一再肯定她要做的事全然自願。可是她又顯得那麼神秘，使本來已經不可解的事，更進一步不可解，那真令得我無法可施，我想了好一會兒，才道：「好，我和布平下山等你。」

白素看到我終於答應離去，輕鬆地吁了一口氣，和我一起，推開了山門，向外走去。

外面，所有的喇嘛還在，仍然一點聲音也不發出，只是默默地看著我們，布平跟在我們的後面，到了大門口，白素才道：「我要回廟去了。」

布平也不知道白素忽然之間改變了主意，自願留在廟中，所以他聽了之後，嚇了一跳，立時向我望來：「怎麼一回事？」

我含糊地說道：「她有點事要留下來，我們到山下的小鎮去等她。」

布平疑惑難解，白素站在門口，我和布平跨出了門，門就在我們的身後關上。布平和我向前走出了幾步，我立時問：「恩吉忽然敲了一下皮鼓，那是什麼意思？」

布平道：「他是廟的住持，這一下皮鼓，是他召集寺廟中喇嘛的訊號，凡是地位不如他的，聽到了鼓聲，一定要來到，那和貢雲大師禪房中的鈴聲差不多。」

我「嗯」地一聲，問：「那麼，你為什麼一聽到鼓聲，就說我闖了禍？」

布平睜大了眼：「你們正在爭吵，他忽然召集全寺喇嘛，我以為他發怒了，他會對付你……以後，又發生了一些什麼事？」

我知道，布平對於廟中喇嘛的一切，至少比我熟悉些，我就把發生的事，向他說了一遍。

布平仰著頭，想了一會兒，才道：「看起來，當恩吉和白素……一起坐著，聚精會神之際，是恩吉大師在施展密宗佛法中的一種法術。」

我吃了一驚，白素的主意改變，來得十分突然，我早就懷疑其中有花樣，如今布平又這樣說法，我自然吃驚：「什麼法術？」

布平道：「你別急，你剛才雖然得罪了人，但是大師不會害人。」

我急道：「少廢話，什麼法術？」

布平遲疑了一下：「像……像是傳心術。」

我怔了一怔：「傳心術？你肯定恩吉有這種本領？」

布平道：「大師都有這種本領，他們在靜思之中，有時互相之間，不必交談，也可以明白對方的心意。」

我走開了幾步，在一株打斜生長的樹幹之上，坐了下來。剎那之間，思緒變得十分紊亂。

「傳心術」，從詞面來解釋，像是十分神秘，但實際上，其神秘程度，並不如一般想像之甚，西方科學家，早已對思想直接交流這種現象在作有系統的研究，研究的方法，是把兩個人隔開來，由一個在若干圖案中揀出一幅來，而由另一個人集中精神去想，也揀出同樣的圖案來，諸如此類的辦法。

也有的科學家，集中力量研究雙生子之間的心靈互通的現象。

這一切研究的理論根據是，人的思想會通過腦部的活動而形成一種電波，這種電波，可以通過另一個的腦部活動而感受到。

也已經有不少例子，證明雙生子之間，特別容易有心靈互通的現象。

所謂「傳心術」就是心靈互通的一種特異現象。

密宗的高僧，畢生致力於靜修，傳心術是他們必修的能力之一，恩吉會傳心術，自然不值得驚訝。

我回想當時的情形，恩吉坐下之後，做手勢要我們也坐下來，那時，白素坐了下來，立時集中精神，我則由於對他充滿了敵意，並沒有坐下，如果恩吉是想向我們兩人同時施展傳心術，那麼，我自然無法感受到他的心意。

那麼，白素感受到他的心意了？他想告訴我們什麼？為什麼不通過語言來告訴我們，而要用「傳心術」來告訴我們？

「傳心術」是不是催眠的另一種形式，可以使他人改變原來的意願？

正當我這樣想的時候，布平道：「你別急，據我所知，施展傳心術的人，自己若是心術不正，有害人的想法，自己會受害，變成瘋子。」

我由於關心白素的處境，對布平這種一味維護喇嘛的態度，表示相當不滿，所以不客氣地道：「你對傳心術，究竟懂得多少？」

一離開了喇嘛廟，布平居然又立時神氣了起來，他一挺胸：「懂得很多，比你預料的要多得多。」

我冷冷地斜睨著他，他揮著手：「你別以為傳心術是不科學的——」

我大聲道：「我從來也沒有這樣想過。」

布平的聲音比我更大：「那你當然應該知道，大科學家、大發明家美國的愛迪生，也曾下過很大的功夫，去研究傳心術。」

我嗤之以鼻：「這是中學生都知道的事，我問的是，你對傳心術究竟懂得多少。」

布平狠狠瞪著我：「有一項事實是你不知道的，在某種極度惡劣的情形下，攀山家須要依靠傳心術，來和同伴之間互通消息，避免凶險。」

這倒真是我第一次聽說，我呆了一下，才答：「我倒不知道傳心術已經應用在實際方面了。」

布平沉聲說道：「在極惡劣的環境中，譬如我，有一次在阿爾卑斯山，大風雪中，困在一個山崖，超過二十小時，就是依靠了不斷集中精神，把我所在處的方位傳出去，結果使已經放棄了搜索的搜索隊，做最後的努力，找到了我。事後，搜索隊中至少有三個以上的隊員，堅持說他們感到我在求救，而且感到我在告訴他們，我在什麼地方。」

我吸了一口氣，點頭：「你的經歷，是傳心術，或者心靈感應研究上的一個十分特出的例子。你要明白，我絕不是否定心靈感應的存在，只是，恩吉為什麼不開口講，而要用那麼玄秘的方法？」

布平皺著眉，想了一會兒，結果是搖頭：「我不明白，他那樣做，總有他用意。」

他向我望了一眼：「他先要你留下來，你不肯，後來他又這樣做，我猜想，他一定有作用，要一個人留下來，後來白素自願留下，當然是尊夫人比你更有靈性。」

我惱怒道：「去你的。」

很多人，近來似乎養成了一個習慣，喜歡讚揚白素，抑制我，我當然承認白素是一個了不起的女人，但也不認為那些人，包括布平在內的意見是對的。

第七部：靈界的邀請

我來回踱著步，在黑暗中看來，整座桑伯奇廟，像是一頭巨大的、竭力保持著沉默的怪獸。

我又把在廟中發生的事，仔細想了一遍，忽然震動了一下。

當時，由於一切發生得十分突然，所以根本沒有機會去想有些事是因為什麼會發生的。這時，靜了下來，倒可以把事情的來龍去脈，好好地想一想。我想到了其中最有關鍵性的一點，我先問布平：「你可記得，是在我說了一句什麼話之後，恩吉突然敲起鼓來的。」

布平略想了一想：「你說了一句十分無禮的話，追問貢雲大師到哪裏去了。」

我道：「是的，最後我叫嚷著：『大師是不是應邀到靈界去了？』」

布平點頭：「對，就在這句話之後，恩吉就突然敲了一下皮鼓。」

我的心情緊張，一種模糊的概念，已經漸漸顯出輪廓來，雖然還未能清清楚楚展現，但至少已有點頭緒。我壓低了聲音：「何以恩吉對我這一句話，特別緊張？」

布平凝視著黑暗，用腳撥弄著地下的小石子，答不上來。

我來到了他的面前，做手勢，要他集中注意力來聽我講話：「首先，我們要肯定，恩吉關於李一心，甚至關於貢雲和搖鈴的那個喇嘛，都有重大的事隱瞞著我們。」

布平的口唇動了幾下，沒有發出聲音來，我道：「放開你對喇嘛的崇敬，運用你的觀察力，我想你不能否認我的猜測。」

布平想了一想，嘆了一聲，點了點頭。

我道：「進一步的推測是，李一心、貢雲大師，或者再加上那個搖鈴的喇嘛，在他們的身上，一定有什麼極怪異的事發生了，怪異到了不可思議，恩吉和全寺的大師，根本無法理解，所以他們才要把事情隱瞞起來。」

布平呻吟似地：「這……只不過是你的推測。」

我盯著他：「不合理嗎？」

布平遲疑著：「可以……成立，但也可能什麼事也沒有。」

我悶停了一聲：「照我的假設，再推測下去。」

布平皺著眉，並沒有異議。我深深地吸了一口氣，因為我要講到最主要的關鍵了：「發生在貢雲大師身上的是什麼，我們不知道。可是我在無意之中，說了一句大師是不是應邀到靈界去了，恩吉的行動就如此反常，這表示什麼？」

布平陡然叫了起來：「衛斯理，你想得到一個結論，貢雲大師應邀到靈界去了！」

我沒有說什麼，只是用力點著頭，因為這正是我得出的結論。

在月色下看來，布平的臉色，變得十分蒼白，他雙手沒有目的地揮動：「你的想像力太豐富了。」

我正色道：「不是想像，而是憑已知的事實，一步一步推測出來的。那塊奇異的大石，發出信息，好幾位有智慧的大師，都感到了這種信息，信息是要他們到一處地方去，而大石又被貢雲大師稱為來自靈界！」

我的話，聽起來像是十分複雜，其實也簡單得很，布平自然明白。

他不出聲，神情極度疑惑，我又道：「而如今，貢雲大師失蹤了——」

布平啞聲抗議：「你不能這樣說，沒有根據，貢雲大師失蹤？你怎麼知道？」

我道：「我從李一心失蹤推測出來的——」

我的話才講到一半，就在那一霎間，我又陡然想起一件事來，那個念頭，不禁令得我遍體生寒，我只是在喉間發出了一下怪異的聲響，一轉身，就向著桑伯奇廟，奔了過去。

布平被我突如其來的行動，嚇了一大跳，他的反應算是超等快捷，一伸手，就抓住了我的手臂。但是由於我向前奔出的勢子十分急，所以他被我帶得向前，跌出了幾步，而他又死命拉著我，所以結果是我們兩個人，一起跌倒在地上。

布平又驚又怒：「你又想幹什麼？」

我喘著氣，平時我很少如此失去鎮定，但這時，已經急得冒出了一身冷汗：「白素！白素！我推測如果不錯，白素也會失蹤！」

布平大驚：「她……也會到靈界去？」

我已經跳了起來：「是，快去，還來得及阻止。」

我說著，又向前奔了過去，布平卻又撲了上來，在我的身後，將我一把抱住：「衛斯理，你少發神經病好不好？什麼叫靈界？靈界在什麼地方？難道人人可去？」

我一面用力掙扎，一面道：「是發神經也好，是真的也好，總之，我要把白素帶出來，這廟中鬼頭鬼腦的事情太多了。」

不理會布平抱著我，我又向前前進了好幾步，布平在這時，突然道：「你別忘記，白素是自己願意留下來的。」

本來，沒有什麼力量可以使我停下來，可是布平的這句話，卻令我陡然停下。是的，白素自願留下來。

她一定已感到，或是想到了什麼極其重要，而她還不明白的事，所以才自願留了下來，作進一步的探究，我這時如果衝了進去，對她的探究工作，一定大有妨礙，說不定從此就無法解開那一連串神秘謎團。

而且，白素的脾氣，和我一樣，她若是不願留在廟中，誰也不能勉強，她若是自願留下來，就算我衝進去，她也不會肯走，徒然壞事。

這時，離廟的正門相當近，我盯著廟門，喘著氣，好一會兒不知該如何做才好。布平看我沒有再向前去，也放開了我，轉到了我的身前，阻住了我的去路。

我沉聲道：「你現在不讓我進去，要是白素在廟中，有了什麼三長兩短，唯你是問。」

布平搖著頭：「你這人，真是不講理到了極點，你想想，是你自己不進去了，還是我阻得住你？」

我大是冒火：「不是你又拉又扯，我早已進廟去了。」

布平又嘆了一聲：「我只不過使你冷靜一下，使你自己知道，現在衝進廟去，沒有任何作用。」

我仍然喘著氣，望著廟門，真不知道該如何才好，我很少這樣做不出決定，這時如此猶豫不決，自然因為一切事情，都是那麼怪異之故。

我呆了一會兒之後，重重頓了一下腳：「真想知道在裏面發生了什麼事。」

布平道：「尊夫人會告訴我們。」

我怒瞪他一眼：「那先要她可以平安離開。」

布平嘆道：「這是一座歷史悠久，充滿了智慧的廟，不是什麼黑店。白素剛才全然沒有被脅逼的現象，你擔心什麼？」

我擔心什麼？我擔心白素也被邀到靈界去，那是極不可測的一種設想，靈界是一個什麼所在，是另一個空間？是一處和人居住的地方全然不同的地方？如果去了，會有什麼後果？

這一切，甚至連最基本的概念都沒有，想假設也無從假設下去。

布平又開始拉我：「來，我們下山去，李博士也該到了，我們先和他見了面再說。」

我實在不想走，心裏只是不住在想：「白素為什麼在突然之間改變了主意，願意留下，如果恩吉曾使用過傳心術，他傳了一些什麼信息給白素？」

布平看出我的心思，又勸道：「你現在胡思亂想，一點結果也沒有，等她出來，自然什麼問題都可以解決了。」

我下了決定：「好，我不闖進去，但是我也不離開，我就在這裏等。」

布平有點惱怒：「你瘋了？山裏的天氣，每分鐘都會起變化，要是天氣變壞，你靠什麼來維持生命？」

我立時道：「靠你這個世界知名的攀山家對高山的豐富經歷。」

布平啼笑皆非，抬頭看了一會天，才道：「好，你在這裏，我連夜下山去，立時再帶一些必需品趕上來。」

我立時道：「好。」

我答應得如此爽快，布平倒又不放心起來，他又望了我一會兒，才道：「聽我的勸，千萬別亂來，你若有什麼行動，只會破壞整件事。」

我白了他一眼：「別以為我是破壞者，我的許多行動，導致許多不可解的事的真相大白。你怕喇嘛的勢力，我不怕，現在我的顧忌，是怕阻礙了白素的行動。」

布平笑了一下，緊張的神情一下消失：「你有這樣的顧忌，我倒放心了。」

他說著，已和我揮著手，急急下山。我在廟門前又站了一會兒，廟內靜到了極點。

我沿著牆向前走著，轉過了牆角，圍牆變得相當矮，我手按在牆頭上，一躍而上，但是卻並不翻進牆去，就在牆頭上坐了下來，雙腳在牆外。

坐了一會兒，我就在牆頭上躺下，牆厚不到四十公分，躺下來自然不會舒服，但是廟中只要一有異常的動靜，我立時可以覺察。

躺下來之後，我才感到寒意，我把外衣裹緊了些，廟中又靜又黑，過了很久，我由於疲倦，朦朦朧朧，睡了過去。

當然我不是沉睡，在那樣的環境之下，是無法沉睡的，只是在半睡半醒的狀態之中，儘量使自己得到休息。

大約在二小時之後，聽到一陣腳步聲，不是從廟內傳出來的，同時我又聽到了布平的聲音在叫：「衛斯理，衛斯理。」

他雖然是壓低了聲音在叫著，但是在靜寂中聽起來，也相當響亮，我翻下牆循聲走過去，看到布平正和幾個人在握手，那些人的神態十分恭敬，而在地上，則放著折疊起來的營帳，和許多用具。

布平看到了我，高興地迎了上來，我不禁愕然，他怎麼能在幾小時之間上山下山？不過我隨即明白他是怎麼弄到那些東西的，他下山沒有多久，就遇上了一隊紮營的登山隊，他一報自己的名字，登山隊員人人喜出望外，見到了自己心目中的偶像。

在這樣的情形之下，他向登山隊要一個營帳、若干用具和糧食，自然毫無問題，不但義務替他搬了上來，而且還在他指定的地方，迅速把營帳搭起。作為一個事業中的頂尖分子，就有這個好處，潛水員看到布平，可能只是翻翻眼睛，但是攀山員見了他，卻把他當作祖宗。

營帳搭好，那幾個登山隊員告辭離去，我和布平在營帳中喝著熱咖啡，我道：「廟裏一點動靜也沒有，真怪。」

布平道：「你忘記你偷進去的時候，人人都在入定？現在情形可能也一樣。」

我有點懊喪：「我真笨，就算貢雲大師不見人，我也可以要求看看那塊大石。那塊大石在貢雲大師的禪房，只要一進禪房，就可以揭開許多啞謎。」

布平不滿道：「你想，如果恩吉有事情隱瞞著，他肯讓你進貢雲大師的禪房？」

我一想，他說得也有道理，可是我總是放心不下，這種不安的感覺，自然因為白素一個人留在廟中而起。那座廟，看來像頭怪物，而白素就像是被那怪物無聲無息吞噬了！

由於心事重重，雖然在營帳之中，比在牆頭上舒服得多，但我還是翻來覆去睡不著，只是聽著布平發出來的鼻鼾聲。

直到天亮，總算矇矓睡了一會兒，才被一陣人聲吵醒，我一躍而起，看到有一隊登山隊，正在廟門口，看樣子是想進廟去。

廟門緊閉著，門內有人在回答：「廟中的大師全在靜修，不見外人。」

那些登山隊員帶著失望的神色離去，我走近門去，叩了幾下：「請問有一位女士在廟中，我想和她講幾句，可以嗎？」

我很少這樣低聲下氣求人，門內的回答卻冷得可以：「不知道你在說些什麼，我們只負責不准任何人進寺廟來，其餘全不知道。」

依我的脾氣，真想一腳把門踹開算數，但是我心想，已等了一夜，不妨再等一會兒，一天一夜，總足夠了。

布平也醒來了，和那隊登山隊在交談著，不一會兒，登山隊繼續旅程，廟門口又只剩下了我們兩個人。

布平忙著生火弄食物，我一點胃口也沒有，整座寺院，一片死寂，在焦急的等待中，時間過得特別慢，以為已經過了一小時，看看手錶，才過了十分鐘。

布平看我坐立不安，不住地說：「別急，急什麼。」

我給他說得煩了起來，嘆道：「你再說，我這就進廟去找白素。」

布平大約看得出我是真的急了，所以嚇得不敢再出聲，只是在我身邊，想講一點有趣的事給我聽。可是他能講得出什麼有趣的事來，講來講去，就是爬山。

我不去理會他，自顧自又把各個疑點，歸納了一下，覺得在這座廟中發生的事，簡直千頭萬緒，最不可解的是，遠在十幾萬里之外的一個美國少年，也和這座廟有著不可解的關係。究竟是一種什麼力量，把這些事扯在一起的呢？全然無從解釋。

在思索之中，時間總算過得快了些，好不容易到了中午，又眼看著日頭漸漸偏西，桑伯奇廟中仍是一片死寂。等到漫天的晚霞，化為深紫，我實在忍不住了，跳了起來：「等了一天一夜，應該夠了吧，天知道那些喇嘛在搗什麼鬼。」

布平嘆了一聲：「說真的，我已經感到奇怪，你怎麼會有那麼好的忍耐力，但你剛才既然提到了一天一夜，我們就等足二十四小時，好不好？」

這時太陽才下山，我算了一下，等足二十四小時，大約還有四小時的樣子。我心中十分不願，可是布平用哀求的神情望著我，我只好一揮拳：「到時候，你可不能再以任何藉口來阻止我。」

布平嘆了一聲，轉過身去，並沒有直接回答我。

時間慢慢過去，天色迅速黑了下來，廟中仍然一點聲音也沒有，我竭力耐著性子，等著，直到我實在忍不住了，發出了一下大叫聲，一躍而起。

布平也知道，這一次，再也阻不住我了，他只是雙手抱著頭，一動不動，我大踏步向著廟門，走了過去。

誰知道才走出了一步，就聽得「蓬」地一下鼓聲，自廟中傳了出來。

我對那一下鼓聲，並不陌生，那和昨天晚上，恩吉敲擊的那下鼓聲，一模一樣，靜寂中聽來，極其驚人。

一聽到了鼓聲，我自然而然，停了下來，布平也跳了起來。

我們兩人互望了一眼，立時向著廟門，直奔了過去。我們來到廟門前，聽到廟內有腳步聲不斷地傳出，同時，有火光，看來像是點著了的火把發出來的光芒。

一奔到了門口，我就伸手去打門，才打了兩下，門就打了開來。我和布平，都呆了一呆，許多喇嘛，手中都執著火把，而站在最前面的一個，赫然是恩吉。

在恩吉的身後，是另外幾個年老喇嘛，昨天我肯定未曾見過，這時，我也沒有去留意他們。

我不去留意其他人的原因，是因為恩吉的神情太古怪了。在火把的光芒閃耀之下，他臉色慘白，額上在隱隱滲著汗，面肉抽搐，神情就像是一個精神不平衡的兇手，才肢解了六個被他殺害的人。

了。

我絕不能想像一個有修為的密宗喇嘛會出現這樣的神情，所以我也呆住

布平更是嚇得不知怎麼才好，在我的身後，不斷拉著我的衣服。我回頭和他互望了一眼，再轉回頭來，還未曾出聲，恩吉已經發出了一下呻吟聲，揚手向我指來。

我忙道：「發生了什麼事，上師？發生了什麼事？」

恩吉在那一霎間，神情看來鎮定了不少，他先喘了幾口氣：「還是一樣，一樣。」

我聽了之後，不禁莫名其妙，我問他發生了什麼事，他卻回答我「還是一樣」。什麼叫「還是一樣」？

我忙又道：「我不懂——」在這時候，我陡然省起，白素怎麼不在？突然之間，我感到又驚又怒，連聲音也變得尖利起來，疾聲問：「白素呢？我的妻子呢？」

恩吉的喉間，發出一陣「格格」的聲響，卻說不出話來，我一步跨向前，一伸手，就抓住了他的衣襟。這時，我的神情、臉色，一定難看極了，所以我一抓住了恩吉，其餘所有的喇嘛，不約而同一起發出了一下驚呼聲。

恩吉的身子縮了一縮，做了一個手勢，他身後的喇嘛全都靜了下來，而且，除了幾個老的之外，都轉過身，默默地向廟中走去，轉眼之間，廟門口除了恩吉，就只剩下三個老喇嘛。

我精神仍然極度緊張，事實上，自從我一個人離開了廟，留白素在廟中，我一直十分緊張，這時，是積累下來的緊張的總爆發。

我抓著恩吉胸前的衣服，拉著他的身子，我把他晃動得如此之甚，以致於他一開口講話，也變得斷斷續續：「請你放……手……我們正要和你討論這件事。」

布平在一旁哀求著：「看老天分上，衛斯理，你放手好不好？」

我吸了一口氣，鬆開了手，我的手指有點僵硬，恩吉也吁了一口氣：「請到廟中去，到貢雲大師的禪房中去。」

他大約是怕我不肯進去，所以一下子就提出了到貢雲大師的禪房。

本來，那是我極有興趣的事，但如今我卻更想知道白素的處境，我又問：「白素她究竟怎麼了？」

恩吉嘆了一聲：「希望到了貢雲大師的禪房，你會明白。」

我聽得他這樣回答，不禁陡然怔了一怔，一時之間，還真弄不明白他那樣說是什麼意思，如果他說「你到了禪房之後就會明白」，那可以理解，可是他卻不是那樣說。

我勉力使自己靜下來，布平在一旁低聲道：「恩吉大師的意思，只怕是……究竟發生了什麼事，他也不知道，要等你去看了才知道。」

我點了點頭，布平這樣解釋恩吉的話，相當合理，一定是白素在貢雲大師的禪房，不知發生什麼意外，十分怪異，恩吉不明白，所以希望我去看，能夠明白。

一想到這裏，我不禁心頭怦怦亂跳，忙道：「那我們還在門口幹什麼？」

恩吉轉頭，向那三個老喇嘛望了一眼，三個老人一起點頭，恩吉又嘆了一聲：「布平，你也來吧。」

他說著，推開門，向內走去，我和布平嫌那三個老喇嘛的行動太慢，急步搶向前，跟在恩吉的後面。發現廟中別的人，都在房舍之中躲了起來，經過之處，一個人也不見。

從廟門口到貢雲大師的禪房，並不是很遠，這時由於急，在感覺上，像是再也走不到。好不容易到了禪房前的空地，我已經迫不及待，大聲叫著白素的名字，恩吉只是回頭向我望了一下，神情苦澀，但是並沒有阻止我叫喚。

他的那種行動，益發使我感到事情的詭秘，我奔向前，一下子就推開了禪房的門。

禪房之中，有一支燭燃著，燭光半明不暗，由於我開門的動作大了些，光燄搖動，一推開門，我就怔了一怔。

在這裏，我當時的心理狀況。要分開來敘述，雖然在當時，我思緒中的念頭，幾乎是一起湧出來的。

首先，我看到禪房並不大，也沒有什麼隱蔽之處，所以，一眼就可以看到，房間是空的，一個人也沒有。

那使我在一怔之下，立時脫口說道：「什麼意思？人在哪裏？」

同時，我也看到了在禪房中間，有一塊相當大的石頭，那塊石頭，自然就是廟中發生的一切怪事的根源，我心中立時想，我終於看到這塊石頭了，這塊石頭，有什麼特別呢？

石頭看來一點沒有特別，就是那樣的一塊石頭。

我向禪房內連衝進了兩步，轉過身，恩吉、布平和那三個老喇嘛，也走了進來。我疾聲問：「人呢？這裏一個人也沒有！」

恩吉現出十分為難的神情來，我不禁無名火起，用力在禪床上踢了一腳：「你再不痛痛快快把一切說出來，我放一把火，把整座廟燒了。」

沒想到這一次，布平居然幫著我：「大師，快說吧，他這個人說得出做得到！」

恩吉忙道：「說，說，把你們請到這裏來，就是要說。」他講到這裏，頓了一頓，喘著氣。

在那霎間，他臉上的神情，起著急速的變化，先是著急，但隨即變得極度的迷惑，聲音之中，也充滿了迷惘和不解：「他們，全在這裏消失。」

恩吉喇嘛在廟門口一出現，神情之駭人，我就知道白素一定遭到意外了，直到這時，才從他的口中，聽到了「消失」這兩個字。

我又是一怔，消失？白素消失了？就在這間禪房中？恩吉又說「他們」，除了白素之外，還有什麼人？我這時，自然也明白了他在廟門口講的那句「他們全一樣」話的意思了。

剎那之間，思緒紊亂之極，簡直抓不到任何中心。我只是悶哼了一聲：「消失？什麼意思？她不見了？還有什麼人不見了？」

恩吉的神情更迷惘，看起來，絕對不是假裝，而是他內心深處，真正感到了迷惑。

在我連連追問之下，他只是失神落魄地望著我，不知如何回答才好，真叫人難以相信他是一個擅長於傳心術的、經過數十年靜修的高僧。看到了這種情形，我知道單是發急也沒有用，只好道：「你總不能不說話，最多慢慢說。」

恩吉吁了一口氣：「是的，真是要慢慢說，要從頭說起才行。」

「從頭說起」，那要說多久？我是一個性子極急的人，尤其現在，白素「消失」了，我卻還要聽他從頭說起，這實在是難以忍受的事，我道：「長話短說，越簡單越好。」

恩吉嘆了一聲，像是不知道如何把事情說得簡單，他想了一想，才道：「貢雲大師，那年輕人，那位搖鈴的大師，還有那位女士，全都在這間禪房消失的。」

我悶哼一聲：「現在你承認李一心到過廟中了。」

恩吉卻並沒有因為曾說過謊而顯得有什麼不好意思，他道：「由於事情實在太奇幻了，所以我才決定不向任何外人提及。」

我不去追問他撒謊的理由：「他們是怎麼不見的？」

恩吉緩緩搖著頭：「我不知道，沒有人知道。」

我真的發起急來，以手拍額：「老天，你不能說一句不知道就算數，好幾個人，加起來有幾百斤，不可能會不見的，過程究竟怎樣？」

恩吉沒有回答，一個老喇嘛啞著聲音道：「恩吉要講給你聽，你又太性急，不肯聽。」

我心中暗自罵了十七八句十分難聽的粗話，又狠狠瞪了布平一眼，自然是在怪他，因為若不是他，我怎麼會倒霉到和這些鬼頭鬼腦的喇嘛在一起。

我一揮手：「對不起，現在聽經過是多餘的，人不見了，你們找過沒有？廟相當大，是不是每一個角落都找遍了。」

恩吉在這時，卻冒冒失失說了一句：「不必找，他們還在，可就是消失了。」

在這樣的情形之下，忽然又聽到了這樣的一句鬼話，別說是我，就算是釋迦牟尼、宗喀巴他們在，只怕也會發火了吧？要不然菩薩的「獅子吼」是怎麼來的？所以我立時吼道：「他媽的你在放什麼屁？」

恩吉喇嘛其實聽不懂我這句話，因為這句話並不是用尼泊爾語說的，我不知道用尼泊爾語該怎麼說。不過我是在罵他，這一點，他倒可以知道。

他揮著手，雙手在揮動之間，在禪房之中亂指著，急急地道：「他們在，我感到他們在。」

布平在這時，拉了拉我的衣角，低聲道：「衛斯理，傳心術。」

我立時問：「你通過傳心術，知道他們在，可是他們卻消失了？」

恩吉不住點著頭，顯然我是問對了。

我不禁再向禪房看了幾下，禪房之中，如果除了我們，還有幾個人在，絕沒有理由看不到。看起來，那幾個消失了的人，也不像變成了隱身人，我真是一片迷亂，不知如何再逼問才好。

布平在這時道：「事情怪異，聽他從頭說起的好。」

我長嘆一聲，只好說：「好，請你從頭說起吧。」

恩吉如釋重負，三個老喇嘛也異口同聲道：「對，一定要從頭說起。」

我趁機問了一句：「三位上師，也感到他們在？」

三位老喇嘛一起點頭。我相信這三個老喇嘛在修為上，要比恩吉還高，恩吉都通傳心術，他們自然也會。我沒有再說什麼，盯著恩吉。

恩吉道：「其實不必真正從頭說起，布平一定已告訴過你許多事了。」

我道：「他離開後的事，他不知道。」

恩吉「嗯」地一聲：「他離開之後，大師們繼續靜思，這塊大石……大師之中，有好幾個，都清楚地感到，它有信息發出，每一個人感到的信息，都是同樣的，那像是一種邀請，可是又沒有人想得通，如何去接受這項邀請。又過了很多天，許多大師都放棄了，只有貢雲大師和那位搖鈴大師，還在繼續著，我在這時，在貢雲大師的鼓勵下，也參加了靜思，在第三天頭上，我也感到了來自奇異的靈界的信息。」

他講到這裏，我忍不住打斷了一下他的話頭：「請問：一、感到信息，是怎樣的一種感覺？二、你又怎知信息是來自奇異的靈界？」

我的問題，問得相當直接，恩吉做了一個手勢：「感到，就是感到了，任何人都會感到一些什麼的，就是忽然有了感覺。」

我咕噥了一聲，他說了等於沒說。

他又道：「至於我想到，那是來自靈界的信息，是由於我感到了一種邀請，要我到一個從來也沒有去過的地方去，這個地方全然不可捉摸，但是卻又使我有強烈的感覺，感到這個地方，就是我們教義經典之中，經常出現的靈界。」

我沉聲道：「可以解釋為天靈之界？是人的靈魂才能去到的地方？」

恩吉很認真地回答：「一個有了修為的靈魂才能去到的地方，甚至超乎天界。」

我示意他再說下去，他道：「我得到了信息，興奮莫名，可是接下來的問題是，如何能夠使自己到達靈界呢？我苦苦思索著，不得要領，那少年出現了，他的名字是李一心？」

我和布平一起點頭。

恩吉道：「他突然出現，當然是偷進來的——」

以下，就是恩吉和李一心見面，和發生一些不可思議的事情的經過。

恩吉喇嘛在貢雲大師的禪房靠近門口處，面對著那塊大石在靜思，禪房的門打開著，外面的院子中，空無一人，廟中的喇嘛，都已放棄了靜思，請來的各教派的大師，也全都離去了，只有一個不屬於任何教派的喇嘛，還留在禪房中，他和貢雲大師兩人，都像是泥塑木雕，連呼吸也控制得極其緩慢。

恩吉也全神貫注在思索著，在靜思的過程之中，他不但運用自己的智慧，也從自小看熟了的各種各樣的典籍之中，去尋找答案，他如此入神，以致天什麼時候黑下來，天黑了多久，他全然不去注意。突然令得他震動，是忽然之間，有什麼沉重的東西，加到他的肩頭上。

恩吉吃了一驚，立時抬起頭來，看到自己的身邊，多了一個人，那是一個十分瘦削的青年，顯然是一個外來者。

那青年正把他的一隻手，按在趺坐著的恩吉的肩上，令恩吉感到沉重的，就是他的手，看來，那青年像是站立不穩，必須靠手按在恩吉的肩頭上，才能站得住。

恩吉看出了青年是外來的人，便有點憤怒地，把青年的手推開，正待站起身來，把那青年推出禪房去，忽然看到那青年的神態，十分怪異。

那青年雙眼發直，凝視著禪房中間的那塊大石，口唇掀動著，發出一種十分低微、喃喃自語的聲音。

恩吉聽不懂他在說些什麼，青年的神情雖然怪，但也不足以令恩吉改變他的動作。

恩吉仍然站了起來，拉著那青年向外去，青年像是根本未有所覺，一點也沒有反抗。而在那霎間，令得恩吉改變了主意的是，他看到貢雲大師，突然揚起了臉來。

貢雲大師面對著禪房的門，自門外映進來的光芒，映在他滿是皺紋的臉上，恩吉可清楚地看到，在他的臉上，展開了一個看來給人以極其安詳感的微笑。

恩吉一看到這樣的微笑，就怔了一怔，立時全身專心一致，面對著貢雲大師，不再去理會身邊那突然出現的青年人。因為這時他看出了大師的神情，是正有什麼話要告訴人，而且，大師正在使用傳心術，要把他心中所想的，傳給他人。

恩吉自然不敢怠慢，連忙集中精神，準備接受貢雲大師的教誨。

可是，他卻一點感覺也沒有。

傳心術在修為年深的喇嘛之中，並不特別深奧，恩吉和一些資歷深的喇嘛，常有心靈傳通這種事。可是這時，他卻一點感覺也沒有，他心中正感到奇特，忽然看到，在他身邊的那個青年，也正盯著貢雲大師。

此時，在那青年的臉上，現出和大師一模一樣的那種安詳的微笑。

恩吉一看到這種情形，心中十分不是味道，因為他看出，貢雲大師不是想通過傳心術和他心靈互通，而是對那個青年。

那青年是怎麼可以接受貢雲大師心靈上的信息？恩吉感到十分疑惑。可是這時，看他們兩人的神情，兩人正處於心領神會的境地。

恩吉只好在一旁看著，過了一會兒，那青年才笑著：「我終於找到了。」

貢雲大師居然也開了口：「不遲，不遲。」

第八部：頓悟的境界

這是充滿了禪機的對答，恩吉想。事實上，在這樣的情形下，就算是十分普通的對答，也會被認為充滿了禪機。

那青年一面說著，一面向前走去，就像是恩吉根本不存在。這時，那個搖鈴的喇嘛，睜開眼來，以疑惑的神情望著那青年，問：「你是誰？」

那青年沒有回答，逕自來到了貢雲大師的身邊，用和貢雲大師同樣的姿勢坐下，而且，他和貢雲大師同時伸出手來，兩個人的手，搭在一起。

這種情形，看在恩吉的眼中，真是訝異到了極點。這種手勢，恩吉並不陌生，這是一種更高深的傳心術：

採用了同樣的坐姿，而手又搭在一起，可以令得兩個人的思想一致——對一個問題，共同作出思考，而智慧效能，遠較一個人為強。

這種傳心術，也被稱作連心術，是喇嘛在長年累月的積修靜思之中，在心靈互通這方面的研究成果。但不是經過幾十年的靜思苦修，絕不能做到這一點。恩吉自己就不會。

貢雲大師行這種連心術，恩吉也是第一次看到，使他訝異莫名的是，何以那個青年也會懂這個方法？

恩吉訝異，那搖鈴的大師，神情更是訝異，他緩緩站了起來，喃喃地道：「希望你們合兩人的智慧，會有結果，我要告退了。」

他說著，身子並不轉過來，退著走出去，眼望著那青年和貢雲大師，一副極其敬佩的神色。當他經過恩吉的身邊之時，向恩吉望了一眼，神情顯而易見在說：「你也不必枉費心思了。」

恩吉苦笑了一下，他看到貢雲大師和那青年的笑容，越來越是歡暢，看來像是他們在極其困難的思索問題上，已經有了結果。

恩吉感到自己留著也沒有意思，就跟著那搖鈴的大師，一起退了出來，在出來的時候，他把禪房的門，輕輕地掩上。

兩個人在禪房的門外站著，一動也不動。

他們都在等著，等貢雲大師和那青年兩人連心合力的思索，有了結果，他們可以首先知道。

那個大師，緊緊捏著他手中的小鈴，不使它發出聲音來，他們等著，天色漸漸亮了，第一線曙光，在黑暗的天際閃耀，他們都聽到了禪房內，傳出了一下長長的吁氣聲。

那像是在長久的屏住氣息之後所發出來的，恩吉張開口想叫，但沒有出聲，他等候自禪房中傳出來的鈴聲，他想，貢雲大師的思考有了結果，一定又會傳召全寺的人來聽他講解。

那搖鈴的大師，也存著同樣的想法，兩人的心情都十分興奮，他們以為長久以來，憑他們的智慧所無法解答的難題，可以由貢雲大師來告訴他們。

可是，等了又等，禪房之中，卻一點聲音也沒有傳出來。

在等待之中，他們不自覺地漸漸接近禪房的門，到後來，他們貼門而立。禪房中靜得一點聲息也沒有。兩人互望著。恩吉自小在廟中長大，對貢雲大師有異樣的崇敬，所以儘管心中焦急萬分，可也不敢推開門去看個究竟。

可是那搖鈴的大師，卻和恩吉不同，他是外來的，當他等了又等，貼門站著，門又是虛掩著的時候，他實在忍不住了，趁恩吉不留意，他用肩頭，把門頂開了一些，向內看去。

一看之下，他整個人都怔住了，本來，他緊捏著那個小銅鈴，不令其發出聲響來，但這時陡然一震，手鬆了一下，那小銅鈴發出了十分清脆響亮的兩下「叮叮」聲，恩吉大吃一驚：「你……幹什麼？」

那位大師伸手指著禪房內，由於他震驚過甚，身子不住在發抖，是以那隻小鈴，一直在發出「叮叮叮」的聲響。恩吉看出他神情有異，一伸手，先捏住了那隻小鈴，不使它發出聲響，然後，也從被推開了少許的門中，向內看去。

一看之下，他也不禁怔住了。

禪房之中，燭光搖曳，可是卻空無一人。

貢雲大師據說生下來就是一個盲人，在他的禪房之中，本來絕沒有燈火，近來，由於那塊神秘大石的出現，邀請了很多人來，所以添了燭火。這時，天色也已曚曨亮了，再加上燭光，可以看得清清楚楚，禪房中空無一人，貢雲大師和那青年都不見了。這實在令得他們兩人目瞪口呆，他們離開的時候，禪房中有兩個人在，他們一步也沒有離開過，而且，就在不久之前，他們還聽得自禪房中傳出了一下長長的吁氣聲。

而如今，禪房中卻空無一人！

他們在門口怔呆了相當久，才一起走進禪房去，恩吉低聲呼喚著，當然沒有回音。兩個人呆呆地站著，不知發生了什麼事，一直到天色大明，陽光射進來。

陽光照在那塊大石上，兩人才稍稍回復了一下活動的能力，不過一開口，聲音仍是十分乾澀，恩吉先道：「這裏……有不可思議的事發生了。」

那位大師點頭：「是，是……靈異……是佛祖施展無比的法力造成的。」

恩吉苦笑，望向對方：「在我們還未能明白那究竟是什麼事之前，請你別對任何外人提起。」

那位大師吸了一口氣：「請允許我在這間禪房之中，再靜思三日，我想知道他們去了何處。」

恩吉也很想知道貢雲大師和那青年究竟去了何處，所以立時點頭答應。

那位大師走過去，就在剛才貢雲大師坐過的位置上，坐了下來，一面緩緩搖著他手上的小鈴，一面開始靜思。

從那一刻開始，一下一下清脆的鈴聲，不住自禪房中傳了出來。

到了第三天，有一個登山隊經過，拍廟門，問起曾到廟中的一個青年，恩吉親自去應門，告訴詢問者，從來沒有什麼青年人到廟中來過。

（拍門詢問的就是馬克，他感到李一心失蹤了，所以打電話告訴了李天範。）

到了第三天早上，禪房中突然沒有鈴聲傳出，恩吉有點緊張，那搖鈴的大師，打開門走了出來，神情十分懊喪：「我想不出他們上哪裏去了，我還會繼續想，我一定要繼續想，現在我要告辭了。」

恩吉並沒有阻攔，他自然知道，不但是那位大師，就是他自己，今後一生之中，都將思索這個問題，若是想不通，那這一生就白活了。

搖鈴大師走了，恩吉就把事情和廟中三個資格最老的喇嘛商量，他們四個人，又在貢雲大師的禪房中，靜坐了幾天。

然後，那天，在天色快亮的時候，他們突然聽到了一下又一下的鈴聲，自遠而近，傳了過來。

一聽到鈴聲，恩吉就知道那位搖鈴的大師回來了，他打開廟門，就看到大師飛快地走過來，一見了恩吉，只是微笑著向恩吉點了點頭，滿臉都閃耀著喜悅的光輝，直向廟中走去。

修為高的僧人，相互之間，有時不必通過言語來交談，只在對方的神色動作上，就可以知道對方心意，當年佛祖在靈山會上說法，拈花微笑，座下弟子摩訶迦葉便已知佛祖之意，由此悟道。

這時，恩吉完全可以知道這位大師的滿心喜悅，那當然是他已經想通了難題了。

他忙跟在那位大師的後面，向前走去，那大師直趨貢雲大師的禪房，將鈴搖得更響，把在禪房內靜思的三個老喇嘛也驚動了，走了出來。那位大師也不客氣，逕自走了進去，把門關上。

恩吉等四人站在禪房門外，聽得鈴聲不斷自禪房中傳出來，大約有一炷香時分，忽然又聽得「哈哈」一下，充滿了歡暢的笑聲，隨即音響寂然，什麼聲音都沒有了。

四人呆了一陣，恩吉推開門，向內看去，雖然他隱約間已經知道會發生什麼事，可是當他一推開門，看到空無一人，他還是呆住了。

過了好一會兒，他才轉過身來，在他身後的三位喇嘛，也目瞪口呆。

又過了好一會兒，恩吉才道：「他也走了。」

一個老喇嘛沉聲道：「到哪裏去了？」

這正是他們連日來思索而沒有結果的問題，這時自然也不會有答案。

另一個老喇嘛喃喃地道：「他們……直接到……靈界去了？肉身赴靈……不可思議。」

他說的時候，神情還十分茫然，而在說完之後，卻現出欣羨莫名的神情。作為一個僧人，還有什麼比肉身赴靈，更值得嚮往的事？

貢雲大師和那青年之後，又有那搖鈴大師的消失，整個桑伯奇廟中的僧人全都知道了，和那個老喇嘛一樣，這是他們心目之中最嚮往的事，而且，其中有一個消失了的，根本是一個外來的俗家人，這更給了所有人極大的鼓勵，人人都想達到這樣的目標。

必須要了解一下的是，事情發生在桑伯奇喇嘛廟中，自然所有的人，都只從宗教的角度上來理解這件事，而不會自其他角度去理解的。所以，合寺上下，人人開始靜思，他們靜思得如此出神，全然已經到了「入定」的程度。

這就是我和白素偷進廟來看到的情形，所有喇嘛，對外界發生的一切，不聞不問，只是集中精神，想進入不可測的、不論他們修為多深、智慧多高，也無法了解的靈界。

我和白素闖進來，對他們來說，並沒有造成什麼滋擾，恩吉作為寺廟的實際住持，他沒有入定，所以他發現了我們，把我們帶到了他的禪房中。

他仍然決定不向外界公布這件事，所以一口否認。他不知道在前一晚上，我們曾在山腳下遇到過那位大師。

我忽然叫出了「貢雲大師是不是到靈界去了」，我只是在生氣中隨口叫出來的。

但是我的話，卻在他心中，造成了極大的震動。

剎那之間，他以為我已經知道一切，所以他擊鼓弄醒了在靜思的僧眾。但是他隨即知道，我並不是真的知道，可是他卻有了新的念頭，用他的話來說，就是：

「我看出你們和整件事十分有緣，既然一個外來的青年，能和貢雲大師一起消失，證明外來的有緣人，有可能前赴靈界，所以我想你們之中，有人會留下來，進一步探討這件事。」

恩吉喇嘛在一開始的時候，是用一般的人與人之間溝通的辦法，用語言告訴我們，要我們之中，有一個人留下來。

可是我那時，卻全然不知道他的心意，也不知道發生了什麼事，只是看出他有事隱瞞著我們，所以對他充滿了敵意，根本不考慮他的說話。

恩吉這才繼續採取了不尋常的辦法，他覺得，普通人若是沒有靈性，自然是難窺靈界的秘奧，所以他施用了傳心術。如果我們不能和他有心靈上的感應，他就不再和我們再談論下去。

他施展傳心術，我根本不知道他在做什麼，反而是白素，立即有了感應，和他對坐了下來，恩吉告訴白素，在廟中有極神秘的事發生，如果要進行進一步的探索，請留下來。

她知道恩吉在告訴她什麼，所以自動留下來。恩吉也知道，白素有資格去做進一步探索。

在我和布平離開了寺廟，又發生了什麼事呢？恩吉「從頭講起」，到這時，才算講到了我最關切的正題。

雖然，我知道白素終於也「消失」了，但是我還想知道其間的過程，所以神情焦切。

以下，又是恩吉的敘述。

我們離開，恩吉就把貢雲大師、李一心和搖鈴大師的事，原原本本告訴了白素。

白素靜靜地聽著，等恩吉講完之後，她才道：「大師的意思是，我也有可能在貢雲大師的禪房中消失？」

恩吉神情嚴肅地點著頭。

白素又道：「大師，對於一切發生的事，我實在不夠智慧去了解，但是，我們剛才既然曾有過心靈上的感應，我們不妨做一個約定。」

恩吉當時，還不知道她這樣說是什麼意思，只是神情訝異地看著她。

白素道：「大師剛才使用的是傳心術？老實說，我還是第一次接觸，但是我有強烈的感應，大師也感到我的心意？」

恩吉道：「是，你可以把你的心意傳達出來，這一點很令人佩服，許多修為多年的僧人，也未能做到這一點。」

白素又道：「據我所知，傳心術不受距離、時間限制。」

恩吉想了一想：「可以這樣說，貢雲大師首先感到靈界的信息，我和許多人也感到，那其實也是一種傳心術的表現。」

白素笑了一下：「好，那我們之間的約定是：如果我消失了，不論我到什麼地方去了，請你準備，我會傳信息給你，你一定要盡你一切能力，感到我在傳心意給你。」

恩吉連連點頭，這時，他的神情目光，對白素都充滿了敬意，那種敬意，由內心深處所表達出來。

白素吸了一口氣：「好，請你帶我到那塊大石面前去。」

白素由恩吉和三個資歷最老的喇嘛開路，全寺喇嘛，都在後面列隊恭送，陣仗之大，得未曾見。

白素進了貢雲大師的禪房，關上門，一個人在內，恩吉和三個老喇嘛在門外趺坐，其餘人等，都在院子中等著。

那時候，我焦急不安，和布平一起在廟門外。廟中一點聲音也沒有，因為人人都在那院子靜坐。

從夜晚到天亮，從天亮到中午，從中午到日落，白素未曾發出任何聲響，恩吉好幾次想推開禪房的門去看一看，但是都忍住了，因為他沒有感到白素有任何信息傳出來。

然後，天色開始黑下來，恩吉和三個老喇嘛，同時震動了一下，他們相互之間互望了一眼，便知道各自都感到了有信息，恩吉立時推開禪房的門，房中空無一人，白素不見了！

他走進房中，信息感覺更加強烈，他不但感到白素在傳信息給他，也感到貢雲大師在傳信息給他。他所感到的信息是：「我們到了目的地，很好，我們全到了目的地。」

恩吉的心情雖然激動，但是他還是勉力集中精神，想把自己的信息傳過去，詢問他們究竟在什麼地方，可是他的信息，顯然未能傳達，因為仍然接到了相同的信息，再接下來，什麼感覺都沒有了。

在這時候，恩吉回到了現實中，他想到，那青年不見了，白素也不見了，這種事，普通人萬萬難以接受，尤其我十分難以對付，可能由此生出軒然大波來。

他著急非凡，但是又無法可施，不能不面對現實，他只好擊鼓召集全寺上下，打開廟門，準備向我說明白。由於在那麼短暫的時間中，他心力交瘁，所以當他開門出來的時候，神情是那麼難看。

恩吉從頭講起的敘述，終於講完了。我思緒亂成一片，我自認不是普通人，但是對於整件事，還是無法全盤接受。

我可以理解「傳心術」，知道在意志集中的精神狀態下，人和人之間，可以心靈互通。也可以接受貢雲大師和李一心兩人之間的「連心術」，把兩個人的精神力量，合而為一。

（至於李一心何以會有這種本領，暫且不論。）

我也可以接受搖鈴大師忽然悟到了貢雲大師和李一心去了何處，我甚至可以接受，連白素在內，四個人的靈魂都到達了被稱為靈界的另一個空間。

但是我卻無法接受四個人，連身體都「消失」了這樣怪異莫名的事。

恩吉靜下來，我只聽到布平和我所發出的呼吸聲，禪房中極靜，我無助地四面著，有四個人在這間房間中消失了，他們到何處去了？

我望向恩吉，說話如同呻吟：「他們……你感到的信息，沒告訴你在什麼地方？」

恩吉喃喃地道：「靈界，他們一定已到達了靈界。」

我苦笑著：「不單是靈魂，連身體也到靈界去了？」

那個老喇嘛又喃喃地道：「肉身赴靈的奇蹟，重現於今日，太奇異了，當真是佛法不可思議。」

我竭力令自己鎮定，也直到這時，我陡然想起，由於事情在廟中發生的緣故，所以一切解釋，都從宗教的角度出發。

從貢雲大師感到「有使者自靈界來」開始，就一直是這樣。

而事實上，又恰好有不少事實，和宗教的角度吻合，尤其和密宗高僧的修為方式相吻合，所以才會使人感到非如此解釋不可。

但事實上是不是這樣呢？

譬如說，傳心術，就絕不是密宗高僧之間的專利，儘管他們運用得比普通人更多、更純熟，但普通人一樣有這個能力。

再譬如說，「感到了來自靈界的信息」，如果避開了宗教的角度，那就是說，腦際突然收到了某種信息，就少了「靈界」這一重神秘色彩。某種信息，影響人腦活動，使人感到什麼，那也不是太神秘了。

雖然疑團重重，但是我至少可以肯定一點：那塊神秘出現的大石，是所有一切謎團的主要關鍵。

我皺著眉在思索，恩吉不知道我想幹什麼，憂心忡忡，過了好一會兒，我才有了決定，向恩吉道：「事情已經發生了，我不理會你們有什麼解釋，我要照我自己的方法來探查究竟。」

恩吉十分疑惑地望定了我，我道：「我請求你們離開這間禪房，留我和布平在這裏，你們不必理會有什麼事發生，大不了我們也消失就是，好不好？」

恩吉猶豫了半晌，又向那三個老喇嘛望了一眼，可能他們互相之間，又在用傳心術討論我的要求。過了好一會兒，恩吉才緩緩點頭：「好。」

他倒十分爽氣，一答應之後，立即和那三個老喇嘛，一起退了出去。

布平惶恐地望著我，我伸手在他肩上拍了拍，把剛才想到的告訴他，他問：「那麼，你想幹什麼？」

我指著那塊大石：「從研究這塊大石開始。」

布平像是有意逃避：「這……不過是一塊普通的大石，沒什麼好研究的。」

我道：「這不是一塊普通的大石，它突然出現，而且還會移動，會發出信息，會令人消失。」

布平結結巴巴：「你認為……四個人消失，是這塊大石在作怪？」

我十分肯定地點頭。

布平苦笑：「一塊大石……怎麼會有那麼大的能力？」

我盯著他：「你還記得你問的那個問題嗎？一隻瓶子當有人看著的時候是一隻瓶子，當沒有人看著它的時候，是什麼？」

布平怔了一怔，喃喃地道：「這塊大石，會……會是什麼呢？」

我重重一腳，踢在那塊大石上，不管它是靈界的使者還是什麼：「現在還不知道，就是要弄明白，它究竟是什麼。」

布平苦笑：「你這樣子，就能弄明白了？」

我不理會他，雙手按在石上，用力向前推了一下，這麼重的一塊大石，我自然無法推得動，我悶哼著：「把你弄下山去，交給專門的化驗所，把你一塊一塊切下來，慢慢研究，總可以研究出來的。」

可能是由於我在這樣說的時候，神情看起來十分可怖，所以布平也變得極吃驚。

布平失聲道：「你幹什麼？聽你講的話，像是在威脅一個有聽覺的生命。」

我怔了一怔，不錯，當我那樣說的時候，我真是把那塊大石當作有生命，不然，出言威脅一塊大石，又有什麼作用？

我的思緒仍然相當紊亂，揮著手：「我們要撇開一切神秘的宗教色彩，先來肯定一些事，一些已經發生了的事情。」

布平像是呻吟似地：「不必再重複了吧？我們全知道發生了什麼事。」

我同意：「從已發生的事來看，這塊大石頭——算它是一塊石頭吧，有一種神秘的力量，可以使人消失。」

布平不同意，他遲疑了一下：「不……不是消失……是使人到一個不知什麼地方去。」

我不和他去咬文嚼字：「恩吉說，他似乎曾接到過白素和貢雲大師傳來的信息，他們能去的地方，我們也能去，問題是我們不知道通過什麼方法，才能使這塊石頭發揮它的神秘力量。」

布平想了一想：「貢雲大師、那搖鈴的大師、李一心、白素，他們也全不知道。」

布平的話，給了我極大的啟示：「對，他們開始的時候，全不知道，但是後來，他們全懂了，而且，達到了目的，我們看來要學他們的做法——」

布平的聲音轉來像呻吟：「對著這塊大石靜坐？」

我瞪了他一眼：「你還有更好的提議？」

布平苦笑了一下：「如果要這樣的話，那我看，我們閉上眼睛，會好得多。」

我仍然望著他，一時之間，不知他這樣說是什麼意思。

他作了一個手勢：「還是那個問題，如果不看它的時候，不知道它是什麼，不看它，或許更方便它發出神秘的力量，貢雲大師是一個瞎子，就最先感到它發出的信息。」

我吸了一口氣，這種不可思議的事情，沒有合理解釋，布平的話，聽來有點滑稽，但又何嘗不可以是事實？

所以，我表示同意，我們一起閉上眼睛，我採取了一種瑜珈術中的坐式，這種坐式，可以使人長期維持不動，而不會感到不適。

同時，我開始摒除雜念，先全神貫注於一個想法，然後，再求達到什麼都不想的境界。

我先集中精神去想的一件事是：現在，我和布平都閉上了眼睛，沒有人看著那塊大石了，現在，這塊大石，究竟是什麼呢？以什麼樣的形態在我們的面前呢？

我這樣想，由於這是一個十分無聊枯燥的問題，也不會有答案，想著想著，就會沒有興趣想下去，從而可以達到什麼也不想的目的。

可是，我卻大錯而特錯了。

一開始集中精神想這個問題，我就發現，如果照問題的假設想下去，答案簡直無窮無盡，這塊大石，在沒有人看著它的時候，可能是任何東西、任何形狀，而我根本無法知道。

它可能已變成了一個猙獰的怪物，可能變成了一尊菩薩，可能是……

不到三分鐘，我已忍不住好奇心，陡然之間，睜開眼來，看上一看：當然，大石還是大石。

我看到布平坐著，閉著眼，神態十分平靜，顯然他集中意志的能力比我強。我感到有點臉紅，連忙深深地吸了一口氣，再度閉上眼睛。

這一次，我不再去想原先的問題，只是想什麼也不想。可是不到一分鐘，各種稀奇古怪的念頭，整件事情的各種疑問，紛至沓來。

我想了一樁又一樁，全然無法集中精神。我自以為已經過了很久，忍不住又睜開眼來，卻原來只過了半小時。

布平仍然閉著眼，一動不動，我嘆了一聲，心想這一輩子，要我做一個靜修的高僧，大概是十分困難。靜思和我的性格，全然不合，我是不是可以用別的方法呢？

變換了一下姿勢，我突然想到，這塊大石，看起來十分普通，但是它突然出現，而且會傳達信息。理論上來說，它如果會傳達信息，當然，也可以接受信息。我何必什麼都不想？我可以集中我的精神，向它發出我的信息。

如果我的腦部活動，集中力量，發出信息，可以令它接收到，那比坐在那裏不動，等著接收它的信息，要好得多、主動得多了。

我再度閉上眼睛，先緩緩地運著氣，然後，集中精神，不斷地重複同樣的思索：「我不知道你的來歷，也不知道你是什麼，只知道你有著一種神秘的力量，你能不能在我身上，展示你這種神秘的力量？」

任何人都可以有這樣的經驗：當你不斷地重複著同一個念頭，一遍又一遍，很容易令人疲倦。

這時我真的感到相當疲倦，連日來的奔波，各種怪異現象，要苦苦思索，這都使人感到疲乏。所以，沒有多久，我已經處於一種昏然欲睡的狀態。我還是不斷重複著同一念頭，昏然之感，越來越甚，幾乎已進入睡眠狀態，身體疲倦到了根本不想再有任何挪動。

就在這時，我突然感到，我不單是在送出信息，同時也在接收著信息。

這是一種十分奇妙的感覺，在快要入睡之前的一剎那，我感到有人在說著話——這種形容是不貼切的，我只是矇矇矓矓地感到，我接收到了一個信息——很抱歉，這樣形容了，好像等於沒有形容，但事實又的確如此。

我收到的信息，使我感到我發出的信息已被接納，可是又不是什麼語言上的回答，只是在突然之間，使我有了這樣的感覺。

我甚至沒有因此而感到震動——本來，我應該震動，因為就在那一霎間，我明白了恩吉喇嘛說過的，他和許多上師，「感到了信息」是怎麼一回事。

就是那種不可捉摸、無法形容、無法表達，但是又確實感到有信息被自己腦子接收了的那種感覺。

我心頭閃過一絲喜悅，或者也不應該這樣說，當時我的感受，就像是一直處於濃黑之中，但忽然之間，有了一絲不可捉摸的微弱的光芒。

這種光芒，甚至不存在，但是卻讓我感到了。

在那一霎間，我明白了許多高僧，在修為多年之後的「頓悟」，是怎麼一回事。也明白了為什麼那麼多高僧，在頓悟之後，都無法用的語言和文字，把自己悟的過程描述下來。

因為那種感覺，根本超乎文字和語言之上，只有身受者可以知道，而且，即使是身受者，在感覺上也還是一樣虛無縹緲、不可捉摸。

有了這種感覺之後，我猜想，可能連百分之一秒都不到，就已經進入了昏睡狀態，我只記得，自己的思念，還曾努力掙扎了一下，希望把那種感覺，變得略為實在一點。

可是我未能做到這一點，就已經昏睡。也就是說，我的腦部活動，暫時停頓。

在那種狀態之下，我自然不知道經過了多久，而當我又有了知覺之後，我腦部活動一開始，就立時想去捕捉那一霎間、靈光一閃般的感覺，可是卻沒有結果。我不敢睜開眼來，也不敢動，只是不斷地再重複著那意念。

又過了相當久，我陡然之間，又捕捉到了那種感受，使我感到，我不必再重複什麼了。

我怔了一怔，根本沒有辦法去確定發生了什麼事，思緒在一剎那之間，變得十分紊亂，我知道，無法再在短時間內集中精神，也就是說，我又失敗了。

我只好暗嘆了一聲，睜開眼來。

一睜開眼來，我呆住了！驚呆之餘，還以為自己閉眼太久了，猝然睜開，眼睛不能適應突然的變化，所以才產生了錯覺。所以我立時又閉上了眼睛一會兒，再睜開來。

這一次，我可以肯定，我所看到的，不是錯覺，而是真實。同時，我也可以肯定，就在我剛才的靜坐、昏睡過程之中，發生了一些極其奇妙的事。

我看到我自己，根本已不是在禪房之中，甚至，不是在桑伯奇喇嘛廟之中。

我的身子被挪動過！

現在，我是在……在……在……很難確定在什麼地方，在一座山上，那不會錯，因為四周圍全是嶙峋的岩石——我初步弄清楚了處身的環境，身上不由自主冒著冷汗：

我處在十分危險的境地，我坐在一塊石頭上，那塊石頭突出怪石嶙峋的峭壁，面對深不可測的懸崖，向下看去，也不是有什麼雲霧遮隔，可就是氤氳氤氳，模模糊糊的一片灰色，視程不會超過二十公尺。

向上看去，情形也是一樣，向左右看去，只要是有石塊的地方，倒還可以看得清楚，看出去，全是石塊。我存身的石塊相當小，剛才要是不小心挪動一下身子，就有可能直摔下去！

我勉力鎮定心神，先把身子向後移了移，背靠峭壁，然後，才慢慢站起身來。

從睜開眼來開始，我就不斷地在問自己：我到了什麼地方？我到了什麼地方？

一面問著自己，一面我陡然想到，我不在禪房中。是不是我和曾在禪房中消失了的人一樣，也已經消失了呢？

曾經多次設想，消失了的人，到了另一個境界，恩吉喇嘛堅持，那另一個境界就是「靈界」，那麼，我現在，身在靈界？

看來，我是在一座十分險峻的山中，除了石頭之外，什麼也看不到，「靈界」就是這樣子的？

突然之間，發覺了自己的處境，竟是這樣怪異，思緒上的紊亂，自然難免。我至少在一分鐘之後，才使自己鎮定了下來。

這時，我想到：布平呢？他是不是也來了，還是留在禪房之中？

一想到了這一點，我就叫了起來：「布平！布平！」

在這樣的山頭上，大聲叫喊，應該有回聲。

可是非但沒有回聲，連我的聲音，也像是不知道被什麼東西壓住了，傳不出去。至少，我感到不能傳得太遠。我得不到回答，又想到我一直停留在這塊突出的石頭上，不是辦法，一陣較為強勁的風吹過來，也可以把我自大石上吹下來，至少要使自己處身於一個比較安全的地方。所以，背貼著峭壁，打橫移動著，希望能到達一處比較平坦之處。

我移動得十分小心，我打橫伸出腳去，離開了那塊突出的石頭，踏向峭壁上另一塊石頭，陡然聽到了一個聲音在叫：「天，衛斯理，你一點攀山的經驗都沒有，拜託你別動！」

我一聽就聽出，那是布平的聲音。剎那之間，心中高興之極，再也沒有比在一個完全陌生的、根本不知道是什麼的環境中，陡然聽到了熟悉的聲音更令人高興的事了。

我連忙循聲看去，一看之下，我不禁「嗖」地吸了一口涼氣。

我看到了布平，布平的處境，比我更糟糕。

他在我的右上方，離我相當近，我還算是雙腳踏在石塊上，可是他，卻雙腳懸空。只靠著雙手，抓住了在峭壁上突出不超過十公分的石角，在支持著整個身子。

他處境如此惡劣，而他還要警告我別動。我看到了這種情形，甚至於不敢大聲叫他。唯恐聲音大了，會把他震跌下去，我只是呻吟般地道：「布平，你，你——」

他像是完全沒聽到我在說什麼，只是道：「衛斯理，你別動，等我來。」

我苦笑：等你來？你半身吊在空中，等你來？

一面想著，一面我迅速在想，如何才可以使布平脫離目前的困境。

可是在接下來的幾分鐘之內，我卻真的一動不動，目瞪口呆地看著布平，同時承認了，他的而且確，是最優秀的攀山家。

他開始移動，雙手只憑著手指的力量，慢慢移動著，整個人就像是貼在峭壁上的一隻壁虎。

沒有多久，他就來到了我的正上方，低頭向下看，神情十分緊張。

他道：「你聽著，每一步都照我去做，抓緊我抓過的石角，把腳踏在我踏過的地方，絕對不要自作聰明，跟著我向上攀去。」

他講到這裏，頓了一頓，忽然罵了一句：「他媽的，這是什麼山？我怎麼從來也沒有到過？」

我苦笑了一下，在如今這樣的情形下，和他討論這座山，是不是就是靈界，當然不合時宜，所以我只是照他的吩咐，向上攀去。

那高聳的峭壁，像是沒有盡頭，我一直抬頭向上，注意著布平的每一個行動，完全照著去做，好久，我看到布平的身子，陡然不見了。那顯然表示他已經攀上了一個石坪，我忙也抓住了石角，騰身而上。身子翻上了一個相當大而平整的石坪。

就在這時，我又聽到了一陣掌聲，說出來，或許沒有人會相信，即使我只是聽到了掌聲，可是我也能辨出，那是誰發出來的，那是白素在鼓掌。

我連忙站直了身子，果然是白素在鼓掌，白素站在石坪上，樣子看來相當悠閒，布平也站直了身子，神情卻十分迷惑。

白素一面拍著手，一面道：「布先生，你真不愧是一流的攀山家。」

剎那之間，我腦中亂成了一團，只想到了一點：

白素在禪房消失，現在，她出現在我的眼前，那當然表示，我也在禪房中消失了，和她到了同一個地方。在這樣的情形下，最迫切的問題，自然就是先弄明白這是什麼地方！

所以，我疾聲問：「我們在什麼地方？」

白素望著我：「在貢雲大師的禪房之中。」

我立即大聲道：「胡說。」

我很少對白素的話，採取這種斷然的否定態度，但是她這樣回答我，說我們現在在貢雲大師的禪房，這不是胡說八道嗎？

白素只是搖了搖頭，我還想再說什麼，布平已然道：「衛斯理，你一大毛病，就是對自己不知道的事，想也不想，就取否定的態度。」

布平的話，令得我相當冒火，我冷笑道：「你也以為我們在貢雲大師的禪房？」

布平指著白素：「我不知道，但是她比我們先來，她既然這樣說，就一定有她的道理。」

我咕噥了一句：「道理，有什麼道理？誰都看得到，我們在一座高山上。」

白素似笑非笑地望著我：「高山又在哪裏？」

我怔了一怔，這算是什麼問題？我的反應相當快：「高山聳立在大地上。」

白素又問：「大地又在何處？」

我想也沒有想：「除非我們已到了另外一個星球，不然，大地就是在地球上。」

白素的聲音變得相當低沉，再問：「要是另一個星球，落到了地球之上呢？」

白素的問題之中，大有機鋒在，我自問答得又快又好，可是白素的這一個問題，我卻弄不明白，呆了一下，才道：「不論怎樣，我們不會是在貢雲大師的禪房之中。」

白素神態悠然：「我們太渺小了，渺小到了看不到自己身在何處。」

我有點啼笑皆非：「別打啞謎了，我們究竟在什麼地方？」

白素笑著：「不是打啞謎，是真的，我們自始至終，未曾離開過貢雲大師的禪房。」

我「呵呵呵」地乾笑了三下：「請你做進一步的解釋，女大師。」

白素吸了一口氣：「先到裏面去坐坐再說。」

她說著，伸手指向前，循她所指的方向看去，可以看到那裏有一個山洞，我心中充滿了疑惑，把白素曾說過的話，從頭至尾，想了一遍，仍然一點也不明白。

但不論什麼地方，又見到白素，和她在一起，這總令人很高興。

第九部：「西方接引使者」

我們三個人一起來到了山洞的洞口，向內望去，不是十分黑暗，仍然是那種灰矇矇地，說亮不亮、說暗不暗的光線。山洞不算是十分宏偉寬大，大約縱橫各有二十公尺左右。

才一進洞，我就看到有三個人盤腿坐著，一個是那個搖鈴的大師，一個是老得不能再老的喇嘛，自然就是貢雲大師。還有一個，卻是瘦削的年輕人，當然就是李一心。

三個人坐著一動不動，都閉著眼，看起來，十足像是泥塑木雕。

我轉頭，向白素望去，白素沒頭沒腦說了一句：「他們準備去了，可是我們可以做自己的選擇。」

我和布平都莫名其妙，我再問：「我們究竟在什麼地方？準備到什麼地方去？」

白素蹙著眉，我知道她有這樣的神情，表示問題十分複雜，不是三言兩語可以講得明白。

我攤了攤手：「慢慢說，反正事情已經夠怪的了。」

白素又想了一想：「事情還是從這塊大石開始……」

她說到這裏，又遲疑了一下：「歷史上有很多記載，是關於神秘的、自天而降的大石。」

布平眨著眼：「是啊，中國杭州靈隱寺之中，就有一座飛來峰。」

白素吸了一口氣：「飛來峰只不過是其中小焉者，我的設想是，所謂『道家七十二洞天』，全神秘自天而降。」

我不禁笑了起來：「你想說明什麼？想說我們現在在一個什麼洞天之中？」

白素的神情十分嚴肅：「正是這個意思。」

我呆了一下，有點明白，也明白她何以說我們仍然在「貢雲大師的禪房之中」。但是，卻無法用語言，把想到的表達出來。

所以我一時之間，竟然變得有點口吃：「你……是說……那塊大石，可以……無限放大，放大到……一塊石頭，好像是一座山一樣？」

白素搖著頭：「我想不是那樣。」

布平深深地吸了一口氣，發出了一下如呻吟般的聲音來。

我屏住了氣息片刻，才道：「不是石頭變大了，那是……我們……變小了？」

白素嘆了一聲：「除了這個解釋之外，我無法知道自己的處境究竟怎樣。」

因為白素的話，我心頭所受的震動，使我甚至無法站立，我後退了一步，在山洞中的一塊石頭上，坐了下來，耳際「嗡嗡」直響，過了好一會兒，才能靜下來。

我抬頭望去，先看到的，是布平，他迷惘之極，顯然是他還不知道白素這樣說是什麼意思。但是我卻完全明白白素的假設——儘管我更知道，她說的一切，極有可能是事實，但是我還是只願意把它當作假設。

當作假設，還可以接受，當作是事實，要接受，真是超過了一個人，即使堅強如我的人思想負擔能力之外！

白素的「假設」是：

那塊石頭，還在貢雲大師的禪房，大石有一種神秘力量，可以令我們進入那塊大石——精確的說法，應該是可以使我們到石塊上。我們到了石塊上，石塊看起來就像是高山峻嶺。

那是石塊的神秘力量，使我們的身體變小了！

我們的身體究竟變小了多少倍，我無法估計，因為我們此際置身的「山峰」，看來和整座喜馬拉雅山沒有什麼分別，而且視線不能到達太遠，幾十公尺之外，只是氤氳一片，看不清楚，這種情形，倒真有點像是記載中的「仙境」，十分虛無縹緲。

剛才，我和布平，在極峻峭的峭壁，攀越向上，自以為攀高了很多，有可能，那在那塊大石上，只不過一公分、一厘米，或者更小的距離？

我可以肯定的是，我們一定都變得極小極小，比正常的情形下的一隻螞蟻更小，因為我和布平，以及很多人，都曾注視過石塊，就算變得像一隻螞蟻一樣大小，也可以看得到的。

但是「消失」了的人，一到了這塊石頭上，就未曾被別人看到過。

（當然，如果在山洞中，那個山洞的入口處，可能小如針眼，人在洞中，當然也是無法看得到的。）

（很奇怪，思緒極度紊亂，往往會想一些無關緊要的事情，這時我一直在想：究竟變得多麼小，其實，這一點意義也沒有，不論變得如何小，總之，我們是變小了，小得一塊石頭，在我們的感覺上，就是一座高山！）

我勉力定了定神，在喉間發出了一連串古怪而沒有意義的聲音，白素卻悠然：「你為什麼那麼緊張？我們現在的處境不算壞啊！」

我陡然叫了出來：「不算壞！」

白素在我斜對面的一塊石上坐下，雙手抱膝，望著山洞頂：「初時，我忽然發現自己處身在這樣的大山之中，你想我有什麼想法？」

我性急，但是也知道在這樣的情形下，性急也沒有用，白素一定有她的想法，還是先聽她說的好。

所以，我只是緩緩搖了搖頭，示意她說下去。

白素道：「第一個想法，是我到了另一個空間，一種神秘的力量，把我移到了一個不可測的空間。而且，我也連帶想到，有可能只是『思想』來了，身子並沒有來。但當我走進這個山洞，看到了貢雲大師和李一心，我就知道，我是連身子一起來的。」

個不見了。」

我「嗯」地一聲：「這很容易理解，他們兩人並不是『死』了，而是整

白素點頭：「所以，我知道，我也從貢雲大師的禪房消失了，和已經消失了的三個人一樣，我也料到，你和布平，也有可能到這裏來！」

這時，白素講到這裏，布平才喃喃地，像是夢囈似地說了一句：

「天，我們究竟在什麼地方！這是什麼山？我怎麼從來也不知道地球上有這樣一座山？」

別人或許沒有資格這樣說，布平當然有資格。他即使未曾攀登過地球上所有的高山，但是也對每一座高山都下過研究，眼前這座「山」，對他來說，自然是陌生之極。

我沒好氣地道：「當你的身子縮小到像細菌，任何一塊小石子，都是一座巍峨的高山！」

布平眨著眼，不明白，這不能怪他，連我也無法接受的這種事實，他如何會明白。

我不去睬他，白素笑著：「布先生，你何不坐下來？」

布平失魂落魄地坐下，白素向我望來：「當我知道我是連身體都來了

時，我還是未曾想到，我是在那塊石頭之上。」

布平在這時，又喃喃地道：「我們站在那塊石頭上？那塊石頭……石頭……」

我吸了一口氣：「我至多設想是到了另一個不可測的空間，你是怎麼會設想我們變小了，到了那塊神秘的石塊之上？」

白素道：「不是我自己有這樣設想的，是貢雲大師告訴我的。」

我「哦」地一聲：「你來的時候，他們還沒有入定？」

白素點頭：「是，我來的時候，貢雲大師正在向那位搖鈴的大師說法，他們兩人之間的對話，極其精采，我可以一字不遺地複述出來。」

我向坐著一動也不動的那三個人望了一眼，示意白素把他們的對話複述出來。

白素發現自己是在一座峻崇的高山中，沒有多久，就發現了這個山洞，同時也聽到洞中有銅鈴聲傳出來。

她走進山洞，就看到了貢雲大師、李一心和搖鈴大師。搖鈴大師一下一下在搖著鈴，神情充滿了疑惑，正在問：「大師，我們身在何處？」

白素在這種情形下，和我處事的方法完全不同，是我，一定也要追問一句，但是白素一聽問的正是她想要問的事，她就立時一聲不出，靜候貢雲大師的回答。

李一心則發出了「嘿」地一聲，像是在說：這麼簡單的問題也值得問！

貢雲大師卻用緩慢的聲音回答：「身在何處，有何不同，全一樣！」

搖鈴大師的神情有點苦澀，他自然也懂得打這樣的「偈語」，可是說說是一回事，忽然之間，自己真的到了一個絕不可測的境地之中，又是另外一回事！

他的呼吸相當急促：「已身在靈界之中？」

貢雲大師仍然慢慢地回答：「尋常人，有目可視。目視何處，即知身在何處。我無目可視，因此只好答你，我心思何處，身處在何處，隨心意之所念，何處皆一樣！」

搖鈴大師深吸了一口氣：「若是如此，大師身在禪房，也是一樣，何必非苦修靜思，以達靈界？」

白素當時，心中暗讚了一聲：好銳利的詞鋒！

貢雲大師卻只是淡然一笑：「是啊，誰說不同？我現在就在禪房之中，離與不離，本是一樣！」

搖鈴大師一聽，心中更是惘然，不知道是由於震動，還是故意的，他手中的銅鈴，發出了一陣急驟的聲響來。它急驟的鈴聲之中，還夾著他惶急的聲音：「身在禪房之中？身在禪房之中？」

貢雲大師的神情十分恬淡平靜，聲音也出奇地溫柔：「你著魔了，何以只牽掛身在何處，不去注意心在何處？」

搖鈴大師一聽，又陡然震動，睜大著眼，一片茫然，顯示他的思緒，正極度紊亂。這時，白素倒多少有點明白了貢雲大師話中的意思，她想出言提醒搖鈴大師幾句。

但搖鈴大師畢竟經過幾十年思考訓練，他臉上那種茫然的神情，迅速在消失。

很快地，他現出了微笑來：「是，大師，我入魔了，幸虧大師提醒，心在何處，是！是！我明白了！」

他在這樣說的時候，不但滿臉笑容，連聲音之中，也充滿了歡暢。

白素也跟著受到了感染，她深深地吸了一口氣：「你是不是已到了你心中想要來的地方？」

貢雲大師和搖鈴大師兩人都不約而同地點著頭。這時候，白素問了一個明知不可能有答案，但是還是忍不住要問的問題：「那麼，請問兩位大師，知不知道如今你們心在何處呢？」

白素在問這個問題的時候，目的是要想弄明白她自己身在何處，因為突然之間，從禪房之中，到了一座高山之上，人人都想知道自己究竟身在何處。

果然，貢雲大師微笑著，搖鈴大師則睜眼向白素看了一眼，立時又閉上了眼睛，他的回答是：「你心在何處，就在何處！」

白素苦笑了一下，她所需要的，不是這種宗教式的回答，她只好向一直沒有出過聲的李一心發問。

李一心坐著不動，神情十分安詳。

白素來到他的面前：「李先生，我不要禪機式的回答，你能不能確確實實告訴我，我們在什麼地方？」

李一心沒有回答，一副不準備回答的樣子。

白素耐著性子：「李先生，如果不是為了你，我不會有現在這樣的處境。你的父親要我們來找你，我才來到這裏，而你竟然連這樣一個簡單的問題，都不肯回答我？」

李一心呆坐不動的身體，挪動了一下，先是呼了一口氣，然後道：「我們就在那塊大石上！」

白素內心陡然震動，雖然她已在兩位大師的對答之中，已有了一點模糊的概念，但是身就在大石之上，大石看起來像高山，這種怪異莫名的事，還是不可想像的，她吸了一口氣：「你是說，石頭變大了，變得像似成為一座高山？」

李一心微笑著，白素立時修改了問題：「那麼，是我們的身子變小了，變得小得……連肉眼也看不見的程度？」

李一心仍然微笑：「你對於大、小的觀念太執著了。」

白素又怔了一怔，坦然道：「我不懂，請你做進一步的解釋。」

李一心緩緩地道：「大或小，都只是比較的，喜馬拉雅山和石頭相比，是山大，石頭小，但是喜馬拉雅山和整個宇宙相比，小得連一粒微塵也不如。」

白素皺著眉，在思索著李一心的話。

李一心又道：「當人在喜馬拉雅山上時，覺得山偉大，人渺小。但是人體的大小，是由人的心意決定的，你可以覺得自己比整座山更大，也可以覺得自己——」

白素不等他講完，就道：「這種說法太玄了。」

李一心道：「我只是想說明，大、小，只是一種概念，人體有大小形體的限制，可是人的思想活動，全然沒有界限，是無垠的。」

白素苦笑了一下：「我只想知道，是不是有一種神秘力量，使我們的身體變小了，小得在一塊大石上，大石看來就像高山一樣？」

李一心嘆了一聲：「你一定要採用這種幼稚的說法？為什麼不能接受我對你的說法？用他們宗教上的術語來說，就是心在何處，身在何處，心欲身大則身大，心欲身小則身小！」

白素悶哼了一聲：「我明白，你的意思是，人，身體次要，思想才主要！」

李一心點著頭，白素卻搖著頭：「我還是不明白，我的心意，並沒有要來這裏，為什麼我來了？」

李一心睜大了眼：「你沒有？你不是一直在想著要找出我們的下落嗎？」

白素「哦」地一聲：「所以我就來了？你可能告訴我，這種神秘力量的來源？」

李一心的回答十分簡單：「這塊大石。」

白素緊釘著問下去：「這塊大石的來源？」

李一心略想了一想：「我們的星球。」

白素當時，一聽得這樣的回答，陡然震動。我和布平，聽白素敘述到這一點，也陡然震動。

我立時問：「什麼意思？他的星球？他不是地球人？可是他明明是李天範的兒子！」

我不但問白素，又立時向在洞中入定的李一心大聲問：「你是李天範的兒子，你這樣說是什麼意思？」

李一心沒有回答我，白素向我做了一個手勢：「同樣的問題，我已經問過他。」

我無意識地揮著手：「他的回答是——」

白素的眉心打著結，顯然是李一心的回答，還有令得她不明白之處，她道：「他說，他從來也不是地球人，他屬於他們的星球——」

我忍不住哼了一聲：「就算他從小和其他的兒童不同，也不能否定地球人的身分！」

白素點頭：「我也用同樣的話問過他，他說——」

白素說到這裏，一直坐著，這時，一動也不動的李一心突然開了口：

「在形體上，我是地球人，但是我卻不是地球人，只是為了某種目的而來到地球的。」

李一心忽然開了口，那真有點令我喜出望外。

我沉著地道：「你是不是想告訴我，你是一個沒有形體的外星人，佔用了一個地球人的身體？」

這一類的情形，我以前的怪異遭遇之中，曾經遇到過，那是我在思想上可以接受的一種現象。

李一心略停了一停，才道：「大體上是。」

我大搖其頭：「我看你還是地球人，如果你是一個外星人，佔用了地球人的身體，何以你會一直找不到你要來的地方？」

李一心皺了皺眉：「這種情形，你不能徹底了解，我佔用了一個地球人的身體，由於地球人的身體是那麼笨重，就像是……就像是你的身體之外，忽然多了幾千噸笨重的廢物，而且，那些廢物還妨礙了你的智能，要經過一個相當艱苦的摸索過程，才能把這種笨重的包袱拋掉！」

我不禁苦笑，我們人類賴以生存的身體，在他看來，竟然是無比的累贅！這個人，在聽他父親敘述他的怪異行為之時，我還以為他的前生是一個喇嘛，所以才會有這種記憶，現在看來，全然不對勁！

我和白素靜了片刻，幾乎是同時開口問：「你的……目的是什麼？」

李一心微微一笑：「為了他們！」

他說這句話的時候，向貢雲大師和搖鈴大師兩人，看了一眼。

而我對這個答案，卻是茫然無頭緒，不知道他這樣說是什麼意思。白素在呆了一呆之後，才道：「你的目的是把他們兩人帶走！」

李一心點了點頭：「是的，他們一直在向我們發出信號，要到我們那裏去，這種信號積累到了一定程度，我們那裏，就會派人來接引他們，我就是被派出來的，所以我一直在找他們，我——」

不等他講完，我已連聲道：「等一等！等一等！」

我打斷了李一心的話頭，但是我卻沒有說什麼，我只是想把紊亂之極的思緒，略為整理一下。因為在李一心的話中，我所想到的實在太多，也實在太亂。

過了好一會兒，我才張口結舌，語意不連貫地道：「你的話……剛才你說的話，意思是說……是說……」

李一心看到我這種古怪的樣子，笑了一下：「我的意思，用他們佛教徒的語言來說，就是修行已成，西方接引使者前來接引，他們赴西天成佛去了！」

我長長地吁了一口氣，連連點頭——事實上，我卻連自己點頭來做什麼都不甚了了。

一個佛教徒，虔誠向佛，持行苦修的目的，是把自己修成佛，或羅漢，或成正果，佛經傳說，有接引使者來接引這回事。可是這一切，化作一個向佛者的思想波不斷發出去，被某一星球中的「人」所接收到，因而派出使者來把向佛者帶走，這仍然是十分令人難以一下子就接受的。

佛經上，對「接引」的解釋十分明確：佛引導信佛者到西天去的一種行動。《觀無量壽佛經》中說：「以此寶號，接引眾生。」

在記載中，也有相當多佛教徒被接引到「西方」的故事。而且，更多的記載，述及被接引者和接引者之間的微妙關係。

在大多數的情形之下，兩者之間，要依靠「緣」，而這種緣分，又稍縱即逝，有時，被接引者甚至不能了解接引者的苦心，還要接引者費盡心機去引導被接引者。

這種情形，也有很多被小說家引用在小說之中，像在最奇妙的一部小說《蜀山劍俠傳》之中，就有如下的描述：

「……晃眼之間彩雲忽射金光，化作一道金輪，光芒強烈，上映天衡，相隔似在咫尺之間，可是光中空空，並無人影……同聲贊道：

『西方普渡金輪忽宣寶相，定有我佛門中弟子劫後皈依，重返本來，如非累世修積，福緣深厚，引渡人焉有以身試驗，施展高等無邊法力，此時局中人應早明白，還不上前領受佛光渡化麼？』」

這一段寫的是接引者和被接引者之間的關係，很生動地說明了，如果到時，被接引者還不被接，接引人本人也會遭遇到相當危險。而且，一定要一再堅持下去，非到被接引者被渡化為止。

這一類故事傳說，我十分熟悉。可是李一心的話，卻令我感到紊亂，因為同樣的事，他竟然從另一個角度來解釋！

他是接引人，從其他的星球中來，借用了一個地球人的身體生活，他唯一目的，就是要把幾個被接引的人，接引到他的星球去——雖然這一直是被接引人的願望，但是其間的過程，還是十分艱辛。

李一心的情形就是這樣，他原來的智力，受了地球人人體結構的影響，而致於不能完全發揮，所以，他對於自己究竟要到什麼地方去找尋他要接引的人，也相當模糊，要經過不斷的摸索，才能找得到。

像李一心這種情形，歷代記載之中，也有許多，都被冠以「少有慧根」之類的形容詞，有的甚至一生下來就吃素——那個星體上的人，只吃素？被稱為「胎裏素」，這些人，大多數的結果是成為高僧，或者，到了某一個時期，「進入深山，不知所終」。

當我想到這裏的時候，我更不由自主，震動了一下：「進入深山，不知所終」，這不正是李一心如今的情形嗎？

李一心的一切，和那類記載完全吻合，他本來就十分奇特，「有慧根」，一直在追求一處連他也不能完全了解的地方。他終於找到了，也從此消失了！

如果不是我追蹤前來，有誰會知道他具有那種奇特的接引人的身分？來自另一個星球？

我緩緩轉頭，向白素和布平望去。

布平仍是一片茫然，顯然他根本不明白發生了什麼事。

白素的神情還帶著幾分迷惘，但是從她閃耀的眼光看來，她對李一心所說的話，已經有了解，至少，了解程度不會在我之下。

我又向李一心望去，他也望著我，在等待著我提出進一步的問題，我的思緒仍然相當亂，許多許多問題塞在一起，不知問什麼才好，白素卻比我先開口：

「李先生，你也是直到最近，才知道你是從哪裏來的，來到了地球，是要做什麼的？」

李一心點頭：「是，一直到我面對了這塊大石，我才明白。過去許多年，我只是隱約覺得自己與眾不同，但卻不知道自己真正的身分。」

白素又道：「這塊……大石，當然不是真的是石頭，它是什麼？」

李一心笑了一下：「它是一個在形體上看來如同大石一樣的東西，實際上，是一種交通和通訊工具，它原來的樣子，你們也不能明白，它有某種可以使地球人的視覺神經起錯覺的放射能量，所以，在地球人的眼中看出來，它是一塊大石。」

我失聲叫了起來：「不對，我們的身子縮小了，就像在一座高山之中，它本來就是一塊大石！」

李一心搖頭：「那還是你各種感覺上的錯覺。貢雲大師就沒有這種錯覺，因為他生來就是盲者，對他來說，身在哪裏都一樣。」

我略嚥了一口口水：「只是佛教信徒……能夠得到你們的接引？」

李一心道：「當然不，實際上，地球人的某種信念，嗯……這種信念……」

他考慮了一下，像是在思索如何說出來，我才最容易明白。

李一心並沒有想了多久：「這種信念，大多數表達在宗教形式上，但也有很多例外，是地球人的一種堅決想離開地球，或者說，是地球人想擺脫固有的形體、固有的生活規律的一種信念，這種信念，通過地球人的思想活動，而形成一種信息，一旦被我們接收到了，就會叫接引人出來處理。」

他講到這裏，忽然笑了起來：「打個比喻，就像是甲國的人，不斷地、堅決地要申請加入乙國的國籍，久而久之，乙國會派人出來和他聯絡！」

李一心的比喻，當然容易明白，可是我聽了，卻啼笑皆非：「哪會有什麼人，放著好好的地球人不做，要去做異星人的？」

李一心聽得我這樣說，用一種非常驚訝的神情望著我，像是我問了一個十分愚蠢的問題一樣。

我正要再開口時，白素輕輕碰了我一下：「自古以來，不知道多少人，想成仙、成佛，追求的名詞各有不同，可是實質上，全是懷著同一個目標：脫離地球人的生活規律！」

白素的話，令我張大了口，半晌合不攏來。過了好久，我才「啊」地一聲：「不單是佛教上的成道——」

李一心點頭：「對，道教上的成仙，以及一些有著堅強信念的人所遇到的緣，全一樣。很多離開地球的人，都會在他人所不明白的情形下，受到某種感應，到一處地方去——」

我接口道：「大多數是深山！」

李一心笑了一下：「自然，一塊大石在深山之中，最不會引起注意。」

我大大吸了一口氣：「所謂神仙洞天，就是你們派來的……交通工具？那些人……自然從此消失在深山，因為他們根本離開了地球！」

李一心吁了一口氣：「你總算弄明白了。離開了地球，到什麼地方去，各人有各人不同的名詞，有的稱為靈界，有的稱為西方，有的稱為仙界……

地球人對固有的生活方式，感到短暫而沒有意義，要追求更高深的生命方式，不過能夠達到目的的，實在不多，我們也不隨便接受移民！」

李一心用了「移民」這個名詞，又使我覺得十分突兀，白素卻道：「自然，要是向道之心，不夠堅誠，你們不會接受，像貢雲大師，他一生，就是為了擺脫地球人生活規律在努力！」

李一心有點感嘆：「也有比較幸運的，像你們三個，由於一時的機緣，也可以達到這個目的。」

我和白素，同時望向對方，我先是極輕微地搖了搖頭，白素的動作和我一樣，接著，我們搖頭的幅度大了些，再接著，我們一起大搖其頭，同時，笑了起來。

李一心訝異地問：「你們不願意？多少地球人，以他們的一生在作這個努力！」

我由衷地道：「是！地球人的生命規律，不能算是高級生命的形式，但既然是地球人，我們還是不想改變，在固有的生命形式中去發揮一下比較好。」

李一心想了片刻：「是，你們的想法，也有你們的道理。其實，每一種生命形式，都有它的優點和缺點，我們的生命規律，在形式上雖然高級，但那也只是與地球人的比較，又怎知道沒有另一種生命形式，比我們的更高級！」

我忽然笑了起來：「是啊，成了仙佛，還要再去追求更高的生命形式，永無止境，實在不是一樁愉快的事！」

李一心點頭表示同意，又向布平望去，布平一臉的惘然，喃喃地道：「我不知道！我不知道！」

李一心道：「你要是不能確定，那麼，和衛先生他們一樣好了！」

布平仍然道：「我不知道，我不知道！」

李一心不再理會他：「衛先生，我們要再見了！」

我陡然怔了一怔：「不，你父親還在山下等你！」

李一心淡然一笑：「他不是我的父親，我只不過是在地球上寄居了若干年而已！」

白素嘆了一聲：「可是，他對你有濃厚的父子之情，一般來說，像你這種接引人，雖然在地球上寄居，對於親人，總有特別的照顧。」

李一心皺著眉：「他和你們一樣，對地球上的生活十分滿意，我看，請你們把一切告訴他就是了。」

他揮著手，望著我，我忙道：「還有最後一個問題，現在，我們的身體究竟變得多麼小？為什麼一塊大石，就像整座山？」

李一心大聲笑了起來：「衛先生，我早已告訴過你，大石不是大石，你的身子也沒有變小，你還是你，只不過是我們使用了一種力量，使你有了錯覺！」

我急急地道：「那我們現在——」

李一心道：「看起來，當然是在一個山洞，但只要你閉上眼睛，你可以想像你在任何地方，當你看不到一樣東西的時候，這種東西，可以是任何形狀，對不對？不信，閉上眼睛試試！」

他最後的一句話，有無限的說服力，使我自然而然，閉上了眼睛。

我知道白素和布平也在那一霎間閉上了眼睛，因為在極短的時間內，我再睜開眼來，同時聽到了布平的一下驚呼聲，和白素的一下吁氣聲。我看到，我、白素、布平三個人，在貢雲大師的禪房，那塊大石已經不見了。

我們好一會兒出不了聲，白素最早打破沉寂：「他們走了！」

我點了點頭，四面看看，整個禪房，一切完整，絕對不像是有一艘太空飛船在這裏起飛。

我又現出疑惑的神情來，白素立時知道了我的心意：「別傻了，當我們看著它的時候，它是一塊大石；當我們不看它的時候，它可以是任何形狀，任何大小！說不定實際上，它其小如塵，從任何隙縫中都可以穿出去！」

我苦笑了一下：「仙家洞天，原來這樣虛幻！」

白素搖頭：「虛幻？才不，多麼實際！為了追求擺脫地球人的生命規律而努力，是很實際的一項行動。這種情形，一定在很久之前，曾實際發生過，所以才會引得後代的人，一直不斷這樣地做。」

我沒有再說什麼，對白素的話，表示同意，因為我明白了一切。

可是布平卻一直不明白，他不斷地在喃喃地自言自語：「我不明白，我不明白。」

不單布平不明白，連李天範這樣的大科學家，也不明白，或者，他明白了，但是無法接受失去了兒子這一個事實。

我們離開了桑伯奇廟，下了山，見到了李天範，我和白素，花了整整一個晚上的時間，詳細告訴他發生了的一切。

他在聽了之後，只是問：「一心到哪裏去了？」

我只好這樣答：「他回去了。」

李天範陡然發起脾氣來：「什麼他回去了，他要回去，應該回他自己的家。」

我道：「是，他是回他自己的家去了！」

看來，李天範還是不明白，我們已經盡了力，他要是不明白的話，實在沒有別的辦法了。

我和白素在回家之後不久，布平又來找過我們一次，他說：「整件事，像是在夢中發生的一樣！」

我倒有點同意他這樣的說法，一面轉動著手中的酒杯，凝視著，我、白素、布平三人不約而同，一齊問：「這酒杯，當完全沒有人看著它的時候，是什麼樣子的？」這是一個永遠不會有答案的問題！

對於放棄了進入一種更高級的生命形式的機會，我們倒一點不後悔，誰知道另一種生命形式是怎樣的？

還是做做地球人算了！

〈完〉

倪匡珍藏限量紀念版 29

衛斯理傳奇之**虛像**

作者：倪匡
發行人：陳曉林
出版所：風雲時代出版股份有限公司
地址：10576台北市民生東路五段178號7樓之3
電話：(02) 2756-0949
傳真：(02) 2765-3799
執行主編：朱墨菲
美術設計：許惠芳
業務總監：張瑋鳳
出版日期：2023年11月倪匡珍藏限量紀念版一刷
版權授權：倪匡
ISBN ：978-626-7303-91-7
風雲書網：http://www.eastbooks.com.tw
官方部落格：http://eastbooks.pixnet.net/blog
Facebook：http://www.facebook.com/h7560949
E-mail：h7560949@ms15.hinet.net
劃撥帳號：12043291
戶名：風雲時代出版股份有限公司

風雲發行所：33373桃園市龜山區公西村2鄰復興街304巷96號
電話：(03) 318-1378
傳真：(03) 318-1378
法律顧問：永然法律事務所 李永然律師
　　　　　北辰著作權事務所 蕭雄淋律師

行政院新聞局局版台業字第3595號 營利事業統一編號22759935

定價：340元

國家圖書館出版品預行編目資料

衛斯理傳奇之虛像 ／ 倪匡著. -- 三版. --
臺北市：風雲時代出版股份有限公司，2023.09
面；公分　倪匡珍藏限量紀念版

ISBN 978-626-7303-91-7（平裝）

857.83　　112011295